林巨正

義兄弟編 二

林巨正 義兄弟編 二

길막봉이 (一)

곽오주가 탑고개 쇠도리깨 도적으로 소문이 나기 시작하엿슬때 송도 사긔장사 손가형제가 서흥 사긔막으로 이사 가느라고 식구들을 다리고 청석골을 지나 가게되엇다 손가형제의 식구가 어른 아이 모다 일곱인데 어른넷 아이셋이엇다 큰 손가는 다섯살먹은 아들을업고 형제의안해 두동서는 각각 자긔의 젓먹이 딸들을 업고 자근손가는 이사짐을 젓섯다 청석골 골작이 길을 걸어 나갈때 두동서가 가만가만 이야기하며 길을 걸엇다

『형님 후미전 길이 엇재 무시무시하오』

『이런데니까 대나제도 도적이 나지』

『쇠도리깨 가진 도적이 무슨 고개에서 난다지요』

『탑고개라네』

『우리가 탑고개를 지나가나요』

「그럼」

「탑고개를 비키고 다른 길로 못갈가요」

「다른 길이 업다네」

「쇠도리깨 도적놈이 흉악하다는데 만나면 어떠케 하오」

큰동서 미처 말하기전에 뒤에 오는 자근 손가가 저의 안해의 말을 귀ㅅ결에 듯고

「그따위 말 짓거리지말게 호랭이 말 하면 호랭이 온다네」

하고 안해를 나물하엿다

「걱정이 되니까 말이지」

「짓거리면 길 늦네 입 닥치고 어서 가세」

「이야기하며 가야 발 아픈줄 몰리요 우리끼리 이야기하는데 왜 참견이요」

하고 형수가 저의 안해를 거드러 주려는것가티 말하니 자근 손가는 증 난 말씨로

「그럼 실컨 이야기하시우」

하고 입을 다물엇다

「그만 말에 골냇것 무엇잇소」

「누가 골냇소」

『지금 골내지 안헛소』

압서 가든 큰 손가가 안해와 아우의 말다툼하는 소리를듯고

『무엇들을 그러느냐』

하고 뒤를 돌아보니

『이야기들 한다고 골을내고 갖지안은일에 골 낸다고 말하니까 골 안냇다고 잡어떼는구려』

안해는 송사하듯 말하고

『쇠도리께 도적놈말 말라구 개 어머니더러 일르는데 아주머니가 공연이 탄하구 나서시우』

아우는 발명하듯 말하는데 큰 손가는 이말 저말 다듯기 실다는듯이 한번 머리를 흔들고

『그 도적놈 만날가봐 나두 은근이 속으로 걱정이다』

하고 말하엿다

『누가 아니라우 만나기만 하면 제일 어린얘들때문에 걱정이요』

큰 손가가 아우의 말을 대답하려고할때 안해등에 업힌 어린딸이 울어서 안해를보고서

『나려서 젓을 먹여가지구가세』

하고 말하야 일행이 길ㅅ가에 안저 쉬게되엿다

『쇠도리깨 도적놈이 어린애간을 잘 먹는다는구나』

『간을 빼 먹는지는 몰라두 어린애 잘 죽이는것은 참말인갑듸다』

『전고에 듯지못하든 흉악한 도적놈두 다 만치』

『송도 포도군사들이 이런 도적놈을 잡지안쿠 노와두니 아마 도적놈하구 통을 짯는지 모르겟소』

『설마 통이야 짯겟니 놀구잣바저서 잡으려구 애를쓰지 안는게지』

『이야기를 들으니까 포도군사들이 일수 도적놈의 등을처서 먹느라구 일부러 잡지안쿠 노와둔답듸다』

『그런일두 만켓지만 쇠도리깨도적놈은 무서워서 좀처럼 잡을생의두 못할께다』

『날구 기는 재주를 가진도적놈일지라두 포도군사들이 참말 잡으려들면 못잡을리잇겟소』

『작년에 송도군관들이 대ㅅ가지가진 도둑놈에게 큰 망신을 햇다는데 이때까지 잡지못하는걸 보면 참말 잡으려들어두 별수업는모양이드라』

『대ㅅ가지 도둑놈은 인명을 해친일이 업다는데 쇠도리깨 도둑놈은 한달동안에 어린애만 해친것이 셋이라나 넷이랍듸다』

「그런 악착스러운짓을하는놈이 제명에죽을까」

「셋이나 넷이 다 우리네가튼 사람의 자식인갑듸다 그러키에 그눔이 목숨이 부터 잇지요」

「왜」

「양반의 색기가 하나만 끼엇드면 그눔은 발서잡혀서 능지를 당햇슬것아니요」

형제의 도적 이야기가 잠ㅅ간 동안이뜰때 자근손가의 안해가저의남편을 바라보며

「남더러는 도독놈말 말라드니 자긔는 신이 나서 짓거러네」

하고 오곰박듯이 말하니 자근손가는 안해에게 오곰박히고 가만이 잇지아니하엿다

「녀편네가 입이 싸면 못쓰는법이야」

남편은 안해를 나붇하고

「사내는 쓰는법인가」

안해는 남편을 뒤바더서 내외의 아구다툼이 시작되엇다 큰 손가가

「고만쉬구 일어나지」

하고 먼저 아들을업고 일어서서 아우내외가 아구다툼을 계속하지못하도록 아우를 자긔아페내세우고 제수는 안해와 가치 자긔뒤를 따르게하엿다 일행이 한동안 말이 업시 길을 걸어서 탑고개 미테까지 왓슬때

「인제 탑고개 다왓소」

「여기서 또 좀 쉬어가자」

「아무리나 합시다 그런데 나는 아까부터 공연이 맘이 서먹서먹하오」

「쉬는 동안에 내가 한번 고개 마루턱까지 올라가보구 오마」

「형님 여기잇소 내가 가보구 오리다」

「내가 얼른 갓다오께 그동안또 말다툼이나 하지마라」

형제가 의 조케 서로 말한뒤에 큰손가는 아들을 내려노코 혼몸으로 고개를올라갓다 고개마루턱까지 두어행보 할동안이 지나도 올나간 사람이 내려오지 아니하엿다

「형님이 왜 이러케 오래 아니올까 내가 가봐야겟군」

안젓든 자근손가가 벌떡 일어서니

「무슨변고가 낫스면 어떠케 하오」

형수는 조바슴을 하고

「마저 가서 아니오면 우리는 어떠케하라오」

안해는 울ㅅ상을 하엿다

사근손가가 차점차점 고개ㅅ길을 올라오며 아플바라보니 길 한중간에 머리를 이리 두고 어퍼

저 잇는 사람이 곳 저의형이라 한다름에 뛰어와서 형의 머리마데 주저안젓다 갓 부서지고 망건 짜개진건 말할것업고 뒷통수가 깨어저서 골까 지 비쭉이 들어낫는데 목숨만은 다행이 부더잇섯다 자근손가가 형님의 깨어진 머리를 수건으로 싸 동이면서

『형님 형님。』

하고 불러보니 형의 대답하는 소리가 다 죽어가는 사람의 소리와가텃다

『이거 웬 일이요』

하고 형에게 물으면서도 속으로는 도적놈 쇠도리깨에 어더마진것을 십분짐작하고 자근손가는 머리를 들고 좌우쪽 언덕을 돌려보니 바른쪽 언덕우에 나섯는 도적놈둘중의 하나는 늘근 도적이고 하나는 절믄도적인데 절믄도적이 사람도 우악스럽게 생겻거니와 집고섯는 쇠도리깨가 무지하게 굴것다 자근 손가가 분이 복바치고 악이올라서 무서운 생각도 다이저버리고 아프로 뛰어나가 언덕아래에서 두 도적을 손가락질하면서

『어떤 놈이 우리 형님을 첫느냐』

하고 소리를 지르니 쇠도리깨가진 도적이 아래를 쪼차나려 오려고하는데 늘근도적이 붓들고 귀ㅅ속말을 수군수군하야 나려오지안코 그대로 서서

『내다 엇절테냐』

하고 맛소리를 질럿다

「쇠도리깨 도적눔아 내말들어라 죄업는 어린애와 죽지 못해 사는 우리가튼 사람이나 손쉽게 죽이구 가난뱅이의 장볼미천이나 떨어먹는 너가튼도독눔은 개가티드러운 도독눔이다 이눔아 세상에 죽일만한사람이 씨가저서 악착스럽게 어린애를 죽인단말이냐 세상에 빼앗을재물이 그러케업서서 가난뱅이미천을 빼앗는단말이냐 너가티 못된도독눔이 천하에 또 어듸잇겟느냐 이눔아 이왕 도독눔이되엇거든 된도독눔 노릇을해라 우리형제는 행세두못하구 천량두 못가진 사람이다 우리형님을 무슨까닭그로 해치느냐 이눔아」

자근 손가가 하늘이얏다고 펄펄뛰며 욕질하는데 늘근도적이 절믄도적의 아플막고 나서서

「여게 자네훈계 잘들엇네 자네형님은 서라구하는데 서지안쿠 도망하다가 도리깨한번어더마젓네 가엽세 얼른 자네형님 다리구 가서치료해주게」

하고 우스며 말한뒤 뿌르릉하고섯는 절믄도적의 손목을끌고 돌아섯다 자근손가는 도적들의 뒤를 바라보며

「우리형님이 죽어만봐라 원수가프러올테니」

하고 별르고 도적이 산으로 들어가는것을 보고 곳 누어잇는 형에게 와서 형을업고 고개미트로 나려왓다

손가 형제가 본래 광주분원 사람인데 형은 사긔를 구을줄까지 아는 사람이고 아우는 사긔짐 지고 다니는 도부ㅅ장사로 이골난사람이다 형제갓치 송도로 이사오기는 아는사람의 연줄도 잇거니와 장사ㅅ자리가 조흘줄밋고 온짓인데 송도와서 수삼년 장사를 하는 동안에 형제가다 딸 하나식 나하서 식구가 늘뿐이지 장사속은 별로재미를 보지못하야 고향으로 도루 갈까 말까 하든중에 형이 서흥사긔막사람 하나를 친하야 그사람의 주선으로 서흥가서 사긔를 굿게되어서 아우의 식구까지 끌고 다시 이사를 가든긴이엇다 형이 죽고보면 서흥 이사는 파의할수 박게 업는 사세라 자근손가가 형수와 의논하고 우선 송도로 돌아가서 형의상처를 치료하기로 작정한뒤 탑고게 동네에가서 승교ㅅ바탕과 사람을어더가지고와서 형은 승교ㅅ바탕을 태우고 이사짐은 다른사람 지우고 자근손가는 자긔는 형이 업고 오든 족하아이를 업고 어린딸들 업은 형수와 안해를 다리고 떠낫든 송도로 다시 들어왓다

십여일 지난뒤에 큰손가가 상처는 합창이되고 음식까지 잘 먹게되엇스나 행보를 잘못하야 뒷간 출입도 남이 붓들어주어야하고 더욱이 총명이 전만못해서 모든일을 선망후실하야 말하자면 정신은 다 빠지고 등신만 남은 것가텃다 형이 이모양 된것을 보고 자근손가는 긔막히는 중에 형제 벌어서 먹이든 식구를 혼자 담당할일이 더욱 긔가막혓다 아무리 이삼년 살든 곳이라도 타향인데다가 한번 파산하엿든 살림이라 신접과 다름이 업고 또 의약의 소입이 적지 안

하서 이사미천을 다 잘러 먹엇다 자근손가가 도부장사를 나가려고 준비를 차릴때 형수를보고 형의 원수가플 일을 의론하엿다

『내가 형님이 죽으면 원수가프러 간다구 말햇지만 형님이 살기는 살엇서두 원수는 가퍼야겟소 우리집이 망하게된것이 쇠도리깨 도적눔의 탓이니까 그놈을 잡어서 살ㅅ점을 뜨더 먹어두 속이 시원치 못하우 생각할수록 분해죽겟소』

『포두 군사들에게 청을 해서 잡도록 해보구려』

『포두군사 다 소용 업소 형님이 죽을뻔 한짓을 알구와서 뭇기까지 하지안헛소 그 뒤에 두서너번 청석골 가서 소풍들 하구 왓는갑되다』

『그러면 어떠케 원수를 가플테요』

『나 혼자는 원수를 가플주업구 동무 몟사람을 어더야겟는데 먼저 생각나는 이 아주머니 동생들이요 이번 장사 나가는 길에 수원 가서 말해 볼테니 아주머니 생각에 어떳소』

『글세 큰동생 둘째동생은 내가 남에게 마저 죽엇대도 원수 가퍼줄 위인이 못되니까 말할짓업고 셋재 넷재는 잘 말하면 올짓갓소』

『선봉이 자근봉이는 온대두 성가시우 내가가서 말해 보려는것두 삼봉이 막봉이 두사람이요 그 중에두 막봉이가든 장사를 붓들어와야 할텐데 그 자식이 장사를 나가지나 안헛슬지 모

르겟소」

「막봉이가 힘이 장사지만 쇠도리깨 도독놈을 당하겟소」

「당하다 뿐이겟소 내가 그동안 도둑눔의 소문을 알어보앗소 쇠도리깨 도독눔은 남의 머슴사리 하든 눔인데 뚝심ㅅ개나 쓴답듸다 막봉이가 지금 나이 이십이 넘어스니까 힘이 더 낫겟지만 그전 힘만 가지구두 뚝심좀 잇는놈은 어린내 다루듯할것이요 그러나 대ㅅ가지 도독눔이 쇠도리깨 도독놈의 한패라는데 그눔의 던지는 대ㅅ가지가 활로 쏘는 화살버덤 더 무섭다니 그것이 좀 걱정이요」

「포두 군사들도 잡지못하는 도독눔을 잡으려면 허술이해서 안될께요」

「허술이 안헐라구 속으루 꿍꿍알쿠 잇소 지금 내맘에 생각하구 잇는사람이 우선 막봉이 형제니까 막봉이 형제를 가보구 잘 의논하지요 막봉이가 저가튼 장사동무가 잇서서 가치오게되면 대ㅅ가지 도독놈두 어떠케든지 처치 할쑤 잇슬께요」

「막봉이를 끌어 올라면 첫재 우리아버지에게 말을 잘하시요」

「내가 내 말루 할뿐아니라 아주머니 말을 할테요」

「아무리나 하오 그래 이번올때 우리동생들과 가치올 작정이요」

「그건 가봐야 알지요 막봉이가 만일 장사나갓스면 기다려보구 올테니까 이번 행보는 전버덤 좀 더될른지 모르겟소 그동안 아주머니 개어머니데리구 방아품이라두 팔어서 연명하구 지내시우」

「그건 념려마오」

자근손가가 형수에게 부탁할말 부탁하고 형수의 부탁바들말을 바든뒤에 사긔ㅅ짐을 차려지고 도부ㅅ길을 떠낫다

자근손가가 사긔ㅅ짐을 지고 이곳 저곳 들리어서 당장에 곡식을 밧고 팔기도하고 또 다음날 밧기로하고 외상을 노키도하야 사긔한침이 얼마 남지안헛슬때 수원 발안이장터에잇는 형의처가를 차저왓다 형의 장인되는 늘근이가 마침 삽작박게 나선것을보고 손가는 멀직이서 사긔지게를 벗어 놋는중에 늘근이가 아프로 나오면서

「이게 누군가 자네 얼마만인가 장사재미 보앗나 자네 형의식구들 다 무고한가」

하고 련겁허 말을 물어서 손가는 네네 대답하며 늘근이 아페 와서 발아래 코를 박듯이 절하엿다

「오래 소식을 몰라서 궁금하드니 자네 잘왓네 어서 들어가세」

하고 늘근이가 압서 돌아선뒤 손가는 사긔지게를 들고 늘근이의 뒤를 따려서 들어왓다 늘근이가 손가와가치 자긔 쓰는 방에 들어와 안즌뒤

「그래 그 동안에 별 연고는 업섯다지」

하고 늘근이 뭇는말에 손가가

「연고가 업지안헛습니다」

하고 대답하니

「무슨 연고」

하고 뭇는 늘근이 얼골에 놀나는 빗이 잇섯다

「월전에 서흥으루 이사를 가다가 청석골서 도독놈을 만나서 형이 죽을뻔 햇습니다」

「도독놈에게 죽을뻔 햇서? 자네형가티 양순한 사람을 해치는 도독놈이 잇드란말인가 그래 죽을뻔하다 살긴 살엇나」

「네 자세한 이야기는 차차 하겟습니다」

「늘근사람이 갑작이 놀랄가봐 죽은것을 기이는것 아닌가 차차 이야기할것 무엇잇나」

「아니올시다 형이 죽엇스면 죽엇다지 살엇다구 할리가 잇습니까」

「그럼 내딸이 죽엇나」

「아니올시다 아주머니는 도독놈 낫바닥이두 보지 못햇습니다」

「이사 가는길에 도독놈을 만낫다며」

「형이 혼자 압갈을 살펴 보러 갓다가 도독눔에게 봉변을 햇습니다 나중에 자세자세 이야기 하겟습니다」

「이사를 너무다니면 그런변두 당해싸지 송도가 재미업스면 고향으루나 다시 올께지 왜 또 다른데루 이사를 간단말인가 그러케 이사를 자주 다녀서야 살림이 되나」

늘근이의 사설이 더 나오기전에 손가가 얼른

「댁에는 아무 연고 업습니까」

하고 물엇다

「늘근사람 밥 잘먹구 어린것들 작난 잘치구 아무연고 업지」

「그동안 큰손자 장가드리셧습니다」

「제 고테삼촌이 아직 장가를 못들엇는데 제놈이 들수잇나」

「나이는 장가들 나이 되엇겟지요」

「올에 열다섯살인데 숙성해서 장가드리면 사내구실 훌륭이 할껠세」

「증손보시기 급하지 안습니까」

「급한 맘이야 고손주두 얼른 보구십지 내가 백살싸지 살면 고손주 볼수잇스렷다」

늘근이가 껄껄 웃고나서

「그래 송도가서 천량이나 좀 모앗나」

하고 물엇다

「천량이 어듸 그러케 쉽게 모여집니까」

「모앗다구 말해두 달라지안네」

「모앗스면 형은 고사하구 저라두 달라시기전에 드리겟습니다」

「조흔 말일세」

「막봉이 여러형제가 다 어듸갓습니까」

「막봉이만 장사 나가구 그애 형들은 다 집에잇네」

「막봉이가 언제 장사를 나갓습니까 언제쯤 온다구 말하구 나갓습니까」

「나갈제 한날말하구 갓스니까 일간 돌아 올껠세」

「오래간만이라 보구십구 또 보구 의논할일이 잇는데 속히 왓스면 조켓습니다만 오지안으면 낭패걸이요」

「의논할일이 무슨 일인가」

「삼봉이 막봉이둘에게 의논할 일입니다」

「글세 무슨일이여 날더러는 말 못할일인가」

『아니올시다 먼저 말슴하구 나서 막봉이 형제에게 의논할일입니다』

『대체 그게 무슨일인가』

하고 늘근이가 다두처서 자근손자는 서흥으로 이사가게된 이야기부터 최도리깨도적놈 원수가프려고 수축간 상의한 이야기까지 일장 다 말하고 막봉이가돌아온뒤에 삼봉이 막봉이 형제를다리고 가게하야 달라고 늘근이에게 청하엿다

늘근이가 손가의말을 다 듯고나서 한참 잇다가

『삼봉이는 멀렁군이라 다른말이 업겟지만 막봉이는 남이 바루가라면 짓구지 외루가는 사람이니까 잘 갈라구 할는지 모르겟네』

하고 말하엿다

『저두 압니다 더구나 집의 아주머니가 저더러 부탁합듸다』

『무어라구 부탁하든가』

『사돈어른이 안드시면 막봉이는 안올께니 먼저 사돈어른께 허락을 엇두룩하라구 부탁을합듸다』

『내허락은 어려울거 업네』

『막봉이 가구안가는것은 사돈어른께 달렷습니다』

『보아가며 나두 자네말을 거드러 줌세』

『그러면 되엇습니다 삼봉이는 어듸갓습니까』

『제 형들은 나무갓는데 저는 나무두 안가구 집에 잣바저잇드니 심심해서 어듸 놀러간 모양일세』

손가가 늘근이와 이야기하는 동안에 해가 저물어서 나무갓든 선봉이와 자근봉이가 먼저 들어오고 그 뒤에 놀러갓든 삼봉이도 돌아왓다 손가가 형제들이 쓰는 큰방에와서 저녁들을 가치 먹은뒤에 삼봉이를보고 쇠도리깨도적놈의 원수가플 일을 이야기하니 삼봉이는 대번에

『친형님이나 매형님이나 형님은 마찬가진데 자네가 형님원수 갑는것을 우리가 가만이 보구 잇스면 의리부동해 못쓰네 그러구 우리들이 나서서 그까지 도독놈의 원수야 못갑겟나 걱정말게』

하고 말하면서 팔을 뽑내엇다

『예사 좀도독놈 가트면 나 혼자라두 어떠케하지만 쇠도리깨가 유명한 장사도독놈인데다가 댓가지재주 가진도독놈이 한패에 잇서서 서뿔리 건드릴수가 업는까닭게 전위해서 자네 형제들과 의논하러 왓네』

『우리 형님들은 가지두 안흘께구 또 가두 소용이 업슬께니 말할것업구 막봉이는 가야 조흘

텐데 그녀석이 무슨 딴소리나 아니할지 모르지』

『자네 형제만 가치가두 넉넉하겟지만 도독눔이 원악 유명짜한놈들이니까 튼튼이 차리자면 막봉이 외에두 멧사람 더 잇는것이 조치 안켓나』

『어듸 가치갈만한 사람이 또 잇겟나 자네 좀 생각해 보게』

『이사람 저사람 생각해봐두 가치갈만한 사람이업는데』

『자네 형제는 장사루 이름이 낫스니까 장사친구들이 더러 잇슬터이지』

『힘꼴쓰는 사람으루 말하면 나두 더러 알지만』

『자네 아는사람중에 자네 아우만한 장사가 또잇나』

『내가 힘을 겨러본 사람에는 내 아우만한사람이 업서 그런데 내 아우가 작년까지는 적수가 업다구 힌소리를 하드니 올정월이후루는 그 힌소리가 쑥 드러갓느니』

『그건 엇재서』

『정월에 양주를 갓다가 저의웃수를 맛낫다네』

『그게 누구야』

『백정의아들 임꺽정이라나 천하장사라데』

『힘을 겨러 봣다나』

「힘두 제법 겨려보지 못하고 고패를 뺀 모양이데」

「힘두 겨러 보지안쿠 어떠케 웃수인줄 알엇나」

「내아우가 장긔둘줄 아는것은 자네두 알지 작년겨울에 내아우가 과천으루 소금지구 나갓다가 어느집에서 장긔잘두는 사람을 하나 만낫는데 그사람이 황 무손동이라나 임꺽정이의 처남되는 사람이래 내아우가 그사람과 서루 친분이 생겨서 장긔두구 놀기겸 임꺽정이를 만나볼 작정으루 올 정월보름께 양주를 갓드라네 내아우가 힘이야기를 자꾸 자어내어두 임꺽정이는 대꾸두 잘 하지안트라네 그래 내아우가 힘을 좀 자랑해 보려구 맘을먹구 잇는중에 부름으루 밤 호두를 내왓드래 그 호두를 한개씩 집어서 두 손꾸락으루 눌러깨엇드라네 임꺽정이가 이것을 보드니 한번 빙긋이 웃구 호두와 잣을 잇는대루 내오라구 해서 호두 잣 한박아지를 아페노쿠 아우와 가치 호두를 한개씩 집어서 깨는데 나중에 아우는 손꾸락이 아퍼서 깨는 것이 처음갓지 못하건만 임꺽정이는 처음이나 조금두달음업시 빨리깨드라네 아우가와서 혀를 내두르데」

「그런 사람을 하나만 더 데리구 갓스면 쇠도리깨도독눔은 손꾸락으루 눌러라두 죽이겟네」

「막봉이 오거든 의논해보게」

손가는 여러날 동안 삼봉이와 가치 놀면서 막봉이 오기를 기다리엇다 선봉이는 남의 밧마직이를 어더서 농사짓는의에 집안에서 살림하고 자근봉이는 형의 여름일을 거드러주는의에 삭밧고 품을 팔고 삼봉이는 둥짐장사하고 막봉이는 소금장사하야 사형제가 다 놀지안코 벌어드리나 식구가 만하서 쓰임쓰임이 과할뿐아니라 오부자가 모다 술ㅅ군이라 밥을 굴머도 술은 안먹고 못견듸는까닭게 지내는 형편이 항상 구차하엿다 손가가 온뒤 멧칠동안에 하루한번 술대접을 안바든날도 업스나 저녁한끼 죽을 안먹은 날도 업섯다 손가가 내처 묵기 미안하야 남은사긔를 마저팔고 가는길에 다시 올까하고 떠나려고 생각하든차에 막봉이가 마침 돌아왓다 막봉이는 엄장과 몸집이 선봉이 자근봉이 보담 배나크고 둥근눈과 가로 찌어진 입이 삼봉이와도 달러서 사형제중에 가장 거물스러웟다 나이는 불과 스물하나박게 안되엇건만 삼십 가까운 손가와 년상약해 보이엇다 삼사년만에 만나는 손가가 막봉이의더 노창한것을 보고 인사말끄테

『인제 아주 노총각이 되엇네그려』

하고 말하니 막봉이는 씽긋웃는 우슴으로 말대답을 대신하엿다 손가가 온 까달글 대강 아비에게 말듯고 알엇건만 막봉이는 손가를 보고

『엇재 왓소』

하고 물엇다

『내가 못올데왓나』

『어기매지 말구 말하우』

『자네보러 왓네』

『무슨일루 날 보러왓소 혼인 중신해줄데잇소』

『노총각이 장가들기가 급한가배그려』

『장가가 급하기버덤 아들이 느젓소』

『자네가 실업슨말을 다 할줄아니 제법일세』

『대체 무슨일루 날 기다렷소』

『잇다 밤에 이야기합세』

『밤에 할이야기 나제 못할께 무어잇소 지금 이야기하우』

막봉이의 말을 어기기 어려워서 손가가 쇠도리깨도적놈의 원수가플일을 자세히 이야기하엿다

막봉이는 이야기를 별로 귀담아 듯지도 안코

『자네 한번 나서주게』

하고 청하는 손가말에

『나는 실소』

하고 고개를 외치더니 손가가 가진 말을 다하고 삼봉이가 손가말을 거드러도 막봉이는 한결가티 고개를 외칠뿐이엇다 손가가 막봉이 형제들과 큰방에 안저서 이야기 하는중에 늘근이의 기침소리가 방박게서 낫다 손가는 짐짓 큰소리로

『내일두 아니구 우리 형님일인데 자네가 이러케 고집을 부린단말인가』

하고 책망하듯 말하야 막봉이가

『뉘일이구 내가 실혼거야 어떠케 하우』

하고 대답할때 늘근이가 방문을 열고 드려다보며

『이애 막봉아 매형의 원수는 가퍼주기 실트래두 매형을 한번 가보구나 오렴으나』

하고 말을 일럿다

『이담 가 보지요』

『손서방하구 가치가지 이담갈것 무엇잇늬』

『안성 소굼 갓다줄데가 잇서 손서방하구 가치못가요』

막봉이가 늘근 아비의 말도 듯지안는것을 보고 손가는

『자네가 정 실타면 할수업지』

하고 쓴입맛을 쩍쩍 다시다가

『자네 실타구 고집하는것이 무슨 까닭긴가』

하고 물으니 막봉어는

『까닭근 알어 무어하우 실흐니까 실타지』

하고 무뚝뚝하게 대답하엿다

『까달기나 좀알면 조켓네』

『맘이 쏠리지 안는것을 억지루 어떠케 하우』

『엇재서 맘이 쏠리지 안나』

『성가시게 고지고지 케어뭇지마우』

『쇠도리깨도적놈이 호락호락하지 안흔데다가 더구나 댓가지재주 가진도적놈이 부터잇다구

하니까 준의가나서 그러나』

막봉이가 손가의말을듯고 둥근눈을 더 둥그러케 뜨고

『준의 준의』

하고 뇌더니

『날더러 도독놈이 무서워서 못간단말 아니요』

하고 손가의 아프로 대들다가 다시 물러안즈며 박게섯는 아비를 바라보고

『매형두보구 도둑놈들두보러 내가 가겟소』

하고 말하엿다

막봉이가 가치 가기로 작정된뒤에 손가는 양주 임꺽정이를 청해서 가치 가도록 하자고 말하고 시프나 막봉이의 비위가 틀리어 딴소리가 나올까 겁이나서 넌짓이 늘근이를보고 이뜻을 말하엿다 늘근이가 일부러 아들방에 와서 처음에 막봉이에게

『도독놈 잡으러 멧사람이 가기루 작정햇느냐』

하고 물으니 막봉이는

『나혼자 갓스면 제일 조켓는데 셋재형이 가치 간다니까 형제가지요』

대답하며 아비를 바라보고 늘근이가 다음에 삼봉이에게

『너의 형제만가서 도독눔을 꼭 잡을수 잇겟느냐』

하고 물으니 삼봉이는

『가봐야 알지요』

대답하며 막봉이를 돌아보앗다 늘근이가 나종에 삼봉이 막봉이형제를 번갈러 보면서

『너의 매형의일이 아니구 또 손서방의 간청이 아니면 내가 너의 형제를 가지못하게 말렷슬

깨다 지금 가지말라구 말리지 안는대신에 너의에게 부탁할일이잇다 너의형제의에 가치 갈만한사람이 잇거든 가치가두룩해라』

하고 말하니 삼봉이는 막봉이 오기전부터 손가와 공론한 일이잇는터이라 선뜻

『어듸 가치갈만한 사람이 잇서야 가치 가지요』

하고 대답하며 빙글빙글 우섯다

『양주에 천하장사가 잇다지안엇늬 그런 장사하구 가치가면 든든하지야』

『양주 임꺽정이 말입니까 그 사람을 막봉이는 알지만 막봉이가 말해서 갈는지 모르지요』

『갈때 양주를 들러서 가치가자구 말해보렴으나』

이때까지 잠자코잇든 막봉이가 홀제 입을 열어서

『임꺽정이는 고만두구 다른 사람하구라두 가치 가라면 나는 안가겟소』

말하고 아비와 형을 둘러보앗다

『네가 남의 조력을 밧지안쿠 도독놈을 잡으면 네직성은 풀릴는지 모르나 그동안 늘근 아비의 조심되는것은 생각하지 안느냐』

『안가면 고만이지요』

『간다구 말하구 안갈수 잇늬』

『다른 사람하구는 가치 갈수업소』

막봉이의 고집을 늘근이도 꺽기어려워서 더 말하지 아니하야 마침내 막봉이 형제만 자근 손가와 가치 송도로 직행하게되엇다 막봉이가 송도와서 매부의 등신된 꼴을보고 또 누님의 고생하는 하소연을 듯고서는 자근손가의 말에 분나서 올때와 달러서 쇠도리깨도적놈을 미워하는 생각이 업지안흔중에 죄업는 어린애를 악착스럽게 죽인다는것이 종작업는 풍설만이 아닌줄 알고는 쇠도리깨도적놈을 기어히 잡아서 버릇을 가르치려고 마음 먹게되엇다 막봉이 형제가 자근손가와 공론하고 도적 잡으러갈 준비를 차리엇다 채롱셋작과 농삼장세벌을 빌기도 하고 사기도하야 거짓짐을 만드는데 질머진것이 가볍게 보이지 안토록 돌과 흙을 채롱에 담고 누가 보든지 물건ㅅ짐으로 보이도록 농삼장을 거테씻다 거짓짐이 다 된뒤에 연장 가지고 갈 공론이낫다 칼을 조하하는 삼봉이가 먼저

『칼이라두 한자루 가지구가야 하지안나』

하고 말을내니 자근손가가

『우리집에는 식칼밧게 업구 칼을 어듸가서 엇나』

하고 고개를 비틀엇다

『식칼을 무엇에 쓰나』

『도끼를 갈어 가지구 가면 어떠켓나』

『나무패러 가나 도끼를 가지구 가게』

『그림 어떠케하나』

『글세 맨주먹만가지구 가잔말두 안되구 어떠케 햇스면 조흘까』

『여게 막봉이 어떠케할까』

『무얼 어떠케해』

『아니 연장을 어떠게하면 조켓느냐는 말이야』

『업스면 못가지구 가는게지 어떠케 하기는무얼 어떠케 하우』

『연장이 업시가서 위태하지 안흘까』

『연장이 쓸데잇스면 도독눔의 연장 빼앗어쓰지 격정이요』

손가는 고사하고 삼봉이까지 막봉이의 힌소리를 곽 밋지 아니하나 업스니 할길업서 연장은 못 가지고 가게되엿다 금교역말장날 도적이 잘나는까닭게 장날을 기다려서 세사람이 만드러 노흔 거짓짐을 한짝식 질머지고 청석골로 나가는데 큰손가의 안해는 시동생보다도 동생들까닭게 격정하고 자근손가의 안해는 남편때문에 근심하나 등신가튼 큰손가는 어린아들과 가치 시름업시 서서 구경하고 잇섯다

막봉이 형제가 손가를 압세우고 청석골로 오는길에

『오늘 허행이나 아닐까』

『요담장날 오지 걱정인가』

『요담장날 또 허행하면』

『담담장날 또 오지』

『한달육장 청석골만 나오다 말게』

삼봉이와 손가가 서로 짓거리는말을 맨뒤에 오는 막봉이가 듯고

『당치안은 소리 하지마우 그동안 사람이갑갑증이 나서 죽으라구』

하고 타박을 주엇다

『그럼 어떠케 할텐가』

하고손가가 뒤를 돌아보니 막봉이가 아프로 나오면서

『그눔들의 소굴을 탐지해서 쪼처 들어갈 생각을하지 누가 한엽시 나오기만 기다리구 잇겟소』

하고 말하엿다

『소굴을 탐지해서 알드래두 경선이 쪼처 들어가긴 어렵지안허』

하고 손가는 삼봉이를 보고 말하는데

『그런걸 어렵게 생각할테면 애당초에 원수 가플맘을 먹지말지 어렵긴무에 어렵담』

하고 막봉이는 손가를 몰아세웟다 중간에 끼인 삼봉이가

『그건 가보구 나서 의논할일이야 고만두구 어서가세』

하고 아페섯는 손가를 재촉하고 자긔도 걸음을 부즈런이 떼어노흐니 삼봉이 여페 나섯든 막봉이가 다시 뒤에 떨어저서 전과가티 맨뒤에 따러갓다

일행 세사람이 골어구 가까이 왓슬때 마주오는 장ㅅ군하나를 만낫다 손가가

『벌서 장이 파햇소』

하고 물으니 그장ㅅ군이

『아니요』

하고 한마듸 대답한뒤에는 다시 말을 뭇지 말라는듯이 외면하고 세사람여플 지나서가며 흘낏흘낏 뒤로 돌아보다가 남쪽 개래동ㅅ길을 들어 가다 말고 돌처서서 여보 여보 하고불럿다 세사람이 모두 거름을 멈추고 돌아 보는중에 맨뒤에잇는 막봉이가 자연 말을뭇게되엇다

『왜 그러오』

『댁들 어듸루 가우』

『그건 왜 뭇소』

『탑고개에 곽오주 나섯습듸다 맨몸가트면 모르지만 물건ㅅ짐 지구는 갈 생각마우』

『곽오주가 누구요』

『곽오주 성명을 모르는것 보니까 난데서 오는이가 분명하오 이아페 탑고개에 쇠도리깨가진 무서운 도독눔이 나섯습듸다 쇠도리깨도독눔 곽오주라면 이근방에서는 뜨르르하우』

하고 장ㅅ군이 말을 끄치자마자 삼봉이가 나서서

『쇠도리깨 도독눔이 나선것을 지금 보구오는길이요』

하고 뭇고 손가는 그 뒤를 이어서

『참말 나섯습듸까 거짓말 아니요』

하고 다저물으니

『거짓말이요 내가 거짓말 할까닭이잇소 곽오주는 날더러 오는 행인에게 말 말라구 합듸다 그래서 내가 말 안허구 가려다 댁들의 물건 빼앗길일이 딱해서 일껀 말해주는데 거짓말이라니 거짓말루 생각하거든 가보구려』

하고 그장ㅅ군이 불쾌스럽게 말하엿다 손가가

『미안하우』

하고 사과한뒤에

『쇠도리깨도독놈이 혼자 나왓습듸까』

하고 다시 물으니 그 장ㅅ군은

『오가란 늘근도독놈하구 둘이 나왓습듸다』

하고 대답하엿다

『댓가지도독놈은 나오지 안엇습듸까』

『댓가지도독놈을 아는것보니 청설골 도독놈의 선성은 들엇구려 댓가지도독놈은 보이지 안습듸다』

손가가 장ㅅ군에게 말을더뭇지안코 삼봉이와 막봉이를 보고

『되엇네 되엇서』

하고 허허 우섯다

『얼른 갑시다』

『어서 가세』

『가세 가세』

세사람이 서로 재촉하며 불이나케 걸어가니 그 장ㅅ군은 세사람이 다 정신들이 온전치 안커

니생각하야

「멀정한 미친 사람들이러군」

하고 혼자 중얼거리엇다

손가가 장ㅅ군에게서 쇠도리깨도적의 소식을 듯기전에는 은근히 걱정되는일이 두가지 잇섯다 쇠도리깨도적을 못만나게되면 막봉이가 적굴을 차저가자고 고집을 세울터이니 이것이 한걱정이요 쇠도리깨도적을 만나더라도 몟가지재주 가진도적과 한께 만나게되면 막봉이 형제의원력만가지고 원수를 갑게될른지 모르니 이것이 또한 걱정이라 손가는 속으로 걱정하느라고거름까지 느릿느릿 걸엇는데 장ㅅ군의 전하는 소식을 들으며부터 이걱정 저걱정이 봄눈가티사라저서 속 모르는 장ㅅ군이 미친 사람으로 볼만큼 싱글벙글 조하하고 걸음도 선듯선듯 내드듸엇다 얼마동안 아니가서 탑고게미테 다다랏다 손가가 거름을 멈추고

「인제 고개에 다 왓스니 어떠케 할것을 여기 안저 공론 좀 하세」

하고 막봉이 형제를 돌아보니 삼봉이는 대번에

「그러케 하세」

하고 고개를 끄덕이는데 막봉이가 고개를 외치면서

「지금 의논할것 무엇잇소 내가 압장설께 따러들만 오시우」

하고 곳 손가 아프로 나서서 주적주적 걸어갓다 삼봉이가 어이업서하는 손가를 돌아보며 한번 웃고 정중정중 막봉이 뒤를 쪼차가니 손가는 할일업시 그대로 삼봉이 뒤를 따러갓다 막봉이 뒤에 삼봉이 삼봉이 뒤에 손가 셋이 줄느런히 서서 고개마루까지 거의다 왓슬때 쇠도리깨가진 절믄도적이 늘근도적과 가치 언덕우에나서서 나려다보며

『이놈들 게섯거라』

하고 호통을 질럿다 막봉이가 거름을 멈추고서 삼봉이와 손가를 돌아보며 도적놈이 쪼차 나려오도록 도망질 치는 시늉을 내자고 숙은숙은말하야 세사람이 일시에 돌처서서 오든길로 달아나는데 짐들이 무거워서 가뿐모양으로 일부러 허덕허덕하엿다

『이놈들 도리깨맛구 뒤어지구 시프냐』

『목숨은 살려줄테니 진작 짐짝들 벗어놔라』

도적의 뒤 쪼차오는 발자국 소리가 우루루 들리니 세사람은 모다 허둥지둥하는체하엿다

『이놈 죽어 봐라』

도적이 맨뒤에가는 막봉이를 노리고 쇠도리깨를 둘러메일때 막봉이가 별안간 돌처서며 머리우에 떨어지는 쇠도리깨를 한손으로 붓잡앗다

『이놈 봐라』

도적이 도리깨를 확 잡아채엇다 예사 장정만가터도 도리깨를 노치지안흐면 아프로 고꾸러젓슬것인데 막봉이는 끄떡아니하고 꼿꼿이 서잇섯다

『힘꼴이나 쓰는 모양이다』

『주제넘은 놈 가르니』

『네가 안노쿠 백일테냐』

『안 노흘테니 엇절테냐』

막봉이와 도적이 서로 쇠도리깨를 빼앗으려고 잡아 달리기 시작할때 삼봉이와 손가가 짐들은벗어버리고 대어들어서 막봉이를 거들어 주려고하니 막봉이는 고개를 가로 흔들엇다

『이눔은 내게 맛기구 늘근놈이나 가서 잡우』

막봉이의 말끄테 삼봉이와 손가가 산미테 나려와 섯는 늘근도적에게로 쪼처가니 늘근도적은물게가 조치못한것을보고 다시 언덕우로 올라가서 쪼차 올라오지 못하도록 물빠가튼 돌멩이를 나려굴렷다 삼봉이가 큰 돌멩이들을 집어서 언덕우로 던지는데 조약돌로 팔매치듯하야 늘근도적섯는 아페까지 가서 떨어젓다 늘근도적이 돌도 나려굴리지 못하고 숨는것을 보고 삼봉이가 손가와 가치 아우성을 치며 쪼차 올라가니 늘근도적은 똥쌀이 빠지게 도망질을 첫다 삼봉이와 손가가 늘근도적의 뒤를 얼마 쫏다가말고 돌아와서본즉 막봉이는 아직도 절믄도적

과쇠도리깨로 줄을 달리는 중이엇다 삼봉이가 가만가만 도적의 뒤에 가서

『이눔』

하고 소리를 질러서 도적이 움찔 하는틈에 막봉이가 쇠도리깨를 빼앗어서 벼락가치 도적을 나려첫다

막봉이의 나려치는 도리깨에 도적이 머리를 마젓스면 해골이 부서저서 더 마질나위업시 요정이 낫슬것이고 억개를 마젓스면 쭉지뼈가 으스러저서 적어도 팔병신이 되엇슬것이지만 도적이 마치맛게 가로뛰어 피하야 도리깨가 허공을 나려치고 떨어젓다 삼봉이와 손가는 도적이도망하지 못하도록 뒤를 막아싸고 막봉이는 다시 도리깨를 꼬나잡고 아프로 대어들엇다 도적이 막봉이를 향하야 손을 내 저으면서

『내말 잠ㅅ간 듯구나서 덤벼라』

하고 씩씩하며 말하니

『무슨 말이냐 말해라』

하고 막봉이가 발을 멈추엇다

『오늘은 고만두고 내일 모래 이맘때 여기서 다시 만나서 네가죽든 내가죽든 한번 해보자 쇠도리깨는 그동안 네가 마터라』

「내가 고만두기 실은데 네말듯구 고만두랴 해볼맘이 잇거든 시방 해보자」

「보아하니 너두 사내자식이 시방 해보자구 말하기 부끄럽지 안으냐 너의가 셋이니까 나두 내일모레 셋이 와서 해볼텐데 그래 너의 셋이 나하나하구 시방 해보잔말이냐 예끼순 뻔뻔한 자식 가트니」

「다른사람은 얼씬 못하게하구 나하구너하구 단둘이 해보자 이까지놈의 도리깨 다 소용 업다 내가 맨주먹으루 네놈을 때려눕히지 못하면 성이 길가가 아니다」

막봉이가 도리깨를 내던지고 곳 삼봉이를 바라보면서

「형님은 손서방하구 저리가서 구경만하우 아예 호성두 지를생각 마우」

하고 말하엿다

「오냐 그래라 등에진 짐이나 벗어노쿠 해 봐라」

「암 짐은 벗어노치요」

막봉이는 형의말을 듯고 그제야 짐을 벗어버리엇다

「더 할말은 업겟지」

「그럴것업시 우리 씨름을 해보자」

「이놈아 씨름은 다 무어냐 너 가튼 무도한 도독놈은 주먹으루 때려 죽일테다」

『나하구 무슨 원수젓늬』

『네 도리깨에 병신 된 매형의 원수두 가펴야겟지만 그버덤두 네손에 죽은 어린애들 원수를 가펴줄테다 이놈아 대체 어린애는 왜 죽이늬』

막봉이가 말을 끄치고 바로 도적에게 대어들어서 싸움이 시작되엇다 이동안에 삼봉이와 손가는 짐짝들과 쇠도리깨를 한여페 치워노코서 두사람의 싸움을 구경하엿다 황소가튼 사람이 둘이 서로 달려부터서 후닥닥거리고 싸우니 싸움이 황소싸움보다 더 무서웟다 주먹과 발ㅅ길이 왓다 갓다 하는중에 막봉이는 도적의 상택이를 움켜쥐어 아프로 끄숙이고 한주먹으로 등쭐기를 우리는데 도적은 두주먹으로 막봉이의 양편갈비를 쥐어질럿다 막봉이가 상택이 쥐인 손을 노흐며 곳 등쭐기 우리든 주먹으로 도적의 복장을 되게 내질러서 도적은 잠ㅅ간 비쓸거리다가 마침내 뒤로 나가 잣바젓다 막봉이가 발로 도적의 복장을 밥고서서

『이눔』

하고 나려다보니 도적은 눈을 스르르 감고 치어다보지 아니하엿다 막봉이가 삼봉이와 손가를 손짓하야 불러온뒤

『형님 원수를 어떠케 가플레요 맘대로 가펴보우』

하고 도적을 손가에게 내 맛기니 손가는 얼른 가서 쇠도리깨를 들고 왓다 그러나 쇠도리깨가

너무 무거워서 손가는 둘러메려다가 못둘러메고 지팡이삼아 집고서서 도적의 머리와 얼골을 발로짓밟벗다

도적이 잣바질때 일시 정신을 일헛더라도 내내 잡어잡수하고 가만이 누어잇슬까닭기업다 도적이 일어나려고 허부적거리는것을 삼봉이가 눌러서 꼼짝 못하게하고 손가는 이를 악물고 쇠도리깨로 도적의 몸을 함부로 짓찌엇다 도적은 머리가 깨지고 살이 터지고 얼굴이 피루성이가되엇다 도적이 사지 펴는것을 막봉이가 보고

「그러다가 아주 죽이겟소」

하고 손가의 손을 붓잡앗다

「죽이면 어떤가」

「죽이면 어떠타니 여보 고만두우」

「자네 살인죄 당할까봐 걱정인가 화적을등시타살한것은 살인이업다네」

하고 가르처주는 말뿐으로 말하니 막봉이는 증을 벌컥 내며

「고만두라거든 잔소리 말구 고만두어요」

하고 손가의 쥐인 쇠도리깨를 빼앗어 내던젓다

「그러면 자네는 어떠케 할 셈인가」

「무얼 어떠케 한단 말이요 고만 내 버려두구 가지」

「그래 이 흉악한 도독놈을 뱀 설죽이듯하구 가잔 말인가」

「그만하면 원수두 갑구 버릇두 가르첫지 아주 죽일맛이 무어요」

「자네가 오늘 식전까지두 무도한 도독놈은 잡어 업새야 한다구 말하지 안엇나 홀째 맘이 변한걸세그려」

「맘이 변햇소 변햇스니 어떠탄 말이요」

이때까지 잠자코 잇든 삼봉이가 나서서

「이애 그럴것업시 도독눔을 묵거서 송도루 끌구가자」

하고 말하니 막봉이가

「송도 가서 어떠케 할라우」

하고 물엇다

「금도 군관인지 포두 군관인지 도독눔두 못잡구 나라 요만 처먹는눔들을 갓다주어보자」

「그러면 우리 상급 줄것갓소」

「상급은 못 먹드라두 우리 이름은 나지안켓늬」

삼봉이의 말에 막봉이가 딴소리를 아니하고 또 손가도 조타고 말하야 도적을 끌고 가기로 작정되엿다 세사람은 거짓짐들을 풀러서 흑과 돌을 떨어 버리고 채롱과 농삼장만 모아서 걸머지게만들고 다 죽어가든 도적을 잡아 이르켜 안치고 짐동엿든 바줄로 뒷 결박을 지웟다 늘근 도적오가는 한동안 정신업시 도망하다가 뒤에 쫏는 사람이 업는것을보고 살금살금 돌아와서 언덕우에 숨어 안저서 빼금빼금 내다보며 세사람의 의논하는말을 한마듸도 빼지안코 들으려고 손을 쪽박가치 오그려서 귀박휘에 대고 잇섯다 아주 죽이지 말잔말과 내 버리고 가잔말에 눈쌀을 조금 펴다가 송도로 끌고간단 말에 상을 다시 찌프렷다 곽오주가 송도로 끌려가면 필경 죽게될것이라 끌려가기전에 구해야 할터인데 어떠케하면 구할수 잇슬가 늘근오가는 고개를 숙이고 꾀를 생각하엿다 쪼차 나려가서 아주 죽이지 말자든 사람을 붓들고 이왕이니 아주 살려달라고 빌어볼까 오가는 곳 쪼차 나려갈것가티 벌떡 일어섯다가 자기 마저 묵거서 끌고가면 어떠케하나 오가는 다시 주저안저서 한숨을 쉬엇다

「박서방이 잇섯스면 이런변이 나지두 안쿠 나드래두 도리가 잇스련만 부전부전하게 양주를 왜 갓노 가드래두 속히 올것이지 간제가 벌서몃칠이야 왜 이러케 오래 아니온담」

늘근오가는 혼자말로 짓거리고 하늘을 치어다보며 눈물을 흘렷다 오주가 묵겨가는 꼴을보고 잇는이 집에가서 집안식구들과 가치 울기나하겟다 생각하고 오가는 숨어안즌 자리에서 일어나기는 일어낫스나 발ㅅ길이 차마 돌아서지 아니하야 한참 머뭇거리다가 홀제 길아래를 향하

고 섯다

「오주 자네는 인제 영결일세 자네 죽은뒤에 박서방과 내가 자네 원수를 가퍼줌세 우리둘이 세눔을 당할수 업스면 꺽정이에게 조력을 청하겟네 어떠케든지 세눔의 온 집안을 도륙내서 자네 원수를 가퍼줌세」

오가가 염불하듯 중얼거린뒤에 돌아서서 산속으로 들어가다가 중간에서 갑작이 길을 변하야 탑고개미테 잇는 탑고개 동네로 나려갓다

탑고개 동네에 사는 사람들은 도적의 그늘에서 사는까닭게 도적을 무이지 못하엿다 이것은 탑고개 아래잇는 탑고개 동네뿐이 아니요 탑고개 아래잇는 양지말이든지 탑고개넘어 잇는 게정골이든지 다 매 일반이나 탑고개 동네는 도적의 버리자리 턱미치인만큼 도적들과 교분잇는 사람이 다른동네 보다도 만헛다 청석골 붓백이도적 오가가 혼자서 구메도적질 할때에는 식전 나와서 저녁때 들어가려면 점심을 싸가지고 다니엇는데 댓가지 도적이란 박유복이가 오고 쇠도리깨 도적이란 곽오주가 와서 긔세잇게 도적질하게된뒤로 시장하면 동네에 들어가서 술이나 밥을 달래서 먹엇다 동넷사람은 술이나 밥을지공하는대신 여러가지로 덕을 보는까닭게 도적이 오는것을 조금도 시려하지 아니하엿다 말하자면 청석골 여러동네사람은 대개 포도군사 아페 양민노릇하고 도적괴수아페 졸개노릇하는 두길보기하는 사람들이엇다 늘근도적 오

가가 산속으로 들어가다말고 탑고개 동네로 나려온것은 식구를 보러가지안코 졸개를 차저온 셈이다 오가가 동네와서 어느집에 들어안즈며 곳 동네의 말주벅이나 하는사람 서너명을 불러다가 아페 안치고 곽오주의 봉변한일을 대강 이야기한뒤

『지금 박서방두 집에 업구 나 혼자서는 구해낼 도리가 망연한데 자네들의 힘을빌면 될수 잇는꾀가 한가지가 잇스니 자네들이 힘좀 써주게』

하고 여러사람을 돌아보니

『될수잇는 일이면 하다뿐이요』

도적에게 긴하게 보이려는 사람도 잇고

『뒤에 탈이나 나지 안흘 일인가요』

미리 뒷일부터 걱정하는 사람도 잇는데 그중의 가장 똑똑한 사람이

『우선 꾀를 말슴하시우 어듸 들어봅시다』

하고 오가의 꾀를 듯고자하엿다 이러케 이러케 할일이라고 오가가 자긔의 생각한꾀를 말하고 나서

『자네들만 얼 업시하면 뒷탈은 날 까닭기 업지안은가』

하고 뒷걱정 하든 사람을 바라보니

「이틀밤이나 붓잡어 묵히자면 진창 먹여야할텐데 우선 우리동네에 조흔술두 업는걸이요」

하고 그 사람은 미간에 주름을 잡엇다

「술은 걱정말게 우리집 술두 내오구 또 모자라면 탑거리나 금교역말가서 사오지 걱정인가」

오가의 말끄테 긴하게 보이려는 사람은

「우리가 수단을 한번 내보세」

하고 다른 사람을 돌라보고 똑똑한 사람은

「일이 잘되면 상급들을 후이 주실테지요」

하고 오가를 바라보며 우섯다

「여부가잇나 일만되게 하게」

오가의 말에 뒷걱정하든 사람까지 지수긋하야젓다 오가가 불러온 사람들을 돌려보낸뒤에 그 집주인 절믄사람을 불러서 양주를 갓다오라고 일럿다

「오늘밤에 임진나루까지 가서 강이 만일 풀렷스면 내일식전 첫배타구 건느는게지만 아직은 강이 안풀렷슬께니 등빙해서 내처 밤길루 가면 내일점심전에 양주를 들어갈테구 곳 되지퍼 떠나서 밤길을 걸어오면 느저두 모레아침때는 돌아올수 잇슬것일세」

「글세요 일백육칠십리ㅅ길을 두밤 하루낫에 도다녀 올수잇슬가요」

「곽오주의 목숨이 자네 거름에 달렷네 자네가 일을 그릇치면 나는 오이려두 용서할테지만 박서방이 곳 자네을 죽이려구 할것일세」

「그럼 다른사람 보내시지요」

「자네 박게 보낼 사람이 업서 자네가 잘만 갓다오면 자네는 오주에게뿐 아니라 곳 우리에게 큰 은인이니까 두구 두구 잇지안음세 시각이바쁘니 지금 곳 떠날차림을 차리게 모레아침때 느저두 모레 점심때는 박서방이 여기를 대어와야 하네」

「정 가라시면 할수잇세요 갓다오지요 박서방 가잇는 집이 찻기나 쉬울까요」

「양주읍내 가서 임꺽정이 집은 두번두 뭇지안쿠 차저 갈수잇슬께니 걱정말게 그러구 임꺽정이 처남을 압서보내 달라구 내가말하더라구 박서방보구 말하게」

절문 사람은 이른저녁밥을 든든히 먹고 양주갈을 떠나갓다 양주 가는 사람이 떠나기 전에 동네ㅅ사람 대여섯이 큰길로나갓다 세사람이 고개에서 나려와서 송도길로 가는데 압선 총각은 결박지운 곽오주를 압령하고 중간에든 사람은 쇠도리깨를 억개에 엇메고 뒤따르는 사람은 채롱짝을 걸머젓다 동넷사람들이 쪼차가서 서로만나 거름을 멈춘뒤에 동넷사람하나가 압선 총각을 보고 말을부치는데 총각이라고 말을 나처하지 못하엿다

『이것이 쇠도리깨 도둑놈 아니요』

『그렇소』

『이도둑놈이 잡혓스니 인제는 우리가 살엇소 우리는 이안동네 탑고개에 사는 사람들인데 도독놈 때문에 밤ㅅ잠을 편히 못잣소』

『그랫겟지』

『장사들이 어듸서 오셧소』

『수원서 왓소』

『세분이 다 수원 사시요』

『저 뒤에 잇는이는 송도사우』

『올치한냥반은 가까이 사시는군』

다른사람하나가 나서서 말을 물엇다

『그래 이 무서운 도독놈을 어떠케 잡으셧소』

『주먹으루 때려 잡엇소』

『참말 천하장사시요 그래 이도독놈을 수원으루 끌구가실테요』

『아니요 송도루 끌구가우』

또 다른사람 하나가 나서서 말하엿다

『송도 들어가시자면 느질테니 우리 동네서 묵어가시우』

『공연한 폐를 끼치느니 좀 늦드라두 가겟소』

『페라니 천만의 말슴이요 말하자면 세분은 우리 동네 은인이신데 하루이틀은 고사하구 일년 이태라두 묵어 가시우』

『당치안은 말슴이요』

여러 사람들이 다 한께 나서서

『우리가 안뵈엇스면 모를까 뵙구야 그대루 가시게 할수잇소』

『보잘것업는 가난한 동네에 천하장사 세분을 뫼서가기가 황송한일이나 우리들의 정성을 살펴서 가치 잡시다』

『꼭 오늘 송두를 가서야 한다면 우리가 홰라두 잡혀드리겟지만 그럴것업시 우리동네와서 묵어 가시우』

『날ㅅ세가 늦지 안엇드라두 동네아플 그대루 지나가시게하면 우리의 도리가 아니요』

이사람 한마듸 저사람 한마듸 말하엿다 총각이 중간ㅅ사람을 보고

『형님 어떠케 햇스면 조켓소』

하고 뭇고 또 뒤의 사람을보고

『손서방 어떠케 할라우』

하고 물엇다

『여러분의정을 막을수잇늬 가서 하롯밤 폐를 끼치자』

『이왕 느젓스니 묵어가두 조켓네』

삼봉이와 손서방이 각각대답한 뒤 막봉이가 동네 사람들을보고

『그럼 가치 갑시다』

하고 말하야 동네사람들이 세사람을 동네로다리고 오게되엇다

동네 안 그중큰집 그집안 그중큰방에 여러 사람들이 둘러 안젓는데 상좌에 안즌 세사람은 손님이요 그 남아지는 동네 사람들이엇다 그동안에 날이어두어서 마당에는 화로ㅅ불을 질러노코 방에는 등잔ㅅ불을 달려노핫다 화로ㅅ불은 발그나 등잔ㅅ불은 히미하엿다 아이어른 녀편네 사내 할것업시 온 동네 사람들이 장사와 도적을 구경하려고 마당에 가뜩히 둘러섯는데 발근 마당에서 어두운 방안에잇는 사람이 잘 보이지 아니하야 장사의 얼굴을 잘 보여지라고 떠들어서 처음에 총각이 방문을 열고 내다보고 그다음에 총각의 형이 방문아페 나서서 이편저편 향하고 허리를 굽신거리다가 들어오고 나종에 손가가 잠ㅅ간 봉당우에 나섯다가 도루

들어왓다 마당에섯는 사람들이 장사를 구경한 뒤에는 도적이 잇는 곳을 차젓다 도적은 웃간 한구석에 묵긴채 누어잇는데 동네사람들이 빼꼼빼꼼 드려다 보는틈에 늘근 오가가 석겨가서 일부러 큰 소리로

「쇠도리깨도독눔아 곽오주야」

하고 불르고 간신히 눈을 뜨고 바라보는 오주에게 안심하라는 뜻으로 눈을 곰적어리엇다

이날저녁때 탑거리주막에는 탑고개로 나갈 장ㅅ군들이 만히 모여잇섯다 여러장ㅅ군 중에 가장 먼저온 장ㅅ군 하나는 탑고개 마루까지 올라오다가 쇠도리깨가진 사람이 잣바진사람 짓젓는것을 바라보고 쇠도리깨도적이 행인을 죽이는줄로 알고 무서운 바람에 가까이 가볼생각도 못하고 탑거리로 들아온 사람인데 이사람이 탑고개로 나가는 다른장ㅅ군들을 보고 허풍을 떨어서 모두 나가지들 못하고 탑거리주막에 모여잇게된것이엇다

「쇠도리깨도독눔이 미친증이낫는지 아는사람 모르는사람 할것업시 만나는쪽쪽 죽인다네」

「전에 업든일인데 그럴리가 잇슬라구」

「그러키에 미친증이 낫는가부다말이지」

「곽오주가 본래 실성한사람이니」

「그 사람이 개래동 정첨지집에 잇다가 미처서 쪼겨낫답듸다」

「아니 그런것은 아니요 내가 잘아는데 잠ㅅ간 미첫다가 낫습넨다」

「아니요 여보 지금두 미친중이 남어잇서 어린애우는소리만 들으면 당장에 다시 미친다우」

「그래서 어린애를 죽이거든」

「오늘 어린애 우는소리를 들은게지」

「어린애 우는소리를 듯구 어린애나 죽인다면 모르지만 어째 아는사람 모르는 사람 함부루 죽일까」

「아주 미첫는지 모르지」

「그래두 고지가 잘 안들리는데」

「고지안들리거든 가보구려」

「이사람아 미친사람의 맘을 성한사람이 어떠케요량하나」

「너더댓 사람 때려눕힌것을 보구온사람이 저기 잇소」

「여보 꽉오주가 사람죽이는것을 보구왓소」

「송장이 늘빈하게 누은것을 보구 나는 혼이 낫소」

「댁은 어떠케 죽지안쿠 살어왓소」

「그러키에 혼이 낫소 내가 빨리 도망질 안첫드면 쇠도리깨맛구 발서 염라대왕을 보러 갓슬께요」

「우리들이 떼를지어 가면 어떠할까」

「예사 사람두 미치면 무서운데 꽉오주가튼장사가 미첫스면 떼지어가두 소용업네 잘못하다 깡그리 마저죽을른지 모르지」

「그럼 어느때까지 여긔서 이러케하구잇단 말인가」

「해저서 땅검된뒤에 고개를 넘어가자구 아까 멧사람이 공론햇네」

「집안식구들이 기다리겟는걸」

「잠ㅅ간 기다리는것이 아주 못보는이버덤 저위아닌가」

「그거야 말할것두 업는일이지」

런 장ㅅ군중에 아는사람과 모르는사람이 서로 뒤석겨서 중구난방으로 짓거리며 해저서 어둡기를 기다리고들 잇섯다

땅검된뒤에 여러 장ㅅ군이 한데몰려서 랍고개를 넘어오는데 고개마루턱을 넘엇섯슬때 발서 어둡캄캄하야 길이 잘보이지아니하엿다 여러사람중에는 공연히 두런거리는 사람도잇고 두런거리지말라고 쉬쉬 하는사람도 잇섯다 여러사람이 거지반 길바닥에 총장이 늘빈하려니 밋고 오는까닭게 아패사람이 무춤만하야도 뒤의사람은 총장인가 뭇고 겁쟁이가 돌뿌리만차고 아이

구머니 소리질러도 장력센 사람이 총장인가 어듸보세하고 드려다보앗다 그러나 총장가튼것도 하나보지 못하고 고개를 다들나려왓다 장ㅅ군들중에 탑고개동네ㅅ사람이 하나 끼어잇서서 고개를나려오며 곳 다른사람들을 작별하고 동네로들어왓다 그사람의안해가 느진 곡절을 물으니 그사람은 탑거리서 지체한 까닭글 말하엿다

『정말 미친놈은 그소문을 낸놈이요 곽오주가 사람을 때려죽이는게 다무어요 제가 마저서 죽을지경이라오』

하고 막봉이 일행이 곽오주잡아가지고 동네와서 묵는것을 이야기하야 그사람은 한동안 벌린 입을 다치지 못하다가 나종에

『자네말두 고지듯지 못하겟네 이번엔 내눈으루 가보구 오겟네』

하고 곳 일행이 묵는집에와서 아랫간에안즌 낫선사람들과 웃간에 묵겨 누은 오주를 눈으로 보고나서 손님대접하는 동넷사람을 보고 전후이야기를하야 방안이 갑삭이 우슴판이 되엿는데 그중의 멧사람은 웃느라고 한동안 허리를 펴지못하엿다

밤에 동넷사람이 막봉이 일행을 술대접하는데 살찐걸구를 일부러 잡아서 안주도 풍성풍성하려니와 술이 멧동의로 들어와서 술을 조하하는 막봉이형제는 먹기전부터 마음이 흐뭇하엿다

『가까이들 들어안지시우』

「손님들은 안즈신대루 안저게시게하구 우리들은 나이차례루 둘러안즙시다」
「나는 술을 못먹으니 차례에 빠질테요」
「나두 빠지겟네」
「나두 골치가 아퍼 술을 못먹겟서」
동넷사람 서넛은 뒤로 나안고 그남아지 너덧사람이 나이대로 안즌뒤에 동넷사람중에 첫머리에 안즌사람이 뒤에 빠저안젓는 나이절믄사람을 돌아보며
「자네는 이리 나와서 술시중이나 들게」
하고 말하니 그사람이
「나더러 술장사노릇 하란말슴이요」
하고 우스며 가온대로 들어안젓다
「사발이 모두멧개나 되나」
「꼭 세개요」
「손님들 아페부터 돌라노케」
절믄 사람이 사발을돌라노코 구기로 술을 떠 부으려고할때 손으로 고테안즌 손가가 주인으로 첫머리에 안즌 동넷사람아페 사발을 밀어노흐면서

『손에게 술을 권하자면 주인이 먼저 맛을 보서야지』

하고 말하니 그사람은

『촌 사람이 술권하는 법이나 아우 자 내가 먼저 맛보겟소』

하고 사발을 집어들고 구기잡은 사람에게로 내밀면서

『내게 먼저 부어주게』

하고 말하엿다

그 사람이 술을 들려고 할때 다음자리에 안젓는사람이

『그럼 우리 이러케 합시다 우리는 이사발 하나루 돌려먹을테니 손님들은 그사발둘루 돌려 잡수시요 그래서 우리 하나에 손님두분씩 가치먹읍시다』

하고 손에게 술더먹일공론을 내엇다

『우리는 곱백이루 먹는셈이 되라구요 꼭가치 돌립시다』

하고 손가가 딴소리하는것을

『취하두록 먹으면 고만이지 아무러케나 얼른 먹읍시다』

하고 막봉이가 가로막아서 술을 먼저공론대로 먹게되엇다 주인된 동넷사람들이 한차례 돌려 먹기전에 웃간에서 오주가

『나두한사발 다우』

하고 소리 질르니 뒤로나안젓는 동넷사람들이 한께 웃간을 나려다보며

『네눔줄 술이잇스면 개를주겟다』

『우리가 네눔의 살ㅅ점을 뜨더먹구시픈데 술을줄듯하냐』

하고 각기 꾸짓는데 술짜리 첫머리에 안즌 동넷사람이 막봉이를 바라다보며

『아까는 다 죽어가든눔이 그동안에 술생각을 하는구려』

하고 우섯다

『저녁두 못먹은놈이니 술한사발 먹이시우』

하고 막봉이가말하야 동넷사람들이 일부러 먹이지 말자고 욱이다가 나종에 못이기는체 하고 뒤에 안젓는사람 하나에게 술한사발을 주어서 갓다먹이게 하엿다

오주가 입에대어주는 술을 한사발 다마시고 나서

『한사발만 더 다우』

하고 말하야 그사람이

『이거 보게 낭낭해서 한사발 더달라네』

하고 퓐잔 주는것을 삼봉이가 듯고

『이왕이면 우리셋의목으루 세사발만 먹입시다』

하고 말하엿다 두사발을 갓다 먹이고 세사발째 가저가려고할때 손가가

『내 목은 고만두우』

하고 말하는 것을

『고만두는건 다 무어요』

하고 막봉이가 가루 막아서 세사발까지 갓다 먹이게 되엿다

술ㅅ긔운이 돌아서 흥들이 난뒤에 삼봉이가 우스면서 구기잡은 사람보고 실업슨 말을 걸엇다

『소리나 하나하우』

『나를 아주 술장사기집으루 녀기시는구려』

『기집만 소리하우 내먼저 하나 하리다』

삼봉이와 구기잡은사람이 각각 한마듸식 하고나서 다른 사람들을 졸라 소리가 토막돌림이되엇다 뒤에안저서 술안먹고 고깃념이나 먹든 사람들까지 모두 소리를하고 한밤ㅅ중이 지나도록서로 웃고 떠들엇다

동넷사람들이 돌아간뒤 삼봉이와 막봉이는 고만 쓸어저서 코를 골앗지만 손가는 도적이 결박지운것을 끈흘까 념려하야 참참이 웃간을 나려다 보느라고 잠도변변히 자지 못하엿다 날이

발가서 박게 사람소리가 날때 일즉 일어나는 버릇이잇는 삼봉이가 번쩍 눈을 떠서 벽에 기대어 안젓는 손가를 바라보고

「벌서 일어낫나」

하고 물으니 손가는 고개를 흔들며서

「나는 통히 잠을 못잣네」

하고 대답하엿다

「왜 그랫서」

「우리가 잠든동안에 도독놈이 무슨짓을 할는지 몰으니 맘노쿠 잠을 잘수가업데」

「결박지운것을 끈쿠 도망할가봐서」

「도망질 치는것버덤두 우리를 와서 죽일는지 누가아나」

「곤단걀지구 성미튼 못가겟네」

「자네 일어날텐가 일어나면 내가 잠ㅅ간 눈을 부치구 일어남세」

하고 손가는 누우며 곳 잠이 들어서 해정술 먹으라고 깨울때도 일어나지안코 한숨을 실컨잣다

해정술은 동넷사람들이 장사들대접 하려고 특별히 구하야 왓다고 말하는이만큼 맛이 히한하

게 조하서 삼봉이형제는 해정술에 다시취하야 배고픈줄을 모르고 자는손가가 제풀에 일어나도록 아침밥을 먹지안코 기다리엇다

느진 아침 밥이 끗난뒤에 손가가 떠나자고 말을 끄내어서 삼봉이 막봉이 형제가 대접하는동넷사람들을 보고 떠나겟다고 말하니 여러 사람들은 가진말을 다하야 가며 붓들엇다 일부러사온술을 다먹고 가라는말에 삼봉이와 막봉이가 마음이끌리고 떡하려고 떡쌀담것다는말에 손가까지 마음 솔깃하엿스나 더 묵어가라는 말에는 셋이 다가치 안되겟다고 고집을 세우고 겨우점심먹고 떠날것을 허락하엿다 동넷사람들은 점심시긴다고 드나들때 몰래 몰래 딴집하 들어안젓는 오가에게 와서 점심 뒤에 붓들패를 공론하엿다 해가 한낫이 기운뒤까지 점심ㅅ상이오지 아니하야 동넷사람들이 서로 돌아보고 한 사람을 점심재촉하러 보내더니 그사람이 갓다와서 떡이 인제야 김이 올르기 시작하더라고 말하엿다 동넷사람들은 점심이 너무 느저서 손님께 미안하다고 그사람더러 가서 지키고 서서 재촉하라고 말하는데 손가는 속으로 떡을 설릴까 겁이나서 도리어 느러지게 송도부중을 해지기전 들어가면 고만이니 너무 재촉하지말라고 말하엿다 다시 한식경이 지난 뒤에 겨우 점심ㅅ상이 들어 와서 막봉이 형제는 술을 실컨먹고 손가는 술보다도 떡을 달게먹엇다 상이 거의 끗나갈때 절믄사람 하나가 방문 박게와서 좌중에 안젓는사람하나를 불러냇다 그사람이 나가서 한동안 절믄사람과 이야기하고 들

어오는데 얼골에 수심이 가득하엿다

「무슨 걱정이 생겻나」

「지금 왓든 우리 집 머슴이 금교뒷장을 보러갓다 오는길에 오가를 맛낫는데 오가말이 우리의 원수를 후대하는 놈들은 곳 우리에 원수니까 오늘밤에 우리가 가서 멧멧놈은 식구까지 죽여 업샌다구 별르드라네」

여러 동넷사람들이 이말을 듯고 모두 근심하는중에 전날저녁때 길에 나왓든 사람들이 더욱 근심하엿다

「멧멧놈이란건 우리들 말인게지」

「여탐ㅅ군놈이 우리네 성명을 알어다 바친겔세」

「이거 큰일낫네」

「이거 어떠케하면 조은가」

삼봉이가 근심하는 여러사람들을 돌아보며

「오가란쇠 도리깨 도독놈과 한쾌요」

하고 뭇고서

「그놈의 쾌가 오늘밤에 와서 여러분 집안을 도륙낸다구 별르드란말이지 그러면 우리두 가

지안쿠 여기 잇다가 여러분과 죽구 사는 것을 가치하겟소」
하고 말하니 여러사람들이 모두 조하서 뛰다시피 하는중에
「장사들만 기서주면 우리네가 다 살엇네」
하고 말하는 사람도 잇고
「우리네 안식구는 이집 안으루 모아노쿠 우리는 이방에서장사들뫼 시구 밤을 지내세」
하고 말하는 사람도 잇섯다
막봉이일행이 탑고개 동네에서 하루ㅅ밤을 더 묵게되엇다 오가도적이 오려니 생각들하고 밤에 동네ㅅ사람들과 가치 술을 먹으며 도적 오기를 기다리는데 한밤중이 거의다되엇슬때 손가가 막봉이를 보고
「오지두 안는 도독눔을 기다리다가 오늘밤두 잠못자겟네」
하고 원망 가티말하니 막봉이가
「자구십거든 자구려 누가 자지말라우 우리는 술이나 더 먹구 닭울녁까지 기다려 볼테요」
하고 볼메인소리로 말하엿다 손가는 그뒤에 바로한구석에 누어서 잠을자고 막봉이 형제는 동넷사람들을 다리고 안저서 달글 두서너홰 울리엇다
「도적눔이 인제는 안오게는지」

「도독놈두 오지 안는데 전밤새울것업소」
「그럼 고만 잡시다」
「우리가 여기서 다잘수는 업스니 우리들메춘 다른데루 가겟소」
다른데로 갈사람이 간뒤에 막봉이 형재는 남아잇는 두어사람과 가치 잘차비를 차리고 누엇다 막봉이가 자다가 잠ㅅ결에 도적이왓다고 외치는 소리를 듯고 벌떡 일어나 안저보니 동넷사람들은 한잠이 들어서 코들을 고는데 손가가 잠꼬대로 소리를 질르며 사지를 옹송거리엇다 막봉이는 혀를끌끌차다가 삼봉이가 눈뜬것을보고
「형님두 잠이깻소 나는 못생긴 사람 잠꼬대에 속앗소」
하고 다시 누엇다 막봉이 형제의기다리는 오가는 동네딴집에서 묵으면서 사람을 기다리엇다 오가의 기다리는 사람은 황천왕동이엇스니 천왕동이의 거름으로는 양주서 점심때 떠나더라도 밤 들기 전에 들어오려니 밋고 동네 개만지저도 사람을 내보내보앗다 천황동이는 오지안코 밤은 점점 기퍼가니 양주보낸 사람이 일을 낭패시키는줄로 생각하고 밤새도록 손바닥을 부비며 고시랑거리다가 다샐녁에 들어누어서 잠이들엇섯다
「주무시요? 고만 일어나시요」
깨우는 소리에 오가는 깜짝 놀라서 눈을떠보니 양주보냇든 집주인이 방박게와서서 방안을 드

려다보고 잇섯다

『혼자왓나』

『왜 혼자오기는 박서방두 오시구 박서방가섯든집 주인어룬두 가치오섯소』

『다들 가치왓서 어듸들잇나』

하고 오가가 벌떡일어나서 내다보니 박유복이가 림꺽정이와가치 봉당우에 올라섯다

『박서방 왓나 임서방두 오실듯십드니 잘왓소』

유복이가 방문아프로 들어서며

『오주가 죽지안엇소』

하고 뭇는데 오주일에 열이나서 눈에서불이나는것이 밤새도록 갈을걸어온 사람갓지 아니하엿다

『인제는 오주가 죽지안엇네 어서 들어와서 이야기좀하세』

『언제 이야기하구잇겟소 곳 가서 오주를봐야겟소』

『이야기나 좀하구가세 그눔들이 셋인데 둘은 천하장사라네』

『오주가 봉변한걸보면 힘꼴이나 조이쓰겟지 그러치만 염려업소』

『천왕동이는 엇재 아니왓나』

『어듸가서 가치 못왓소』

유복이가 오가와 수작하든것을 끈치고 그집주인을 돌아보며

「그 놈들 묵는집이 어된가 나하구 가치가세」

하고 말하니

「내가 떠난뒤에 왓스니까 나두 모르지요」

하고 유복이에게 대답하고

「뉘집에 들엇나요」

하고 오가에게물엇다 오가가 유복이를 보고

「잠ㅅ간 들어와서 공론하구 가치가세」

말하고 또 다시 꺽정이를 향하고

「어서 먼저 들어오시우」

말하야 꺽정이가 유복이를 돌아보며

「인제 급할꺼업지안으냐 잠간들어가자」

하고 먼저 신발을 벗고 방으로 들어가는데 유복이는 따라들어가려다가 말고

「오주산것을 내눈으루 보기전엔 편하게 방에 들어안젓슬수업소 내먼저 갈테니 형님은 차차 오시우」

하고 돌아서며 곳 박그로 나와서 동넷사람에게 집을물어보고 한다름에 쪼차왓다 막봉이형제와 동넷사람들은 아직 잠이깨지아니하고 손가만 일어나서 오줌을누러박게나와서 오줌ㅅ장군아페 돌아섯다가 삽작문 열어저치는 소리에 고개를 도리켜보니 삽작안에 들어선사람이 낫이설엇다 그러나 손가는 동넷사람으로만 여겨서

『아직 다들 안일어낫소』

하고 오줌누며 말하엿다

『이눔아』

하고 호령하는소리에 손가가 깜짝놀라서 다시 고개를 도리켜보니 그 사람이 적의를 가진것은 목자만 언뜻보아도 알수가 잇섯다

『알지두 못하는 사람더러 이눔 저눔 하는게 누구야』

손가가 거트로는 거센체하면서도 그사람이 조그만쇠꿋를 손에든것이 댓가지 재조가진 도적인 상시퍼서 속으로 겁이낫다 손가가 얼른방으로 들어가서 막봉이형제를 깨우려고 생각하고 괴춤을 치켜들며 슬금슬금 엽거름을처서 방문아프로 가까이들어갓다

『게 섯거라 이눔아』

손가가 말을 듯지안코 별안간 돌처서서 화닥닥 방문을 열어저치다가 문지방에 웃몸을 걸치고

고끄라지는데 입에서

『댓가지 도둑놈』

하고 외치는소리가 절로나왓다 막봉이형제가 문여는소리에 잠이깨고 시치는 소리에 벌덕일어낫다 아프로 고끄라진 손가는 머리뒤에 피가 흘르는데 피솟는곳에 쇠끄치박혓고 동넷사람들은 잡이 곤히들엇는지 접이 지레낫는지 쥐죽은듯이 누어서 눈도 떠보지 아니하엿다 막봉이가 머리마테 노하두엇든 쇠도리깨를 집어들며 곳 손가여프로 뛰어나와서 삽작안에섯는사람을 보고 말도뭇지안코 쪼차가려고 할지음에 그사람이 손을 한번 날리더니 쇠끗한 개가 도리깨쥐인 팔에 와서 박혓다 막봉이가 도리깨를 내던지고 또 쇠끗틀 뽑아버리고 벼락가치 소리를 질르며 쪼차나갓다 그 사람이 일변 삽작박그로 뛰어나가며 일변 또 쇠끗틀 던지려고 뒤를 돌아볼때 어떤 사람 하나가 아페 와서 그사람의 손을 붓잡엇다

『형님이요 왜 붓잡소』

『잠ㅅ간 참어라』

두사람이 말하는 동안에 막봉이가 쪼차와서 주먹을 둘르며 쇠끗던진사람에게 달려드니 손 붓잡은사람이

『총각두 좀 가만잇게』

하고 중간을 가로막고 나섯다 분이꼭두까지 난 막봉이가

「이눔은 또 웬눔이냐」

하고 주먹으로 그사람의 복장을 내질르니 그 사람은

「이사람이 눈이 업나」

하고 막봉이의 무지한 주먹을 한손으로 작난가티 바더막엇다 막봉이가 주먹막는것을 보고 한번 다시보니 곳 양주 림꺽정이라

「이거 웬일이요 여기엇재왓소 뒤에 섯는눔이 도독눔이요 저리좀 비켜나우」

「내가 오기는 자네 보러왓구 자네가 도독눔이란 사람은 내동생일세」

「동생이라니 도독눔동생이 잇단말이요」

「잇구말구 동생하나는 자네들에게 잡혀와잇네」

「쇠도리깨도독눔두 동생이요」

「그래」

「당신이 도독눔의 접주요」

「접주라면 나까지 잡아갈텐가」

꺽정이는 껄껄 웃고 막봉이는 셈판을 몰라서 눈만 두리번 거리엇다 꺽정이 뒤에는 을복이와

오가가 둘러서고 막봉이여페는 뒤쪼차나온 삼봉이가 부터서서 다가치 두사람의 수작하는말을 듯고잇는데 여러사람의 얼골에는 깡그리 괴상히녀기는 긔색이 나타낫다 꺽정이가 여러사람의 얼골을 돌아본뒤에 막봉이를보고

『우리 들어가 안저서 이야기하세』

하고 손을끌고 아플서니 다른사람도 다 그뒤를 따라왓다

대ㅅ가지 도독눔이라고 외치는 소리가난뒤부터 곽오주는 묵긴바줄을 끈코 일어나려고 용을썻다 그러나 원악 무지스럽게 결박지운것을 긔운빠진 사람이 끈흐려고하니 잘 끈키지 아니하엿다 삼봉이가 손가의 머리뒤에박힌 쇠끄를뽑아주고 방안에 끌어드려 눕힌뒤에 곳 막봉이 뒤를 쪼차나가서 형제가 다업스니 그제야 동네사람들이 일어나서 피신들하러 나가는 길에 곽오주의 묵긴바줄을 장도로 모조리끈허주엇다 림꺽정이와 막봉이가 여러사람의 아플서서 삽작안으로 들어올때 곽오주가 비쓸거리며 마주나오는데 피루성이된 얼골을 씻지못하고 풀어진 머리를 거두지안한까닭게 끌이흉악한 귀신과가텃다 꺽정이가보고

『오주야』

하고 소리칠때 뒤에 오든박유복이가 아프로 쪼차나와서 오주를 얼싸안고 사내우름을 내노흐니 오주역시 어린애우름으로 엉엉울엇다 오가가와서 둘의우름을 끄치게한뒤 유복이와 가치 오

주를 부축하고 방으로들어와서 아래ㅅ간 아래ㅅ목에 눕히고 동네사람 하나를불러서 수건에물을추겨다가 얼골을씻어주고 또 머리털을 거두어서 시늉만이라도 상투를 쪼저주게하엿다 아래ㅅ간에누어잇든 손가는 옷간으로 옴겨눕히게 되엇는데 삼봉이가가서 버선목의 솜을뽑아 상처를눌르고 수건으로 동여주엇다 꺽정이가 삼봉이를 불러서 인사한뒤에 자긔가중간에안꼬 한편에는 오가와 유복이를 안치고 또한편에는 삼봉이와 막봉이를 안치고 양편을 돌아보며 인사를부치어서 서로 성명들은 통하엿스나 양편이똑가티 소닥보듯하는중에 유복이는 오주를 돌아보다가 막봉이 형제를 노려보고 막봉이는 표창마진팔을 만저보면서 유복이를 흘겨보앗다 꺽정이가먼저 막봉이형제를 돌아보며 곽오주와 싸우게된 까닭을 물으니 막봉이는

『어린애 죽이는 무도한 도독놈을 버릇가르치려구 일부러 별르구왓소』

하고 간단하게 대답하는데 삼봉이가 자긔형제의 별르고오게된 전후사연을 대강 이야기한끄테 꺽정이의 조력을 청할의논이 잇서서 양주를 들려올뻔한것까지 모두 이야기하엿다 꺽정이가 삼봉이의 이야기를 듯고 막봉이더러

『자네가 나하구 가치 왓드면 바루 적굴을 드리첫지』

하고 허허 웃고 나서

『어린애를 죽이는 것이 악착스러운짓이지 그러치만 속을알구보면 그러케 미워할수두업느

니』

하고 곽오주의 행적을 한동안 꿍꿍거리며 이야기하다가 갑작이 오가를 돌아 보고

『내대신 이야기 좀 하우』

하고 말하야 오가가 꺽정이의 뒤를 바더서 구변조케 이야기하엿다 밤중에 배고파우는 갓난에를 홀아비가안고 달래다가 화가치미는 바람에 눈이 뒤지펴서 안은애 태기치는 광경을 그려내듯이 이야기할때 아랫목에 돌아 누엇든 곽오주가 홀제 황소영각켜는 소리를 질르면서 뛰어일어나니 오가는 이야기를 끈치고 유복이는 오주를 붓들어 다시 눕히엇다 막봉이가 곳 오주를 돌아보며

『내가 공연한짓을햇소』

하고 사과하는의사로 말하니 오주는 대답이업섯스나 유복이는 마음이 좀 풀렷다 유복이가 막봉이를 보고

『팔을 과이나 다치지 안엇나』

하고 물어서 막봉이가

『대ㅅ가지를 잘던진다드니 대ㅅ가지가아니라 쇠끗입듸다그려』

하고 대답한 뒤 꺽정이가 막봉이형제를보고 이번에가치 산속에들어가서 몃칠놀다가자고 말하

야 탑고개에서 아침들을 먹고 청석골 오가의집으로 들어가게 되엇는데 팍오주는 쇠도리깨를 집고걸어가고 손가는 삼봉이에게 업혀갓다

오가가 뒤로 탑고개동네사람들에게 상급을 후히 준것은 다시 말할것업고 유복이가 삼봉이의 청을밧고 손가 형제를탑고개동네로 이사시키고 사는것을 돌아보아주마고 허락하야 자근 손가도 머릿뒤 상한갑세 일이 해롭지 안케되엇다고 조하하엿다

막봉이형제는 손가가 제 발로 거름것게되기를 기다리느라고 청석골서 사오일 동안을 묵고떠나는데 림꺽정이도 한께떠낫다 송도와서 손가의집에 들릴때 꺽정이는 바로 가려고하는것을 막봉이가 누님을잠ㅅ간 보고 가치가자고 끌고들어왓다 손가가 집에 오는길로 형수를보고 탑고개로 이사 가자고 의논하고 막봉이형제더러 이왕이면 이사까지 보아주고가라고 청하니 삼봉이는 손가의 청보다도 누의의 말을 떼치지못하야 허락하고 막봉이는 동행을 끌고온까닭게 곳 가야한다고 누의의말도 듯지아니하엿다 구차한손가의집에서 하루ㅅ밤들을 가치 묵은뒤에 삼봉이는 뒤에 떨어지고 막봉이는 꺽정이와 동행하야 떠낫다 송도부중에서 얼마아니나왓슬때 뒤에서

『에라 비켜서라』

하고 길 잡는 소리가 나서 꺽정이와 막봉이는 길한여페 비켜섯다 당건쓴 양반하나가 부담마

를타고 지나가는데 마부이외에 전배후배가 하나도업서서 행차긔구는 조치못하나 양반의 의관의 번지를한것은 호사하는 재상만 못지안핫다 주홍코와 탑삭부리 수염에 풍신업는양반이 공연히 율긔하고 사람을 나려다보며 말우에서 끄덕어리고가는 조격이 하도 우수워서 막봉이가 뒤 생각업시 소리를 내서 우섯다 양반이 마부시켜 말을세운뒤에 막봉이를 가르치며

『저 총각놈 이리 불러오너라』

하고 마부를 보냇다

『총각 저리 좀 가세』

『왜 오라우』

『박선다님께서 불러오라시네』

『박선달이구 박첨지구 알지못하는 사람을 왜 오라우』

막봉이의 말소리가 굴거서 말우에잇는 양반의귀에 다 들렷다

『그눔을 이리 잡어오너라』

양반이 호령하며 마부가 덜미를 지프려고 손을 내어미니 막봉이는

『뉘게다 함부루 손을 대려구 이래』

하고 예사로 떠다밀엇는데 마부가 뒤로 나가 잣바지며

『아이쿠머니』
하고 소리를 질럿다 양반이 이것을보고
『양반의 하인을 치다니 저런눔이 어듸잇단말이냐』
막봉이에게 불호령하고 또 다시
『못생긴 놈 가트니 얼른 일어나서 그눔을 못 잡어 온단 말이냐』
마부에게 강호령하엿다 이때까지 가만이보고섯든 꺽정이가 말성이 더되기전에 혼꾸멍을 내
어 쪼치려고 생각하고 잣바저잇는 마부에게가서 두손을 미트로 집어너어 치어들어서 가로떠
밧들고 섯다가 한번 공중에 칫드리고 다시바더서 이르켜세우며 양반 듯거라하고 큰소리로
『사람다리 말다리 모주리 룽겨노키전에 얼른가거라』
하고 꾸지젓다 양반이 호령을 더못하고 넉일코 주저안젓는 마부를 나려다보며
『얼른 가자』
하고 재촉하였다 마부가 고삐를잡고 말을끌어서 아프로 얼마 나갓슬때 막봉이는 전보다 더
크게 소리내서 우섯건만 양반은 뒤도 돌아다보지 아니하엿다 꺽정이와 막봉이가 말뒤를 따
르지아니하려고 한동안 안저 쉬다가 일어나서 노량으로 거름을 걸엇다 널문주막아페 와서보
니 발서 멀리 갓스려니 생각하엿든 박선달이란 양반이 주막방에 들어 안저서 술장사거접을

아페안치고 술을 먹으며 허영수하고 잇섯다 막봉이가 이것을 보고

『보아하니 나쌀이나 조이 처먹은 작자가 기집은 꽤 발키는 모양일세 욕이나 한번 더 보일까부다』

하고 방으로 들어가려고하는것을 꺽정이가

『고만 두구 우리 길이나가세』

하고 팔을 잡아끌고 주막아플 그대로 지나왓다 꺽정이와 막봉이가 임진강나루에와서 배를기다리느라고 안동안 안젓다가 배를탓는데 사공이 배를 띠우려고할즈음에 박선달의 마부가

『사궁 사궁』

하고 소리질르며 말을 몰고 쫓차왓다 박선달이 막봉이와 꺽정이가 배안에 잇는것을보고 배를 탈까 말까 주제주제하는 모양이더니 나종에 상을 잔뜩지프리고 배에올랏다 배를 뜨이지안코 햇차를 기다리든 사공이 배에 올르는 양반을보고는 공연히 입을 삐쭉하엿다 배가 물기픈 중간에와서 사공이 삿대를노코 노를 저으려고하는데 배ㅅ고물에안즌 농군한사람이 가로거칠것을 보고

『비켜나우』

하고 불쾌스럽게 말하니 농부가 일어나서 배 안을 둘러보며

『어듸 가 설데가 잇서야지』

하고 대답하엿다 배에 사람과 짐생을 가뜩이 태워서 선창 중간에 안젓는 옷잘입은 양반의 압과 엽외에는 설 틈이 별로 업섯다

『저리 못 가우』

하고 사공이 양반안젓는 곳을 가르치며 소리를 꽥 질르니 농군은

『양반님네 엽댕이루 어떠케 가라우』

하고 눈을 휘둥그러케 떳다

『가라거든 어서가 잔말말구』

『양반님네 구중하면 나는 몰르우』

『압다 못두 샛겟네』

『잘난사람은 불기맛기 좃수』

『불기맛구 살더지거든 집신신은발루 꽉꽉 밟버줄께 염려말구 가우』

농군이 사공의 말을 듯고 우스면서도 가지못하고 주제주제하는것을 사공이 또 소리를 질러서 쫏다시피하엿다 농군이 양반 여페 가서 거북살스럽게 서잇는데 옹이에 마듸로 배가 뒤뚱거리는 바람에 농군이 넘어질듯하야 엇겁결에 손을내밀다가 양반의 억개를 건드리고 깜짝놀라

팔을 오그렷다

『이거 봐라 뒤루좀 물러서라』

하고 양반이 호령ㅅ긔잇게 말하야 농군이 황망히 물러선다는것이 다른 행인의 발을 밟밧다

『이사람이 눈이업나』

하고 행인이 농군을 떠다밀어서 하마터면 양반이 장긔튀김을 바들뻔하엿다 양반이 벌떡 일어서서 농군을 발ㅅ길로 차면서

『이눔 눈깔이 멀엇느냐 어듸루 대드느냐 어 고약한놈들 다 보겟다』

하고 큰 소리로 호령호령하니 사공이 노질하면서 뒤를 돌아 보고

『대장질해서 밥술을 먹거든 국으루 가만이나 지내시 양반질은 다 무어야 아니꼽게』

하고 큰 소리로 짓거렷다

양반이 사공의 짓거리는 말을 듯더니 훌쩨 긔세가 죽으며 슬벗이 안저서 강산을 돌아보는체 하엿다 사공가까이안젓든 막봉이가 이것을보고 괴상히생각하야 사공더러

『저 작자가 양반이아니구 대장쟁이요』

하고 물엇다

『양반은 무슨 말러비틀어진 양반이야 대장질해 모아서 밥술이나 먹는게지』

「우리가 송두서 오는길에 만낫는데 꼭양반으루 속앗소 이근방사람이요」

「이근방사람은 아닌가베」

「전에 알든 사람이요」

「아니」

「그럼 대장쟁인 줄 어떠케 아우」

「보다 모를나구」

「보구 어떠케 안단말이오」

「그것두 볼줄모르면 구연강에서 사공질하겟나」(臨津江을 坡州사람들은 九淵江이라고불럿다)

「대장쟁이표가 어듸잇소」

「표가 잇다뿐이야 우선 탑삭부리수염을보게 수염이 왼편으로 쏠렷지 그것이 왼손으로 수염을 씨다듬은 표아닌가」

「그것만 가지구야 알수잇소」

「그럼 또 소매 거드칠때 팔목을 보게 바른편이 왼편버덤 훨신 굵지안은가 그것이 바른손으로 마치질한 표 아닌가」

사공이 한손으로 노질하며 막봉이를 보고 이야기하다가 실수하야 노가 놋젓에서 벗어젓다 사공은 노구멍을 얼른 다시 마추더니 그 뒤에는 몸을 흔들면서 두손으로 노를젓고

『그래 또 다른표는업소』

막봉이가 말을 물어도 돌아 보지 아니하엿다 막봉이가 꺽정이를 보고

『양반이 아니라두 양반질할수잇소』

하고 물으니 꺽정이가

『왜 갑작이 양반질하구 시픈생각이 나나』

하고 우섯다 얼마뒤에 배가 나루ㅅ가에 와서 여러사람이 아플 다투어 나리는데 양반질한다는 박선달도 석기어 나려와서 마부를시켜 길량식하는 쌀로 선가를 치러주게하고 곳 말을타고 서울ㅅ길로 올라갓다

꺽정이는 파주 두마니까지와서 양주ㅅ길로 갈려가고 막봉이가 혼자서 서울ㅅ길로 올라오는데 혜음령(惠陰嶺) 못미처서 박선달의 인마가 멀리아페가는것을 바라보고 까닭업시 쪼차가고시픈 마음이 나서 막봉이는 거름을 재게떼노핫다 고개미테서 도적두놈이 박석달과 마부를 묵거안치고 부담을 말께서 떼어나리는중에 막봉이가 가까이 올라가며 껄껄우섯다 막봉이는 박선달이 도처에 봉패하는것을 우섯건만 도적들은 수상히 여기엇다 예사행인가트면 도망할것인

데 도망하지안코 오는것이 수상하고 오더라도 그저오지안코 껄껄웃고 오는것이 더욱 수상하야 도적들은 얼른 부담짝을 나려노코 몽둥이들을 들고나섯다 두놈이 모다 험상굿게 생겻는데 한놈은 박선달파 가튼 탑삭부리요 한놈은 채수염이 조핫다 채수염이 한두거름 더아프로 나와서서 서너칸아래 웃둑서는 막봉이를 나려다보며 볼메인소리로 말을 물엇다

『지금 껄껄 웃은놈이 너냐』

『네 저올시다』

막봉이가 공손하게 대답하는것이 작란조인줄 모르고 채수염은 가장 틀을빼며

『무엇때메 우섯노』

하고 물으니 막봉이가 대답하는 대신 다시 껄껄 우섯다

『저놈이 허파에 바람이 들엇나 간이 뒤지폇나』

『저놈이 판순가 청맹관인가』

『저눔보아 아이눔이 어른더러 욕하지안나』

『도둑눔이 어른아이는 차저무어할테냐 이눔들아 바든밥상 차내던지지말구 얼른가서 부담이나 뒤저가지구 가거라』

『저눔이 죽구시퍼 몸살이난눔 아닌가』

『너놈들이 나죽을때까지 살어봐라 자식손자가 고려장 지내줄께다』

채수염이 분을 못이겨서 턱까지 까불르면서도 나쌀지긋한덕에 막봉이를 서뿔리 건드리지못할 사람인줄 짐작하고 탑삭부리동무를 돌아보니 탑삭부리도 준의를내서 선듯 쪼차나려가지못하고 채수염여페까지 나와서 막봉이를 나려다보며 벼르기만 하엿다

『이자식 올라만와봐라 대가리를 바시질러 줄테다』

『오냐 올라가마 너의들이 어떠케 바시질르나 구경좀하자』

막봉이가 저적저적 올라오는데 도적눔이 양편으로 갈라서며 일시에 몽둥이로 나려첫다 막봉이가 한몽둥이는 첫번에 비키면서 곳붓잡고 한몽둥이에는 억개바듸를 어더마젓스나 듸시근하게도 여기지안코 두번째 나려칠때 마저 붓잡앗다 막봉이가 두손에 각각잡은 몽둥이를 한꺼번에 아프로 드려채니 채수염은 몽둥이를노치고 탑삭부리는 몽둥이를 쥐고 고꾸라젓다 막봉이가 두 몽둥이를 다빼앗어 내던지고 한손으로 채수염의 팔을 잡아나꾸어 마저 고꾸라트린뒤에 두놈의 상투를 한손에하나식 잡아 머리만 치켜들고 이마바지를 시키면서

『너의눔이 뉘대가리를 부신다구 헌소리냐』

『장사를 몰라뵈입구 죽을죄를 지엇습니다』

『제발 목숨만 살려줍시요』

「누가 너의놈을 죽인다늬 혹이 도칠만큼 이마바지만 시켜주마」

「죽을 때라 잘못햇습니다」

「용서해 줍시요」

「용서해줄테니 일어나서 절하구 빌어라」

채수염과 탑삭부리가 서로 붓들고 일어나서 코가 땅에닷도록 절하고 느런히 꿀어안저서 손바닥들을 마주 부비엇다

「너의들 성명이 무어냐」

탑삭부리는 고개를 숙이고 대답을 안는데 채수염이

「이놈은 바눌틔 사는 정상갑이옵구 저놈은 호랭이ㅅ골사는 최판돌이올시다 저의들이 장사가트신분을 대정으루 뫼셧스면 성세가 좀 나겟습니다만」

하고 말고를 다마치지안코 머리를 련해 꾸벅꾸벅하엿다

「예끼 미친놈가트니」

「장사의 성함이나 들어 뫼셧스면 조켓습니다」

「내성명말이냐 나는 수원사람 길막봉이다」

막봉이가 박선달의묵겨안진꼴을 바라보며 또 깔깔웃고나서 채수염과 탑삭부리를 돌아보고

『나는 간다』

하고 다시 고개ㅅ길을 도두어 밥기 시작하엿다

박선달이 총각의 덕을 볼줄로 생각하고 잇다가 의외에 총각이 자긔들을 구해주지안코 가려는 것을 보고 몸이 달어서

『여게 총각 사람좀 살려주구가게』

하고 죽어가는 소리를 하엿다 막봉이가 들은체아니하고 걸어가니 박선달과 마부가 번갈어 가며

『여보 여보』

『여보시요 여보시요』

하고 소리질러 벌렷다 막봉이가 거름을 돌치어 박선달아페 와서 섯다

『왜 불럿소』

『우리를 이대루 내버려두구 가다니 그런인심이 어듸잇서』

『상놈이 양반에게 인심을 쓸수잇소』

『그러지 말구 어서 이 묵긴것줌 끌러주어』

『묵근사람더러 끌러달라구려』

『제발좀 끌러놔주어』

『끌러 줄께 아까 저사람들처럼 내게다 절을할라우』

박선달은 대답을 아니하고 마부가

『끌러만 주면 내가 선다님대신 절을백번하리다』

하고 말하니 막봉이는 머리를 가로 흔들엇다 마부가 박선달을 돌아보며

『선다님 절 한번하시지요 절하신다구 양반이 떨어지겟습니까』

하고 절하기를 권하야 박선달은 마부에게 눈을 흘겻다

『절할테요 안할테요 안한다면 나는 그대루 가겟소』

박선달이 고개 끄덕이는 것을 보고 막봉이는 도적을 돌아보며

『둘다 끌러놔라』

하고 괴소가 졸개에게 분부하듯 말하엿다 도적들이 박선달과 마부를 끌러 노흔 뒤에 막봉이는 떡 버티고서서

『자 어서 절하우』

하고 재촉하나 박선달은 자긔의다리팔만 주물르고 안저서 일어나지 아니하엿다

『안할테요』

『도루 묵그랄테니 알어하우』

박선달이 막봉이의 얼러메는 말을듯고야 가까스로 닐어나서 꿍소리하며 절하엿다 막봉이가 점잔하게

『오』

하고 절을 밧고나서 또 다시 껄껄 우스니 도적들도 따러 웃고 마부도 우슴을참느라고 입을 막는데 박선달만은 두볼이 밤물은것가티 부어올랏다 막봉이가 도적들을 돌아보며

『내가 양반의 절바든 갑슬해야겟스니 부담을 도루실어 주어라』

하고 말을 일러서 부담이 다된뒤에 마부는 말을끌고 박선달은 막봉이와 가치걸어서 가팔지기로 유명한 혜음령을 넘어왓다

막봉이가 전날ㅅ밤에 파주읍에서자고 새벽에 일죽떠낫건만 두마니서 꺽정이와 작별할때 한동안 지체하고 또 혜음령에서 박선달과 동행할때 오래 지체한까말게 서울팔십리를 다 오기전에 시월짤은해가 꼬빡저서 모래재를 넘을때는 발서 땅이 잘보이지 안흘만큼 컴컴하엿다 사대문은 다친지가 오래라 박선달이 문안으로 들어가지 못하고 남대문 박그로 나려 와서 객주를 잡아드는데 막봉이도 한객주에 들엇다

박선달은 사처를 치우고자고 막봉이는 마부와가치 봉노에서 자게 되어서 마부를 다리고 이

야기하는중에 박선달이 안성 가사리서 부자로사는것과 송도경역(經歷)으로 잇는 매부를보러
송도갓다 오는것을 알엇다 이튼날 박선달은 문안으로 들어가고 막봉이는 문안에 들어가지안
코 바로 동적이로 나왓다
막봉이가 발안이 돌아와서 이삼일 묵은뒤에 남양나가서 소금을 해지고 안성까지 가려든것이
양성서 소금ㅅ짐이 들나게되어 다시와서 소금두섬을 한짐에지고 안성으로 나려갓다 안성와
서 박선달의 이야기를 들어보니 박선달은 놋대장이로 치부한 사람인데 누의하나를 어느호반
의 첩으로 주고 그덕에 출신하야 타향에 나가서 양반행세하는것은 고사하고 고향에서도 내노
라고 곤대짓하는 사람이엇다 박선달이 아우가 하나잇는데 그아우는 사람이 괴상하야 형과 가
치 살지안홀뿐외라 다른 사람과도 이웃해 살지아니하려고 놋박재밋 무인지경에가서 여러해포
살다가 지금은 인가근처로 이사와서사나 역시 외딴집을 짓고살고 정초와 부모젯날외에는 형
의 집에 오지안는것이 형제간에 격난 까닭기라고 안성사람들은 말하엿다
막봉이가 열다섯부터 소금장사를 시작하야 지금까지 오륙년동안에 안산과 시흥은 문턱드나들
듯하엿고 과천과 광주도 만이 다니엇고 또 룡인과 리천으로도 여러 차례 나갓섯지만 양성을
거처서 안성까지 나려오기는 이번이 겨우 두행보째요 전번에 안성을 왓서야 양성접게만 돌아
다니다 간까닭게 안성읍내서 업드러지면 코다을만한데잇는 가사리 가튼 큰동네도 가본일이

엽섯다 막봉이가 전번 왓슬때 소금을 가지고오라고 부탁바든네가 더러잇서서 일일이 돌아다니며 소금한섬을 논하노코 남은한섬을지고 안성읍내로 들어왓다 막봉이 오든날이 이틀 닐헤로서는 안성장날이라 장구경하기겸하야 소금짐을지고 돌아다니다가 촌 사람하나를 만나서 소금 한말을 곡식밧고 바꾸어 주엇는데 촌사람이 소금말이 후한것을보고 자긔가 구브내동네일을 보는 사람이라고 말하고 구브내를 나오면 만히 팔도록 주선하야 줄터이니 내일이라도 곳 오라고 말하야 장 이튼날 막봉이가 구브내를 차저나오는길에 어느 동네아플 지나다가 동네가 크고 포실해보여서 길가에잇는 사람에게 동네이름을 물어보니 그동네가 곳 가사리라 여짓 박선달의 사는골을 한번 들어가보려다가 소금팔고 오는길에나 들려볼까 생각하고 그대로 지나왓다 급기 구브내를 와서보니 동네도 적거니와 집도 큰집이 별로 업섯다 주선하여 주는 사람이 만히들 바드라고 권하건만도 한되두되 되풀이로 밧는집이 만하서 모두 합하야 소금너덧말 밧게 펴먹이지 못하엿다 만히 팔게해주마고 말한사람이 미안한 생각이 잇든지 막봉이를 하룻밤 쉬어가라고 붓들어서 자긔집에서 묵혀주고 보뜰을 올라가면 홍성이 잇슬듯하니 올라가보고 보뜰가서 남은 소금을 못다팔거든 적가리까지 가보라고 친절하게 일러 주엇다 구브내에서 보뜰이나 보뜰서 적가리나 다가티 몃마정식 안된다는말을듯고 막봉이는 그사람의 말을 조차서 가보기로 작정하고 이튼날 아침뒤에 구브내서 보뜰로 올라왓다 한나절 돌아다니며 소금댓말을 못다팔고 동네에 둘도업는 주막집에 와서 소금주고 바꾼곡식으로 다시 술을 바꾸어 먹는데 소금은 조곰팔고 술은술몃히 먹어서 보뜰서는 곱는장사를 하엿다 막봉이가 적가리가서 잘참을 잡고 해가 거의저녁때 다된뒤에 보뜰서나섯다 촌 탁백이에 배가 불은 막봉이가 꺽꺽 트림을하면서 길을 가는중에 마주오는 사내 녀편네 두사람을 만나서 심심풀이 삼아서

『적가리가 여기서 얼마나 되나요』

하고 말을 물으니

사내가 의례 대답할 것인데 사내는 딴전을 보고 녀편네가

『얼마 안되네』

하고 대답하엿다 녀편네가 나이는 지긋하야 보이나 얼골이 동글납작하고 입살이 얄븐 것이 수다스러울 상호이엇다

『질머진 것이 무어야』

『소굼이요』

『우리두 소굼을 바더야겟는데』

『지금 따러갈가요』

『지금 우리 내외가 큰집으루 제사 지내러가는데 따러와서 제사밥 어더먹을테야』

『아니 소굼을 바드시겟다니까 따러 가잔 말이지요』

『소굼장사 지금 어듸루 가나 적가리로가지』

『네 적가리가서 잘 참입니다』

『그럼 내일 우리집에 오게나 이 우로 올라가자면 길에서 드려다보이는 산미테 잇는 외딴집이 우리 집이야』

『적가리 못미천가요』

『못미처구 말구』

『소굼을 얼마나 바드실른지 지금 가는길에 갓다두구 갈까요』

『안되어 안되어 지금은 우리집에 우리딸 귀련이가 혼자잇서』

사내가 상을 찡그리며

『길에서 수다부리지말구 어서 가세』

하고 재촉하야 녀편네가 사내와 가치 가다가말고 돌아서서

『여게 소굼장사 총각』

하고 불럿다 막봉이가

『왜 불르시우』

하고 멧거름 쪼차가니

『우리 집에 들리지말고 바로 적가리로 가게』

당부하지안허 조흘당부를하야 막봉이는

『네 잘 알엇습니다』

하고 게트림을 내노코 곳 돌처서서 거름을 성큼성큼 떼노앗다

막봉이가 얼마동안 좌우를 둘러보며 오다가 왼손편으로 산미테 외딴집이 잇는것을 바라보고 문뜩 거름을 멈추엇다 큰 산을 뒤로두고 서향하야 안진집이라 석양불근빗을 가득히 밧고잇섯다

『저집이 그집이군 호젓한 집을 혼자서 지킨다면 기집애가 어린애는 아니겟지』

막봉이가 기집애 혼자잇는집을 가 보고시픈 마음이 바이업지 안흔중에 가지말라고 당부하든 녀편네의 수다부리든 꼴을 생각하고 밉쌀스러운 마음이 왈칵나서 적가리로 가지안코 산미트로 들어왓다 솔가지 섭으로 울을둘르고 싸리바자로 삽작을 달엇는데 그중에잇는 초가삼간이 깨끗하야 보이엇다 막봉이가 가까이 들어오자 삽작안에 개짓는 소리가 낫다 방문여는 소리가나며

『저 개가 왜 지저』
기집애의 목소리가 들렷다 안으로 다더걸은 삽작을 막봉이가 흔들면서
『삽작좀 열어주』
하고 소리 치니 개는 꾸짓듯이 짓고 기집애는 말이업섯다
『얼른 좀 열어주』
『사람이 아무도 업소』
『사람이 업다구 말하는 사람은 사람이 아니요』
방문을 도루 다치는 소리가 낫다
『왜 대답이업소』
하고 막봉이가 삽작을 뒤흔드나 방문은 다시 열리지 안코 개만 삽작으로 쪼차나와서 펄펄뛰며 지젓다 삽작을 잘 열어주지안흘 모양이라 막봉이가 한번벌컥 떠다미니 삽작이 귀틀에서떨어지며 개가 뛰어나와서 물려고 덤비다가 막봉이 발길에 차이어 나가 동그라지더니 죽어가는 소리로 지즈며 도망하야 들어갓다 막봉이가 삽작안에 들어설때 방문이펄떡 열리며 처녀가 일어서서 내다 보는데 얼골은 덜밉지안케 생겻고 나이는 열팔구세 되어 보이엇다
『우리 집에와야 가저 갈것이라군 아무것도 업소』

막봉이를 도적질하러온줄로 아는모양이다 막봉이가 처녀의 하는꼴을 볼양으로 짐짓 도적인체 하고 말하엿다

『가저갈것이 잇는지 업는지 집을 뒤저봐야 알지』

『얼마든지 뒤저 보오』

처녀의 대답이 수월할뿐아니라 처녀의얼골에 겁내는빗이 조금도 업섯다 본래 처녀의 부모가 삼사년전까지 놋박재 미테서 살때 도적을 만히치러서 처녀가 부모의 도적다르는것을 눈으로 익히본까닭게 지금 막봉이에게 겁업시 말대답하는 것이건만 이것을 모르는막봉이는 처녀가희한하게 대담스운줄로 생각하엿다 막봉이가 삽작문여페 소금ㅅ점을 나려노코 봉당아프로 들어왓다

『어듸 방세간부터 좀 보자』

『맘 대로 하오』

처녀가 봉당으로 나오려고 하는것을 막봉이가 봉당에 뛰어올라오며 팔을벌려 가로막고

『너는 꿈적말구 거기 안저 잇거라』

『나는 박게나가 잇슬께 들어 와서 실컨 뒤지구려』

『꿈적말라거든 꿈적말더』

「조용 조용이 말못하고 왜 야단이요」

「잔소리 마라」

막봉이가 처녀를 떠밀다시피하고 방안에 들어와서 방문을 다친뒤에 방ㅅ세간을 돌라보는체하엿다 방구석에 노힌것은 키야튼밥상과 넙적한 다드미돌이요 실경우에 언친것은 흔 이부자리와 다깨어진 상자짝이요 벽에 걸린것은 새까만 등잔거리다 웃방으로 토한 지게문을 열고보니 중드리와 항아리와 보구니들이 어질더분하게 벌려노혓는데 아랫목편으로 조그마한 기직한입이 깔려 잇섯다

「여기는 누가 자는 자리냐」

「그건 물어 무어하오 어서 뒤질거나 뒤지지」

「뒤질 것 무엇잇늬」

「그러키에 내가 말아니햇소 아무것도 업다고」

「이러케 업슬줄이야 누가 알엇나」

「뒤질것이 업는줄 알엇스니 인제는 고만 다른데나 가보오」

「네몸에는 가진것이 잇겟지」

「무얼 몸에 가저요」

『아니 몸을 한번 뒤저봐야겟다』

막봉이가 처녀아페와서 펄석주저안젓다 처녀의 몸에 손을대려고 하니 그제는 처녀의 얼골에 겁내는빗이 나타나며 곳 몸을 빼처일어나려고 하엿다

처녀가 막봉이에게 붓들려 일어서지 못하고 겨우 돌아안젓다 막봉이는 처녀의 삼단가튼 머리가 거의 얼골에 다을만큼 밧싹 등뒤에 부터안저서 무어집힌 사람가티 시벌시벌 짓거렷다

『귀련아 내가 너를 보려구 전위해왓다 도독질하러온게 아니다 도독눔일세 도독질하러오지 나는 이십평생에 닥서리한번 못해봣다 되려 못생겻다고 우슴을 잡힐른지 모르나 그런짓못하는것이 내천성이다 사내 대장부가 창피하게 좀도독질이야 하겟느냐』

도적 아닌 발명을 부여케한끄테 연말아 자랑을 느러노핫다

『내가 도독눔을 버릇은 만이 가르첫다 광주곤재나 룡인고든골 가튼데 도독눔들은 내손에 어떠케 혼이낫든지 내이름만 들어두 벌벌떤다드라 십여일전에두 송도 청석골탑고개에서 유명ㅅ한 도적하나를 주먹으루 때려 눕혓다 그러구 또 송도서 집으로 오는길에 파주혜음령이란 고개에서 도적에게 봉변하는사람을 구해주엇다 그때 도독눔들말이 나가튼 천하장사는 저의 평생에 처음 본다구하며 날더러 저이의 대장노릇을 해달라드라 내가 장사루 천하에 제일갈른지는 몰라두 나하구 비등할만한 사람이 별루 업슬줄안다 내가 장사소리듯는 사

람을 패만이 만나보앗지만 양주사람 하나를 빼노쿠는 죄다 하잘것 업더라』

또 연달아서 이야기를 내노핫다

『혜음령서 구해준 사람이 다른데 사람두아니구 안성사람이다 가사리사는 부자 박선달이 도둑놈들에게 혼이나는것을 내가 절한번 밧구 구해주엇다 놋대장이루 치부한 박선달이라면 안성서는 모르는 사람이 업다니까 너두 혹시 말을들엇겟지 그 자가 바루 양반 행세를 하구 뽑내다가 한번두 아니구 두번이나 내게 코를 떼엇다 다른 사람가트면 얼른 그대루 구해주엇슬테지만 그자 행세가 밉쌀스러워서 아니하려는절을 그예 한번 밧구야 구해주엇다 웃잘입구 양반행세하는 늘근 작자가 나가튼 소굼장사 총각아페 무릅꿀구 절하는꼴을 생각해봐라 삼일 안 새색씨라두 우슬일 아니냐 귀련아 그러치 우습지』

막봉이의 발명과 자랑이 처녀의 귀ㅅ속에 들어가는것보다 귀박그로 흘르는것이 더만핫다 처녀는 총각의 뜨거운입김이 귀뒤에 끼칠때마다 스물스물 벌레가 기어가는것 가터서 군지러운것을 억지로 참고 잇는데 총각의 이야기를 대충듯고보니 총각온것이 곡절이 잇는듯하야 우숩기는커녕 도리어 분이 복바첫다 처녀가 속상해 나오는눈물을 금치못하고 마침내 훌쩍훌쩍울기 시작하엿다

『왜 우늬』

막봉이가 등을 어루만지니 처녀는 웃몸을 뒤흔들엇다 처녀는 우름이 쇠어서 흑흑 늦기기까지 하더니 별안간 몸을 돌처어 한여프로 비켜안즈며 사설을 퍼부엇다

「우리 큰아버지가 뉘게다 절을해 큰아버지가 절햇다면 누가 치어다볼줄 아나 내가 기집애라고 넘보고서 천하장사라고 흰소리나 하고 누가 고지들을가봐 큰아버지도 어쩌면 소금장사 총각에게 내이름을 일러줄까 아버지 어머니가 제사참례 갈것까지 미리 말해주엇겟지 심청이 나빠도 분수가잇지 아버지하고 사이가 조치못하니까 이런 흉게를 꿈인게지 내가 죽으면 자긔에게 시원할것이 무어잇나 아버지 어머니가 이잘난 딸자식을 바라고 살랴다가 큰아버지의 흉게에죽을줄이야 꿈엔들 생각햇슬까 내가 왜 사내로못낫든가 애구분해 애구분해」

처녀의 울며 불며 하는말을 듯고 막봉이는

「인제 알구 보니 네가 박선달의 족하딸이구나」

하고 흡사 생청쓰는것 가티 말하니 처녀가 악이나서 부끄럼 업시 막봉이의 말을 뒤바덧다

「내가 박선다님의 족하딸인줄을 모르구왓서 참 그러켓군」

「참말모르구왓다 알구왓스면 알구왓다지 내가왜 거짓말하겟늬」

「내가 아무리 어리석어도 눈감고 아옹하는 수작에는 속지안허」

「나를 거짓말쟁이루 아는것은 잘못이다 너가 난생처음으루 수다스럽게짓거리긴 햇지만 거

짓말은 한마듸 한일업다」

「그러치 도독질도 할줄모르고 거짓말도 할줄모르는군」

「나가티 올고든사람두 거짓말을 가다가다 더러하지만 아까한말은 거짓말 한마듸업다」

「우리 큰아버지란이가 자긔보담 나이 훨신만흔 사람에게도 좀처럼 절안는이야 노인에게절 안하고 큰 시비까지 난 일이잇서 그가 도독놈에게 욕을 보기가 쉽지 뉘게다가 절을해」

「그래두 내게는 절을 햇스니」

「거짓말로야 안성원님의 절은 못바들라고」

「압다 고지 안듯거든 고만 두렴으나」

막봉이가 잠ㅅ간동안 뿌르퉁하다가 곳 다시 눙치어서 싱글싱글 우스면서 처녀의 아프로 닥어 안지니 처녀가 일변손으로 떠다밀면서 일변 몸을 여프로 비키엇다 흘르는 눈물 코물을 치마 끄트로 씻고나서 처녀는 막봉이를 흘겨보며 말하엿다

「내가 큰아버지를 만나서 말한마듸를 물어 보고야 죽든 살든 작정할테다 나하구 가치 큰아버지게 가거나 그러치안흐면 혼자가서 큰아버지를 다리고와요」

「박선달에게 물어볼말이 무어냐」

「내가 무슨 말을 뭇든지」

『내게 절햇느냐구 물어볼라구』

『그까지놈의 절은 햇거나 말거나 내게 무슨상관이야』

『내가 박선달하구 무슨 짬짬이나 한것처럼 아는모양이지만 실상 내가 안성와서 아직 박선달의 코백이두 본일이업다』

『고지듯기지 안는 거짓말 고만두어 그럼 내이름은 누가 가르처주고 또 오늘저녁때 우리아버지 어머니가 집에업슬것은 누가 가르처 주엇서』

『올치 그것때메 의심이냐 그건다 너의 어머니가 가르처주엇다』

『무엇이 엇재』

『아까길에서 오다가다 만나서 가르처 주드라』

『거짓말 말어 우리어머니가 미첫든가』

『정말이다』

『정말이 무슨 정말이야』

막봉이가 정말을 하야도 처녀는 고지 듯지아니하야

『너의 어머니가 가르처준 곡절을 이야기할께 들어보구 말해라』

하고 거짓말을 석거서 그럴싸하게 꾸며 대기 시작하엿다

『나는 아까두 말햇지만 소금장사다 소금팔러 적가리루 가는길에 이아래서 너의 어머니 아버지와 오며가며 서루만낫다 너의어머니가 날보구 진것이 소금이냐구뭇기에 내가 그러타구 대답햇드니 너의어머니말이 우리집에두 소금을 바더야할테니 내일오라구하구 집을가러처주드라 내가 적가리갓다가 다시 나려 오지는 못하겟다구 말하구 지금가는길에 두구가랴구 물으니까 너의아버지는 이담 밧자구 말하는데 너의어머니가 이담 바들것업시 지금 바더 두자구 욱이구서 날더러 집에 갓다두라구 말하드라 소금갑슨 이담 행보에와서 밧기루햇다 그래 내가 그러마구 하구 저녁밥한끼나 먹게 해달라구 말햇드니 너의 어머니말이 우리딸 귀련이가 집에잇스니까 가서내말하구 어더먹으라구 말하드라 그래 내말이 거짓말이냐』

처녀가 막봉이의 거짓말을 듯고서는 한참고개를 숙이고 생각하더니

『그럼 소금이나 노코가지 왜 남의집삽작을 부시고 방에까지 뛰어들어왓소』

하고 물엇다

『열라구 소리질러두 열지안으니까 떠다밀어밧지 그러구 소금짐진것을 보면서두 네가 나를 도둑놈으루 여기니까 잠ㅅ간 작난으루 그런체햇다 그게 네잘못이지 내잘못이냐』

『그럼 인제 소금노코 얼른가오』

『저녁밥은 어떠케 하구』

『저녁 밥을 지어주께 그동안에 삽작이나 고처주오』

처녀는 부억으로 나려가서 서속밥을짓고 막봉이는 삽작께로 나와서 삽작문을 고처달엇다

막봉이가 소금점을 지고 산미트로 들어올때 처녀의집 근처에서 갈키나무하든 적가리 초군아이 두서넛이 이것을 보고 저의들끼리 서로 짓거렷다

『저 외딴집에 총각 하나가 들어간다』

『총각 진 것이 소금짐 아니냐』

『아마 소금 장산가부다』

『소금장사는 숭물스럽다지』

『사람나름이지 소금장사라구 죄다 숭물스럽겟늬』

『소금장사가 남의집 색씨를 잘 놀려낸다드라 우리 누나는 소금장사 올때 내다보다가 할머니한테 야단까지 만낫다』

『너의 할아버지가 소금장사하다가 너의할머니를 놀려 냇다든구나』

『미친소리 하지마라』

『저 외딴집에 처자가 혼자 잇슬텐데 소금장사 총각이가서 일이업슬까』

『그집주인 내외가 아까 나갓지 참말 처자혼자 잇겟구나』

『소굼장사 총각이 오래안나오면 그집처자는 탈이나는게다』

가장 아는체하고 말하는 아이는 그 중의 나백이엇다 키는 잔망하야 열두서너살된 다른 아이들보다 얼마 더 크지못하나 나이가 열닐곱이라 셈은 다들어서 다른 아이들이 채 모르는 처녀의 탈 나는 리허까지 잘 알엇다 다른 아이하나가

『우리 가 보까』

하고 나백이를 돌아보니

『급히 갈꺼업다 우리 나무 다 해노쿠 가보자』

하고 나백이는 갈키질을 하면서

『뒷집 김도령 몸집이 나더니 울 미테 개구멍 전보담 커젓네』

하고 촌노래 한가락을 불럿다 나백이는 적가리 머슴방에서 멱창으로 치는것만큼 목청도 조커니와 소리 재주가잇서서 노래를 임주 지어불럿다 나무들을 다해노흔 뒤에 나백이가

『자 인제 가 보자』

하고 압장을 섯다 아이들이 오다가 총각이 삽작문 고치는것을 바라보고바로 아프로 오지못하고 뒷겨트로 돌아왓다 마봉이 발ㅅ길에 채여서 배ㅅ창자가 구여짐뻔한 개가 뒷겨테와서 숨어잇다가 울박게 인끼척이 나는것을 듯고 업드린채 일어나지도 안코 울 박글 바라보며 지젓다

부억에서 밥짓든 처녀가 부억뒤로 내다보면서

『이개가 왜또지저』

하고 개의 눈 가는 곳을 살펴 보다가

『웬 사람들이 남의집을 드려다봐』

하고 소리 질렀다 삽작안에 잇든 막봉이가 부억뒤로 돌아왓다 울박게서 이팔청춘 큰아기니 총각낭군이니 하는 노래소리가나고 그뒤에 여럿이 손벽치며 웃는 소리가 낫다 막봉이가 처녀를 바라보며 싱글싱글 웃고섯다가 우루루 울타리 아프로 쪼차가며 나는새가티 뛰어넘는데노픈 울타리의 울짱하나를 건드리지 아니하엿다 울 박게 아이들이 놀라서 와하고 도망하는것을 막봉이가 보고

『네 이놈들 다시 왓다봐라 다리 마둥갱이들을 부러트려 놀테다』

하고 소리질러 꾸짓고 도루 울타리를 뛰어 넘어 들어왓다

『쪼그만 놈들이 큰 아기니 총각이니하구 사람을 놀렷서』

하고 막봉이가 처녀보고 우스니 처녀는 얼골이 발개가지고 말대답이업섯다

초군 아이들이 적가리 오는길로 이야기를 퍼치어서 동네 총각들이알고 공연히 울분하야 하는중에 그처녀와 혼설이잇는 김풍헌의 맛손자가 여럿이 가치가서 소금장사를 혼ㅅ구멍을 내

어쪼차버리자고 의논을 돌리니 너도 나도하고 나서는 사람이 십여명이 넘엇나 이때는 발서 땅검이 지난뒤라 여러총각이 홰들까지 준비하야 가지고 외만집으로 몰려오는데 긔세사나운품이 명화적패가 화적질하러가는것과 가텃다

해가 저서 어둡기 시작할때 막봉이가 저녁 밥상을 밧게되엇다 처녀가 밥상을 갓다주며 얼른 먹고 더어둡기전에 가라고 재촉하엿건만 갈생각이업는 막봉이는 흐터지기쉬운 서속밥에 수깔질을 험히하야 일변 흘리며 일변 주서먹느라고 한그릇 밥을 다먹는데 한동안이 착실히걸리엇다 그래도 박기 아직 환하엿다

『깜깜하기전에 적가리는 넉넉이 갈테니 어서가오』

『먹은 밥이 자위나 좀 돌아야지』

처녀가 부억에서 설거지하는 동안 막봉이는 방에 누어서 처녀가 또 재촉할때 대답할말을생각하엿다 패배를 알을까 비위를팔까 패배알차니 창피하고 비위팔자니 이면이잇다 이면을 상하지안차면 핑게하는수박게업스나 패배가튼 창피한 핑게박게 조흔핑게가 생각나지 아니하엿다 처녀가 만치안흔 설거지를 잠ㅅ간동안에 다 마치고와서 방문을열고 드려다보며

『갈 생각 안하고 누어 잇소』

하고 골을 내서 말하는 바람에 막봉이는 벌떡 일어안젓다

「노코간다는 소굼이나 주고 얼른 가오」

「올치 소굼을되어 노와야지」

막봉이가 박그로 나와서 처녀를 돌아보며

「바들 그릇하구 될그릇하구 가지구 이리와」

하고 먼저 소금ㅅ집 아프로 갓다 처녀가 소금될 한되드리 바가지와 소금바들 큰바가지를 가지고 왓는데 막봉이가 댓말소금을노코 갈테인데 바들그릇이 적다고 말하야 처녀는 다시 가서 큰둥그미를 들고왓다 막봉이는 서서 바가지로 소금을 퍼붓고 처녀는 안저서 둥그미에 소금을 고루 폇다 소금을 다 된뒤에 막봉이가 소금둥그미를 한팔로 끼어다가 웃방에잇는 중드리우에 언저주엇다 인제 박기 아주 어두엇다

「어두어 어듸 가겟나」

「팡줄 켜줄께 들고가오」

「고만두고 여기서 자구갈까」

「어듸서 자」

「나는 아래ㅅ방에서 자구 너는 웃방에서 자면 되지안허」

「새벽에 우리 아버지 어머니가 오시면 어떠케하고」

「제사밥 가지구 오거든 어더먹구 새벽길을 나서면 십상 조켓다」

「나는 조치안어 어서 가오」

「네게 조치안을께 무어냐 인심사납게 구지마라」

「인심노래도 할때가잇지 고만두고 어서가오」

「너의 어머니는 제사밥 어더주께 가치 갈나느냐구까지 뭇드라 네가 너의 어머니 반만해두 어둔밤에 내쪼치려구는 안할께다」

「그럼 갓다가 우리 어머니 오신뒤에 다시 오구려」

「이애 그러지마라」

「무얼 그러지말어 누가 작난하재」

「아까 아이놈들의 소리 들엇지 큰애기 총각이 서로만나서 작난좀 하기로 어떠냐」

막봉이와 처녀가 어둔봉당에 마주서서 가거라 못가겟다 실랑이할때 난대업는 홰ㅅ불비치 울사이로 보이엇다

「아이구 저게 웬 홰ㅅ불일까」

「글세 어듸 나가보까」

실랑이는 자연히 뒷전이 되엇다 막봉이가 삽작문을 열어저치고 나서서 바라보니 사람 십여명

이 나려 오는데 홰ㅅ불 너덧사루가 압 뒤에 섯다 막봉이는 화적패로 짐작하고 아프로 마주나 가면서

『이놈들아 이 의딴집에 무얼바라구 떼를 지어오느냐』

하고 소리를 질르니 십여명사람이 우뚝우뚝 서는중에 한사람이

『너 보러왓다』

하고 맛소리 질르고 나섯다 이사람은 곳 김풍현의 손자다

『날 누군줄알구보러와』

『누구야 소굼장사지』

『무슨 일루』

『남의집 처자를 꾀이러 다니는놈 버릇 가르치려구』

『오 그래 실컨보구 가거라』

하고 막봉이가 떡 버티고 섯다

『거센체마라 이놈아』

『너이들이 한둘식 덤비면 내가 성가시니 아무주룩 십여명이 한꺼번에 덤벼다구』

『주제넘은놈 가트니』

『누가 주제넘은가 그건 나중봐야 알지』

압선사람이 먼저 자 하고 소리를질르며 뒤에선 사람들이 일시에 아 하고 소리를질르고 막봉이게로 달려 들엇다

여러총각이 막봉이를 에워쌋다 주먹질 발길질이 빗발치듯하엿다 막봉이가 면상을 후려치는 주먹과 아래ㅅ배로 들어오는 발길만은 막기도하고 피하기도하엿스나 억개바듸 등줄기와 넙적다리 견대팔을 여러주먹에 어더맛고 뭇발길에 차이엇다 어른이어린아이들 다리고 작난하는것처럼 막봉이는

『올치 잘친다』

『아이구 아프구나』

하고 놀리면서 한동안 손을대지 아니하다가 아페잇는 김풍현 손자에게 복장을 어더차이고 홀쩨 벼락가튼 소리를질르며 내달어서 김풍현의손자를 잡아 동당이치기 시작하더니 그 다음에는 손에 잡히는대로 동당이를첫다 아이쿠 지쿠하고 삼사명이 나가잣바진뒤에 홰ㅅ군들이 홰를 가지고 두들기려고 대어드니 막봉이가 얼른 총각하나를 붓들어서 이리위 저리위를 시키며 홰를 막앗다 홰ㅅ군하나가 뒤로 돌려고하는것을보고 막봉이가 홰막이총각을 들고 슬금슬금 뒤로물러 나가는중에 뒤에잇는 총각에게 오금을 거더차이고 여페잇는 총각에게 엽구리를

쥐어질리엇다 쥐어질른 총각이나 거더찬 총각으로 홰막이를바꾸려고 막봉이는 들고오든 총각을 손에서 노핫다 홰ㅅ군이 이름을타서 일시에 악 소리들을 질르며 뛰어들엇다 막봉이가 급히 아페홰ㅅ군들을 피하다가 뒤로돌랴든 홰ㅅ군의홰고테 머리털을 그슬렷다 막봉이가 일변한손으로 머리를 떨면서 일변 뛰어가서 한손으로 엽구리 쥐어질른 총각의 멱살을 잡앗다 총각이 막봉이의 멱살잡은 손을 뿌리치랴고 애쓸때 다른 총각 하나가 동무를 도아주려고 대들어서 막봉이가 머리떨든 손으로 마저 그총각의 뒷고대를 잡앗다 한총각은 아프로 한총각은 뒤로 막봉이가 빵빵이를 돌리면서 홰를 피하다가 눈결에 두손을 다 노흐며 곳 두총각을 한다리씩 잡아서 번쩍 치켜들고 내둘럿다 홰ㅅ군들이 도리여 쪼껴가는것은 말할것도 업고 다른 총각들까지 도망하기 시작하엿다 막봉이가

『이 못생긴 놈들아 동무들은 내버리구 너의들만 도망할테냐 뒤에남는 놈들을 칠사람이업스니 너의들이 다 데리구 가거라』

하고 치켜들엇든 두총각을 나려노흐니 두총각은 한바탕 몹시 내둘린까말그로 모다 그자리에 쓸어젓다

『어서들 와서 다 데리구 가거라』

하고 막봉이가 뒤로 물러서서 동무를 붓들어 이르키는 총각들을 바라보고

『너의들 가튼 조무라이에게 손찌검하는것이 점잔치 못하지만 어린애 매두 만이마지면 아푼까말게 본보기를 보인게다 인제 영문을 알엇거든 지체말구 어서들 가거라』

하고 너털우슴을 우섯다 동당이처서 나가떨어진 총각들중에 김풍현 손자는 한편팔을 접질렷고 다른총각하나는 뒷통수를 조금 깨엇슬뿐이라 제대로들 걸어가고 내둘린 두 총각은 거름을 것지못하야 동무들이붓들고 갓다 사람은 보이지안코 홰ㅅ불만 보이도록 총각들 가는것을 바라보고잇다가 막봉이가 삽작안으로 들어왓다 바르 아래ㅅ방문을 열고보니 사람업는빈방이다 처녀가 웃방에 잇는가 하고 다시 웃방문을 열어보앗다 웃방은 불이업서 캄캄한까달게 손을 드려밀어 더듬어보니 역시 빈자리다 처녀가 어듸잇슬까 다시 봉당구석을 살펴보고 마당안을둘러 보앗다 처녀가 어듸로 갓슬까 집안을 한번 돌아보려고 아래ㅅ방 등잔거리 바탕에잇는 광솔에 불을 달려가지고 나와서 뒤겨트로 돌아 가는중에 부억에서 부스럭이리는 소리가 나서 얼른와서 부억안을 드려다보니 풀어노흔 입나무덤이속에 개가 꼬부리고 누엇다가 놀라 일어나서 몸을훌훌떨며 곳 박그로 나갓다 막봉이가 쓴입맛을 다시고 다시 가서 압뒤를 다 돌아보앗스나 마침내 처녀는 그림자도 보이지 아니하엿다

막봉이가 광솔불을 화토바탕에 내 던지고 봉당끄테 걸터 안저서 닭쫏든개 울처다보듯이 한동안 삽작문만 바라보고 잇다가 광솔불을 다시 들고 삽작박게 나서서 사방을 돌라보앗다 혹시

어듸서 대답이 잇슬까 바라고

『귀련아 귀련아』

하고 불럿다 아프로대고 불러도 대답이업고 뒤로대고 불러도 대답이업고 오죽 메알이가되바더 울릴뿐이엿다 기집애 편성에 혹시 자처나 하지아니하엿나 샘잇는곳도 차저가보고 늘어진 나무가지도 살펴보앗다 처녀의 부모가오면 말성스러울것은 정한일이고 잘못하다가는 무단히 악명을쓰고 살인옥사까지 당할는지 모르는 판이라 진즉 도망하는것이 상책가터서 도망할까 말까 망서리다가 처녀의 부모를보고 실상대로 말하고 박는날 처녀를 가치 차자보고 가든마든 결단하리라 생각하고 막봉이는 다시 삽작안으로 들어왓다 막봉이가 아래ㅅ방에 들어와서 팔을 뒤로집고 천정을 치어다 보고 안젓다가 웃방 보교개를 한번보려고 두방사이에잇는 지게문을 열고 나려보는데 바로 지게문아페 옹송그리고 누어잇는 사람이 눈에 뜨이엇다 처녀다 처녀가 자는지 자는체하는지 눈을 감고 누어잇섯다 막봉이가 속은 것이 분하야 처녀에게 종주목을 대고 시픈 마음도 바이업지 안엇스나 처녀의 얼골을보니 자연 마음이 가득하야저서 잡아이르킬 생각조차 가뭇업시 사라젓다

한동안 지난뒤다 막봉이와 귀련이가 아래ㅅ방 등잔불 아래 가치안저서 이야기하는데 귀련이의짓거리는것이 저녁전 사절할때처럼 무랍이 업섯다

「아까 나를 차지러 퍽 돌아다녓지」

「매우 옹골지겟다 속은 내가 얼뜨니까 속인 너를 나물하지 안는다」

「누가 속엿나 자긔가 속앗지」

「속일맘이 업스면 번연이 찻는줄 알면서 왜 나오지안쿠 숨어잇섯늬」

「찻는 꼴좀 두고 볼라고」

「그게 속인거 아니구 무어냐」

「웃방문 열때는 곳 들키는줄 알앗서」

「아무리 옹송그리구 누엇드라두 만젓스 것인데 꼭 빈자리루만 알구 속앗다」

「빈자리니까 빈자리로 알엇겟지 이방문 열어보고 웃방으로 올때 나는 가만이 중드리사이에 숨어안저서 숨도 크게 못쉬엇서」

「날 속일라구 그랫지」

「숭칙 스러워 그랫서」

「무에 숭칙스러워」

「사람이 숭칙스럽지 안어 가래도 가지안코 지싯지싯 눌어부터 가지고 그예」

「그예 엇재」

『듯기실혀 그만두어』

『내가 무슨 말햇나 듯기실타게』

『듯기 실타는데 무슨 말이야 그예 엇재하고 뭇는것부터 밭서 숭칙스러운 사람이지 무어야』

『입으루는 가라면서 속으루 은근이 붓든 네가 숭칙스럽지』

『둘러씨우면 장산가』

『내가 장사라구 힌목을 때다가 거짓말이란 타박을 밧구 쑥 들어 갓다』

『총각들을 한손에 하나씩들고 내둘를쩨 장사다하고 소리나 한번 질러 줄껄 이것서』

『다 내다보앗구나』

『그럼 삽작귀틀에 부터서서 죄다보구 웃방으로 들어왓는데』

『삽작박게나서 보면 누가 말리드냐 귀틀에 부터섯게』

『참말 삽작문 다칫소』

『안 다칫다』

『개호주와서 개물어가요 좀 나가서 꼭 다치고 들어오』

『가치 나가자』

『왜』

『나 나간동안에 또 숨박국질할까 무섭다』

『소굼지고 다닐때 내물은 못건너겟구려』

『왜』

『소굼짐이 물에 떨어지면 소굼이 풀리지요』

『이애 재담말구 가치 나가자』

막봉이와 귀련이는 끈칠줄모르고 짓거리든 이야기를 끈치고 가치 박그로 나와서 귀련이는 봉당에 섯고 막봉이는 삽작문을 가서 다첫다

『걸지는 말지』

『왜』

『아버지 어머니 열고 들어오시게』

『나와서 열어드리지 걱정이야』

『아버지 어머니가 오시면 야단이 날텐데 겁나지안소』

『아무리 야단해야 익은밥을 설릴수는 업겟지』

막봉이와 귀련이가 이런 말을 서로 짓거리며 다시 방으로 들어왓다

귀련이가 무남독녀로 버릇업시 길린 까닭게 수집은태는 적고 주책업고 수다한 그어머니를 보

고 배운까닭게 말수는 만핫다 막봉이가 언제부터 친한사람이라고 막봉이를 보고 가진 이야기를 다 뭇고 또 가진 이야기를 다 하엿다 그리하야 막봉이는 자긔 집 형편도 대강 말해 주엇거니와, 귀련이집 사정을 자세히 알게되엇다 귀련이 부모가 가사리 큰 집 이웃에서 살다가 귀련이 일곱살먹든해에 놋박재미트로 이사갓는데 그때이사는 대체가 귀련이의 백부박선달의 탓이엇다 박선달이 계수와 격이나고 또 아우와 의가 상하야 귀련이 부모를 구박하는까닭게 성정괴팍한 귀련이아버지가 아주 무인지경에 가서 혼자살면 속상하는 꼴을 보고 듯지안는나고 재미테 터를잡어 집을짓고 떠나갓고 호젓하고 외로운것을 참고 견듸면서 팔년동안이나 살다가 삼년전 귀련이 열다섯살되든해에 지금잇는 집으로 다시 이사왓는데 이때이사는 순전히 놋박재 도적괴수의 탓이엇다 곽가성가진 그도적괴수가 자주놀러와서 귀련이를보면 기집아이꼴이 박혓스니 고만 시집보내라고 실업슨 말 가티 말하더니 나종에 자근기집으로 말라고 말을 비치는까닭게 귀련이부모가 도적을 피하야 인가처가까이 와서 살기로 의논하고 이집을 새로짓고 불이야 불이야 들어왓섯다 귀련이 아버지는 논섬직이 밧날가리가잇서서 처자까지 합하야 세식구가 먹고살기 겨정이업는데 그 논이나 밧이 모다 귀련이의 조부가 죽을때 둘ㅅ재아들을 분배하야 준것이고 몃백석 추수한다는 박선달이 아우를 떼어준것이 아니엇다 박선달은 아들을 삼형제나 두엇지만 아들업는 아우에게 양자하나 줄 생각이 업는 모양이고 귀련이 부모 역시 양자아니하고 다릴사위를 어더서 의지하고 살작정이라 사위ㅅ감을 발서부터 구하는중인데 그동안 여러군대 말이잇섯지만 그저말뿐으로 그친데가만코 적가리 김풍현의 맛손자와는 말이 착실하게 되어서 귀련이아버지가 김풍현을 차저가 보기까지하엿스나 김풍현은 맛손자를 다릴사위로 아주주기 어려우니 혼인한뒤에 두집이 한데모여 살자고 주장하고 귀련이 아버지는 혼인한뒤라도 한데모여 살것이업다고 주장하야 주장이 틀려서 혼인이 아즉 완정이 못되었는데 완정못된것이 지금와서는 도리어 잘된일이엇다 귀련이어머니가 김풍현 손자를 탐내든 끄치라 막봉이를 보고 김풍현 손자만 못하게 여겨서 말ㅅ성을 부릴지 모르나 귀련이가 밥한 끼만 굴물작정하면 말ㅅ성업시 될수잇고 귀련이아버지는 고집이 세지마는 귀련이어머니말엔 별로 고집을 세우지 안는 까닭게 어머니만 말ㅅ성을 안부리면 아버지는 격정 멧마듸하다가 고만두리라는것이 귀련이의 추측이엇다 귀련이는 귀련이대로 걱정이 업고 막봉이는 막봉이대로 마음이 태평이라 둘이 웃방 좁은 자리에서 닥울녁까지 웃고짓거리다가 단잠들이들엇다

막봉이가 자면서 돌아누으려다가 돌아눕지 못하고 잠이 깨어서 눈을 떠보니 환한비치 방문에 비치어 방안이 히미하게 발근데 팔을베고자는 귀련이의 얼골이 그림가티보이엇다 막봉이가팔을 빼는바람에 귀련이도 잠이깨엇다

『오시는 소리가 낫소』

『아니 날이 다 발갓서』

『날이 박기전에 오실텐데』

『문이 환하지 안혀』

하고 막봉이가 누은채 팔을뻐뎌서 방문을 열어노흐니 지새어가는 달비치 방안으을 흘러 들어왓다

『동이튼줄 알엇드니 달비치러군』

『바람이차오 얼른 다치오』

막봉이가 방문을 다치려고 일어서서 박글내다볼때 사람의 발자국 소리가 들리는듯하엿다

『옵시는게러군』

막봉이는 방문을 다치고 와서 다시 들어눕고

『오실때 되엇서』

귀련이는 일어나서 옷을입고 머리를 씨다듬엇다

『귀련아』

『삽작문 열어라』

삽작박게서 부모의 소리가 나는데 귀련이는 선뜻대답못하고 주제주제하다가 살그머니 지게문을 여닷고 아래ㅅ방으로 올라갓다

『귀련아』

『귀련아』

부르는 소리는 차차로 커지고

『네』

대답하는 소리는 영별치 못하엿다

귀련이가 방문열고 나가서 신발을신을때 막봉이의 신발은 부억편으로 밀어치웟다 귀련이가 삽작문을 열어저치니 그어머니가 우선

『이것버텀 바더라』

하고 제사반긔를 내어주고나서

『아이구 치워』

하고 재삼스럽게 몸ㅅ서리를 첫다 귀련이가 부모의뒤를따러 아래ㅅ방에 들어와서 반긔를 싼대로 끌러보지도안코 방구석에 노흐니 어머니는

『왜끌러보지안늬 누르미 맛잇드라 먹어봐라』

하고 먹기를권하는데 아버지는

『자다일어나서 무슨 맛이 잇겟늬 두엇다 식전에 먹어라』

하고먹지말라고 말리엇다

『먹지안을라면 가 자거라 우리도 눈좀부치고 일어나겟다』

귀련이어머니가 딸을향하야말하고 곳 남편을 돌아보며

『어서 누으시요 나도좀누어야겟소 뜨뜻한방에 와서안지니까 꼬박꼬박 졸리구려』

말하고 다시 딸을향하야

『어서 나려가서 자』

하고 재촉하니 귀련이아버지도 안해말을 뒤니어서

『내일아침은 늣게먹어두 조타 한숨더자구 일어나렴으나』

하고 말하엿다 귀련이가 대답도안코 일어나지도 안코 고개를 숙이고 안젓슬때 웃방에서 막봉이가 큰 기침을 하엿다 귀련이어머니는 입을딱버리고 귀련이아버지도 눈이 휘둥그래젓다 어머니가 벌린입을 겨우 담을고

『웃방에 누구냐』

하고 뭇는데 아버지도 눈을 둥그러케 뜨고 귀련이의입을 바라보고 잇섯다

『소굼장사요』

『소굼장사라니』

『어머니가 보내섯다며』

『누가 보내 내가 보냇다고 그러드냐 총각이지』

귀련이가 대답대신에 고개를 끄덕이엿다

『저런 숭한놈이 어듸잇서 저놈을 죽이나 살리나 어떠케하나 아이구 치가 떨리네』

『녀편네가 수다스러우니까 무슨변이 안나』

『내가 가지말라고 당부한게 수다스럽단 말이요』

『길에서 오다가다 만난 소금장사를 보구 딸이 혼자 집에 잇느니 딸일음이 무엇이니 말하는 것이 수다가 아니란 말이여』

『내가 부아통이 터저 죽는꼴을 보고십소 잘못햇다고 책망하는것도 때가잇지 지금 총각놈을 어떠케 처치할 생각은 아니하고 나를 책망하고잇소』

『임자가 저질른 일을 누구더러 처치하래』

『귀련이가 아비업는 자식이요 나혼자 나은자식이요 엇재 남의자식의 일가티 말하오』

『입좀 닥처』

『입을 다치라니 말 뿐재가 고뿐이요』

『입이 열ㅅ개라두 짓거릴입 업겟네』

『내가 일브러 딸을 화냥질시켯소 왜 내게다 이러오』

귀련이부모가 내외간에말다툼을 시작하야 말다툼이 차차로쇠어갈때 귀련이는 목메이는소리로

『아버지 어머니를 책망마시고 저를죽여주서요 어머니 고만두서요 모두가 제탓이요 어머니』

하고 어머니 치마아페 업드려서 소리 내어 울엇다 귀련이아버지는 쓴입맛을 다시고 귀련이 어머니는 눈물을 흘리엇다

『이애 일어나서 내말좀 들어라』

하고 어머니가 귀련이를 붓들어 이르키고 입을 귀에다 대이고 무어라고 속은속은 말한뒤에

『그러커든 그러타고 말하고 그러치안커든 그러치안타고 말해라』

귀련이입을 치어다보다가 다시

『그러치안커든 고개만 가로 흔들어라』

하고 어머니는 재촉하듯이 말하는데 귀련이는 고개를 흔들기커녕 까땍도 하지아니하엿다 어머니가 눈물을 이리씻고 저리씻고하면서

『여보 이걸 어떠케하면 좃소』

하고 물으니 귀련이 아버지가 상을 잔뜩 찡그리고

『우선 총각을 불러나려다가 말이나 좀 물어보세』

하고 말하야 귀련이어머니는 귀련이를 아래ㅅ목으로 밀어안친뒤에 지게문을 열어제치며

『이놈아 이리 나려오너라』

하고 소리를 질럿다 막봉이가 아래ㅅ방으로 나려와서 인사업시 쭈구리고 안젓다

『이놈아 누가 너더러 우리집으로 가라드냐』

하고 귀련이어머니는 눈에 쌍심지를 켜고 대드는데

『나는 당신의 말을 듯구서 왓소』

하고 막봉이는 넉살조케 말하엿다

『저런놈 보게』

『이눔 저눔 안쿠는 말못하우』

『너따위 놈더러 이놈 저놈 못할게 무어냐』

『귀련이 낫을 봐서 나두 참을수 잇는데까지 참을테지만 당신두 말좀 조심하우』

『이놈이 되잡아 시비할라나 그래 이놈아 내가 너더러 가라드냐』

『처음보는 사람에게 딸의 이름까지 일러주구 또 두번 세번 가지말라구 당부하는것이 수상

해서 나는 말을 뒷쪽으루 들엇소 그런데 지금와서보니 내가 오지안을껄 온모양이구려」

「너가튼놈하고는 더말하기 실흐니 지금 냉큼 가거라 그러고 이근방엔 다시 올생각마라」

「귀련이말을 들어보구야 내가 가겟소」

「무엇이 엇재 이놈아 귀련이는 내딸이야」

「그게야 누가 모르우」

「그러면 잔소리말구 어서가」

「당신딸에게는 물어볼말두 못물어본단 말이요」

「물어볼만한말이 무슨 말이냐 이놈아」

「무슨말을 물어보든지 그것까지 알려구할께 무어잇소 둘이 웃방에가서 이야기좀 하겟소」

「안된다」

「나두 안되겟소」

귀련이어머니는 긔가 막히며 말문이 막히어서 말을 못하고 입살만 공연히 나불나불하다가 홀째 고개를 뒤로 도리키고

「귀련아」

하고 불르는데 두손으로 얼골을 가리고 돌아안즌 귀련이는 부르는 소리를 들으면서도 돌아보

지도안코 대답도 안하엿다 이때까지 말이업시 막봉이를 바라보고잇든 아버지가 막봉이아프로 나안즈며

『여게 총각 나하구 이야기좀하세』

하고 부드럽게 말하니 막봉이는

『네』

하고 대답하는것부터 공손스러웟다

『자네 성명이 무언가』

『갈막봉이올시다』

『어듸 사나』

『수원 삽니다』

『부모 다기신가』

『네』

『멧형젠가』

『사형제의 끄치올시다』

『자네 남의 집에 데릴사위루 갈수잇겟나』

귀련이어머니가

『여보』

하고 남편에게 눈을 흘기니 귀련이아버지는

『가만이 잇게』

하고 안해에게 손을 내젓고 다시 막봉이를 향하야

『자네부모가 허락하시겟나』

하고 물엇다

『내가 가구십다면 고만이지 부모가 무어라겟소』

『자네가 불패천인걸세 그려』

『불패천이라니 못된놈이란 말인가요』

『혼인은 인류대사인데 부모가 아론곳을 안한단 말인가』

『나이가 잇지안습니까 내가 지금 스물한살입니다』

『나이 스물한살이여』

『네』

『인제 그만큼 알엇스니까 우리끼리 의논할일이잇네 자네는 가게』

「어데루 가란말입니까」

「어데든지 자네맘대루 갈것이지 날더러 물을꺼잇나 멧칠뒤에 한번다시오게」

막봉이가 한참 생각하다가

「멧칠 뒤에 다시 올꺼업지요 지금 내가 웃방에 가잇슬테니 의논들 하시구려」

하고 대답하며 곳 귀련이 아버지의말도 더 들어보지안코 웃방으로 나려갓다

「어떠케하면 조은가」

「무얼 어떠케하면 조흐냐말이요 보내는게지」

「내가 조케말해두 안가는걸 어떠케하나」

「누가 사위나 삼을듯기 말하랍듸까」

「그러케 말해서 보내노쿠 보려구 그랫지」

「그러지말구 곳 가라시요」

「가지안는걸 끌어내나 잡아내나」

「귀련이시켜 가래봅시다」

「귀련아 네가 가라구 할테냐」

「너의 아버지 말슴을 왜 대답 안늬」

「아비어미의 말을들은체 안는 법이 어듸잇늬」

「이 애가 환장이 되엇나」

귀련이 부모가 말을끈치고 서로 바라보는중에 날이 활짝발갓다

나제도 오는사람이 업는집에 새벽손님이 차저왓다

「박서방 일어낫다 일어낫거든 좀 나오게」

하고 소리치는것을 듯고 귀련이 아버지가 삽작박게 나가보니 김풍현 늘근이가 지팡이집고 서잇는데 긔색이 조치안한것이 시비하러 온 사람가텃다

「이거 웬일이시요」

「자네게 치하왓네」

「치하라니요」

「장사사위어든 치하왓서」

「장사가 누구요」

「장사가 누군걸 몰라서 뭇나 소굼장사 똥장사 자네사위 잘어덧데 그러치만 남의자식들을 병신이나 만들지 말라구 당부좀하게」

「웬소리요 당초에 영문을 몰으겟소」

『자네가 모르쇠루 잡아떼는 모양인가』

『무얼 잡어뗀단말이요』

『소굼장사가 자네집에서 자지안헛나』

『왜 대답이업나 더 잡아뗄 뱃심이업나 골르구 골른 사위 데려내다 구경좀시키게』

『알지두 못하구 왜시비요』

『무얼 알지못해 자네가 장한사위어든것을 알지못해』

『누가 사위를 어덧다구 말합듸까』

『자네가 딸을 잘두엇스니까 소굼장사가튼 사위나 어더야 알마질것일세』

『내딸걱정마시요 당신손자하구 부득부득 혼인하자지안소』

『하자면 누가 한다든가 내 손자를 총각으루 늘키드래두 자네 딸하구는 혼인하지안네』

『나는 뒤가 급해서 더말하구 잇슬수업소』

『나두 더할말업네 자 가네』

김풍헌은 뿌르르하고 돌아서서 지팡막대를 드던지고 귀련이아버지는 삽작박게잇는 뒷간으로 들어갓다

귀련이어머니가 손님이 누구인가 알고시퍼서 남편뒤를 따러나왓다가 남편이 방에 업는동안에

귀련이에게 말을 물어보고시픈 생각이나서 즉시 방으로 되들어왓다 귀련이 여페와서 부터안즈며

『이애 귀련아 나하고 이야기 좀 하자』

하고 말한뒤 곳 귀련의 귀에 입을 대이고

『총각이 네맘에드늬 네맘에 들것가트면 숨기지말고 말을해라 너의아버지하고 조토록 의논할테다』

하고 가만가만 말하엿다

『인제 몸을 버렷스니까 죽어도 다른데는 못가요.』

『소굼장사 총각을 사위로 어드면 달은사람은 고사하고 너의 큰아버지 보기가 창피하지 안으냐.』

『큰아버지가 절까지 햇다오.』

『큰아버지가 절을 하다니』

귀련이가 막봉이에게 들은 이야기를 대강옴기는데 귀련이어머니는 재미잇게 듯고나서

『참말 그러케 봉변을햇스면 잘코사니지만 총각의 허풍인지 누가아니』

『나두 처음에는 고지안들엇드니 나종보니까 도적놈을 혼냇단말이 거짓말이 아닙듸다』

『거짓말아닌줄을 무얼보구서 알엇늬』

귀련이가 막봉이의 울 뛰어 넘든것을 이야기하고 나서 막봉이의 총각들과 싸우든것을 이야기하기 시작할때 귀련이아버지가 방문을열고 들어왓다

『너의 아버지도 들으시게 이야기 하렴으나』

『무슨 이야기야』

『어제 저녁에 총각난리가 나섯드라는구려』

『총각난리란 다 무어요』

『이애 네가 이야기해라』

귀련이가 고개를 다소곳하고 안저서 눈으로 본 광경을 다 이야기하엿다

『적가리 총각들이 왓다가 혼나고간모양이지요』

귀련이 어머니가 남편의 말을 자어 내엇다

『총각놈들은 어떠케 알구왓슬까』

『저녁전에 초군아이들이 와서보고 갓다니까 그아이들이 가서 이야기한게지요』

『내피 김풍헌이 새벽에 쪼차와서 영문모를소리를 짓거리드라니 김풍헌의 손자두 석겨 왓든게로군』

『압장 섯기도 쉽지요』

귀련이아버지가 딸을 돌아보며

『너는 나가서 아침이나 지어라』

하고 말을 일러서 귀련이가 말업시 일어설때

『쌀이 웃방에 잇스니까 내가내주고 오리다』

귀련이어머니가 말하고 딸과가치 일어섯다 이때 웃방의 총각은 개잠이 들어서 드르렁 드르렁 코고는 소리까지 낫다

막봉이는 개잠자고 귀련이는 밥짓는동안에 귀련이부모는 서로 의논하고 막봉이를 사위ㅅ감으로 정하야 성례까지 속히하기로 작정하엿다 혼인이 말ㅅ성업시 되어서 막봉이도 조하하고 귀련이도 조하하엿다 귀련이 아버지는 딸의 행적을 더퍼주려고 그대로 혼인을 정하엿스나 막봉이가 눈이 불량스러워서 마음에 탐탁지못하엿고 귀련이 어머니는 막봉이의 인물이 김풍헌 손자만큼 준수하지못하야 부족한중에 소금장사사위가 종시 창피하엿다 귀련이 아버지가 궁합도 잘보고 택일도 잘하는사람이라 막봉이의 정유생과 귀련이의 경자생이 간지오행 干支五行)으로도 상생이라 조코 납음오행(納音五行)으로도 상생이라 조코 또 이 오행으로는 어떠코 저 오행으로는 어떠타고 궁합보는 문서를 다 느러노흔뒤에 혼인을 하자면 이 말이

대리월(大利月)이라 이달안에 작수성례라도 하는것이 조타고 택일을 가깝게하야 막봉이는 오륙일안에 바라니 집에를 다녀오게되엿다 이날아침뒤에 막봉이는 안성서 떠나서 이튼날 아침때 발안이로 돌아왓다 그동안 삼봉이도 송도서 손가의집 이사를 보아주고 집에 돌아와 잇섯다 부모형제 모여안즌 자리에서 막봉이가 다릴사위로 장가가게된 사연을 이야기하니 늘근 부모는 막내아들 마저 성취하게 되는것만 다행하야 조타고들 말하고 큰봉이와 자근봉이는 마음에 맛지 안는 막봉이가 따로가서 살게되는것이 시원하야 조타고들하는데 오즉 삼봉이만은동생과 떨어지기가 섭섭하야 막봉이를보고

『네가 집에서 나가면 나두 집에잇슬 재미업다 식구끌구 타관으루나 나가겟다』

하고 말하엿다 타관으로 나간다는말이 아비 귀에 거슬렷다

『늘근 아비 어미는 내버리구 가두 조탄말이냐』

『형들이 잇지 안어요』

『형들은 형들이구 너는 너지』

『막봉이까지 업스면 형들의 되지안은 잔소리를 저혼자 듯느라구 머리가 빠지게요』

『형들이 잔소리를 한다구 치드래두 너가티 밤낫 길루 돌아다니는 사람이 무슨 걱정이냐』

『잠ㅅ간잠ㅅ간 집에 와서 잇는 동안이라두 그러치요』

삼봉이 말대답에 화증난 아비가

「아무리 데릴 사위루 가드래두 신부를 한번 데리구 와서 아비어미 상면은 시키겟지」

하고 막봉이에게까지 체증ㅅ기 잇게말하엿다

「가서 의논해 봐야지요」

「만일 의논이 잘안되면 아비어미는 며느리라구 꼴두보지못하구 죽겟구나」

「의논이 잘안될까닭기 잇나요」

「명색이라두 신부례라구 하자면 술ㅅ잔이나 준비해야 할께아니냐」

큰봉이가 나서서

「신부례를 한다면 이번에 곳하게 될까」

하고 막봉이에게 뭇는데 아비가

「그것두 가서 의논해 봐야겟지」

하고 비꼬듯 말하야 막봉이는 불쾌스럽게

「혼인날 곳 며나오두룩 할테요」

하고 형의말을 대답하엿다

「첫날밤두 안치르구」

『첫날밤은 길에선 못지내우』

큰봉이가 다시 말하기 전에 아비가

『그런법이 어듸잇단 말이냐』

하고 나불하는것을 막봉이가

『법은 무슨법이요 개코꾸멍가티』

하고 뒤바더서

『나는 모르겟다 다 너의맘대루 해라』

하고 아비는 삼봉이 막봉이에게 눈을 흘기면서 자리에서 일어낫다

이틀뒤에 막봉이가 성관하고 장가 들려갈때에 늘근아비는 백리길 가기에 근력이 부치는이 보다 화가 덜풀려서 후행갈생각을 아니하엿고 큰봉이는 신부례ㅅ날 준비할것이 잇서서 후행갈수가 업섯고 자근봉이는 후행 손님 노릇을 하고 시퍼서 가겟다고 말까지 하엿스나 막봉이가 가치가기 실타고하야 삼봉이가 후행으로 따러 가게 되엇다

귀련이 혼인날도 박서방집은 별로 평일과 다름업시 조용하엿다 혼인을 지내는줄알면 올사람이 더러 잇슬 터이지만 구메혼인하듯 소문업시 혼인하는까말게 손님도업고 구경군도업섯다 전지를 부치는 작인내외가 일보아주러왓고 박선달의아들 우로형제가 인사치르러왓슬뿐이고

박선말은 병이잇다고 핑게하고 질녀의혼인도 보러오지 아니하엿다 초례를 지내는데 초례청은 마당이요 독좌상은 정화수ㅅ상이요 멍석우에 덧깔은 기직자리는 화문등메 맛잡이엇다 기직자리우에 신랑색씨가 마주서서 큰절 한번으로 인륜의대례를순성하엿다 색씨어머니는 말떡 룡떡을 만들지 못하야 섭섭하고 청실홍실을 느리지못하야 섭섭하엿지만 그것은 오이려 여차요 초례전에 봉치를 제례한것과 초례후에 첫날밤을 제례할것이 마음에 불쾌하야 초례마치고 곳 상우례한 새사위를 보고 말ㅅ성을 부리기 시작하엿다

「함이나 하나 가지고 올것이지 맨손으로 오는법이 어듸잇나 봉치는 지금와서 말햇자 소용업지만 첫날밤은 치러야 하네 첫날밤도 안치르고 길을 떠나다니 말이되나」

「안됩니다」

「안될일이 무엇인가」

「집에서 그러케 말하구 왓서요」

「누가 그러케 말하구오라다」

「그러케 말하구 온걸 지금 어떠케 해요 그대신 곳 되지퍼 떠나오지요」

「누가 얼른 오지안을가봐 걱정인가 첫날밤을 지내고 가란말이지」

색씨 아버지가 여페서 듯다가

『이사람 쓸데업시 잔소리말게』

하고 핀잔주고 나섯다

『엇재 잔소리라오 혼인하고 첫날밤안치르는법이 어듸잇소』

『미리다 말해서 알구 지금와서 무슨딴소리야』

『미리말한것은 다시 의논못하오 이러고 저러고 간에 오늘은 못떠나게 할테니 그리 아시요』

『고만두구 어서 가서 국수ㅅ상이나 차려서 먹게하게』

『오늘은 못 떠나요』

『그러지 말어』

남편이 말다툼 아니하려고 숙으러지니 안해는 점점 더기승을 부렷다

『그런일은 못될일이라고 딱딱 무질러 말못하고 말하는 날더러 잔소리래 혼인 날 떠나온다고 말한사람도 지각이 업지만 혼인날 떠나오라는 사람들은 무슨 지각이야』

사돈 마누라의말이 저의집에 피침한것을 듯고 상객으로 온 삼봉이가 고개를 여프로 돌리고 제기 소리 한마듸를 제법 크게 내노핫다

『별 해괴한일 다 보겟네』

색씨 어머니가 혼자말하듯이 짓거리는데 삼봉이는 증을벌컥내며 막봉이를 보고

「너는 가든지 마든지 나는간다」

하고 곳 박그로 나가려고 하니

「형님 가치갑시다 나두가겟소」

막봉이가 붓들엇다 색씨아버지가 사위형제를 무마하야 노코 다시 안해를 타일러서 점심먹고 다가치 떠나기로 되엿는데 작인내외는 집에두고 족하형제는 가사리 압까지 동행하고 딸은 읍내 가서 삭마를태워가지고 가기로 하엿다

귀련이가 생외 처음으로 말을타보는까말게 조금만 빨리가도 겁을내서 아버지를 불럿다 귀련이아버지와 막봉이가 양 여페서 붓들고가노라니 길이 자연 느저서 떠나든 이튼날도 해질물에 간신히 발안이를 대어왓다 그날은 사처에서 자고 그이튼날 신부례를 지내는데 말이 신부례지 폐백까지업는 신부례라 거북살스러운 례절을 차리지아니하야 잠ㅅ간동안에 끗이낫다 막봉이 부모는 새며느리를 하루라도 묵히려고 하엿지만 막봉이가 고집을 세워서 혼인날 떠나오듯이 신부례날도 점심먹고 되떠낫다 귀련이아버지가 딸과사위를 다리고 돌아오는길에 딸내외더러

「형님은 반갑게 알거나 말거나 우리도리는 차려야할테니 이번에 아주 가사리를 다녀가자」

하고 말하엿다

귀련이가 그동안 말에익어서 갈때보다 길이 좀 빨렀다 발안이에서 떠나든이튼날 느진 점심때쯤 가사리를 당도하엿다 박선달집 문아페와서 귀련이 아버지는 딸을 말께서 나려 바로 안으로 드려보내고 사위를 다리고 사랑에 들어와보니 박선달이 첩의집에가고 사랑에 잇지아니하엿다 귀련이아버지가 족하하나를 보냇더니 그족하가 갓다와서 지금곳 오신답듸다 하고말하야 곳 올줄알고 기다리엿다 오지안는 형을 한동안 헛기다리든끄테 귀련이아버지는

「안에나 잠ㅅ간 다녀오겟다」

하고 막봉이는 큰족하와가치 사랑에 안처두고 자긔는 자근족하들을 압세우고 안방에 들어와서 형수에게 인사하고 족하며느리들에게 인사밧는중에 안중문간에서 큰기침소리가낫다

「인제 오시지」

「네 오십니다」

귀련이아버지가 족하들과가치 마루로 나오는데 귀련이도 사촌올케들과가치 뒤를 따러 나왓다 박선달이 몸집이 뚱뚱한것보다도 거드름 부리느라고 게우거름을 걸어 들어왓다 마루에 섯는 사람들은 박선달이 잘 거들떠보지도안코 마루로 올라오며 곳안방으로 들어오는데 여러사람이 다 그뒤를 따러 들어왓다 박선달이 안방에 들어와서 아래ㅅ목에 좌정한뒤 먼저 귀련이아버지가 절을하니 골난사람가티 뿌루퉁하고 안저서 왓느냐 말한마듸 아니하고 그다음에 귀련이가

절을 하니

「음」

하고 고개를 끄덕끄덕하엿다

「퍽 컷구나 자식두 넉넉이 나켓다」

박선달은 가장 재미스럽게나 말하듯이 싱글싱글 웃고

「네 남편이 수원사람이라지」

하고 귀련이보고 뭇는데

「네」

하고 귀련이 아버지가 딸대신 대답하엿다

「성이 무언구」

「길가랍니다」

「길가? 상놈의 성이로군」

「반명은 아니겟지요」

「그럼 무얼 취해서 혼인을 햇담」

「사위깜하나보구 햇서요」

「개천에서 용낫단 말 못들어」
「사위가 천하장사랍니다 우리는 몰라두 팔도에 힘꼴 쓴다는 사람은 길막봉이를 모르는 사람이 업답니다」
「길막봉이」
하고 박선달은 곳 미간에 주름을 잡는데 주름사이에 불쾌한 긔색이 현저히 나타낫다
「사위말은 형님을 전에 한번 보인일이 잇다구 합듸다」
「날 어듸서 봐」
「지금 사랑에잇스니 나가보시면 아시겟지요」
박선달은 혜음령에서 망신한 이야기를 아우가 들어알려니 생각하면서도
「내가 본들 알까말기잇나」
딱 잡어떼고나서
「네가 딸 혼인을 정하는데 엇재 내게 의논한마듸 업시 정하느냐」
하고 시비를 시작하엿다 아우가 발명하려는것을 가로막고 박선달이
「내게다 말하면 행세하는집으루 여위어줄것인데 무지막지한 상것들의 자식을 사위루 어더서 아무개의 족하사위라구 내돌릴모양이니 구경 내낫을 깍잔말이구나」

하고 소리를 질르다가 나종에는

「너가튼것은 본래 내가 동긔루 안여긴다 꼴두 보기실타 냉큼 가거라」

하고 호령호령하엿다

귀련이아버지가 우는딸을 다리고 사랑으로 나와서 사위더러 가자고 말할때 막봉이가 귀련이의 우는까닭글 물으니

「당신이 상놈이라구 우리 아버지가 호령을 바덧다오」

귀련이가 울면서 대답하엿다

「누가 호령을해」

「누구야 이집선다님이지」

「상놈이라구」

고하 막봉이가 한번뇌고나서 귀련이부녀가 붓들사이도 업시 안으로 뛰어들어갓다

막봉이가 안마루에 껑청 뛰어 올라설때 박선달이 안ㅅ방 머리맛문을 열고 내다보며

「웬 놈이 내정돌입 하느냐」

하고 호령하엿다 막봉이가 팔을 거더부치며 방문아프로 대어드니 박선달이 일변 웃간으로 피하야가며 일변

『얼른 하인들 불러서 저놈을 잡아내라』

하고 고성을 질럿다 막봉이가 신발 신은채 방안으로 뛰어들어와서 웃간문열고 도망하려는 박선달을 쪼차가서 뒷곡지를 움켜 잡앗다

『양반 좀 구경합시다』

하고 막봉이가 박선달을 떠밀고 방에서 마루로 나오고 마루에서 마당으로 나려왓다 박선달의 큰 아들은 사랑에서 들어오다가 도루 나가고 둘재아들은 절구공이를 들고 막봉이게 덤비다가 발ㅅ길에 차이어 마당 한구석에 나가잣바지고 그테아들은 부리는 기집아이들과가치 건너방 모퉁이에 숨어서서 발발발 떨고잇고 박선달의 마누라와 며느리는

『아이구 이런 변이 어듸잇나』

『아이구 저놈을 어떠케 하나』

실성한사람 군소리하듯이 짓거리며 마룻구석에 뭉치어 섯다 막봉이가 다시 박선달을 떠밀고 사랑으로 나가려고 할 즈음에 박선달의 큰아들이 집안사람과 동네ㅅ사람을 몰아가지고 들어오는데 으중이 뜨중이 수효는 십여명이 넘엇다 막봉이가 이것을보고 박선달의 뒷곡지를 잡은채 여러사람을 향하고 서서

『너의놈들이 내게 덤비는날이면 박선달부터 태기치구 너의놈들두 하나 성하게 두지 안을테

다」

하고 박선달을 곳 태기칠것가티 둘러메려고하니 박선달은 죽어가는 소리를하고 여러사람은 선뜻 대어들지 못하엿다 전에 마부로송도갓든 사람이 여럿중에석겨잇다가 막봉이를 알어보고

「아이구머니 큰일낫네 저 양반이 혜음령서 도독놈 혼내든 장사아니라구 여보게 우리따위는 백명 이백명 한께 덤벼두 소용업네」

하고 호들갑을 떨어저 여러사람들은 구경하려온것가티 서서 보기만하는데 박선달의 큰아들이 어느 틈에 도끼 하나를 차자들고 슬그머니 막봉이 뒤로 돌아왓다 귀련이아버지는 처음부터 막봉이를 쪼차들어오려고 하엿스나 귀련이가 은근히 백부의 욕보는꼴을 보고시픈마음이잇서서 저의 아버지에게 울고 매달렷다 사랑에서 안으로 들어오는 쪽문안에 귀련이가 아버지의 손을 붓들고서서 드려다 보는중에 사촌의 도끼가 남편뒤에 가까이 가는것을 보고

「아이구머니」

하고 소리를 질렷다 막봉이가 고개를 도리켜 도끼를 보고 박선달을 돌려 세우며 곳 아프로 떠다박질르니 아비가 어퍼지며 아들이 잣바지는데 도끼는 여프로 떨어젓다 막봉이가 곳 박선달과 큰아들을 잡아이르키고 또 마당구석에서 쩔쩔매는 둘재아들까지 끌어다가 삼부자를 느런히 안친뒤에 한번 휘 돌라보다가 중문간에잇는 절구통을 한다름에 가서 들고나왓다 막봉이

가 박선달삼부자 아페와서 절구통을 번쩍 치어들때 귀련이 아버지가 딸의손을 뿌리치고 쪼차 나왓다

「이사람 무슨짓을 하려구 이러나」

「삼부자를 박살낼라구요」

「이사람이 미첫나」

「왜 미처요 상놈의 목숨하나를 양반의 목숨 셋과 바꿀랍니다」

「그게 무슨소린가 그럴라면 나를 먼저 죽이게」

「이사람 제발 좀고만두게」

막봉이가 박선달 삼부자를 죽일마음까지는 업섯든까닭게 장인의 말에 못이기는체하고

「고만두라시면 고만 두어두 조치요 그러치만 박선달이 그런버릇을 다시 안헌다구 맹세하는 말을 들어야겟스니 그리아시요」

하고 절구통을 쾅 내던지고 박선달을 나려다 보며

「동생이 상놈사위 어덧다구 호명질하는 양반님네가 여간해서는 잘못한줄을 모를테니까 초죽엄을 해놔야겟다」

하고 팔죽지를 잡아 이르켯다

「아이구 팔 붙어진다 다시 안할테니 팔 놔라」

「너무 싹싹한데」

「아이구 팔이야」

「다시 그런 버릇 못하지」

「안하마 안하마」

「엇재 양반이 독하지 못해」

막봉이가 코 우슴을 치고 박선달의 팔을 노하주엇다

귀련이 아버지가 딸 내외를 다리고 나갈때 등 뒤에서

「인제는 형제 아주 의절이다」

하고 박선달의 소리치는 말이 들리엇다

박선달이 망신당한 분푸리를 하려고 속으로 원에게 청촉하야 노코 거트로 소지를바치는데 막봉이가 내정돌입하야 삼부자를 구타(毆打)하엿고 불량한 아우가 뒤에서 부추겻다고 사연을 구미어서 막봉이는 장인과한께 안성관가에 잡혀오게되엿다 공사마당에 막봉이는 발명을 잘하지못하엿스나 막봉이의 장인이 전후사를 차근차근 아뢰엇다 원도 속으로는 박선달이 봉변하야 싸거니 생각하면서도 박선달의 뇌물바든 갑슬하려고 억지공사를 하려들엇다 안성육방관속에는 박선달을 밉게 생각하는 사람이 한둘이 아니엇는데 그때 형리도 그중의한사람이라 동현 되마루에 업드린채 원에게 넌짓이 말은 아뢰엇다

「박선달 형제중에 형이 그악하옵구 아우가 무던하온것은 경내상하가 다 아옵는일이온즉 소지를 쥰신하옵시구 공사하옵시면 뒤의 청문이 사나올듯하외다」

원이 형리의 말을 듯고 이윽히 생각하다가 막봉이에게는 이타물구인성상자 (以他物毆人成傷者)조문을 켜서 태사십(四十)으로 경하게 치죄하고 막봉이 장인에게는 형제 우애잇시 지내도록 힘쓰라고 훈계하야 공사를 마치엇다 막봉이가 볼기맛고 나오는길에 가사리로 들어가려고 하는것을 장인이 한사하고 말려서 바로 집으로 다리고왓다

막봉이가 다릴사위노릇하기 시작한뒤로 달이 밧서 두서너번 바뀌엿다 그동안에 귀련이와 내외간은 의 조케 지내엇스나 장모와는 서로 뜻이 맛지아니하야 말다툼이 여러번 낫섯다 장모의 잔소리가 갈수록 점점 더 심하야 막봉이는 골머리를 알른중이엇는데 장인의 생일전날 막봉이가 곡식말을 가지고가서 반찬거리를 바꾸어 올때 장모가 떠먹듯기 일러준 김 한톳을 잇고와서 장모는 화가 천동가치 낫다

「그게 무슨놈의 정신이야 까마귀고기 먹엇나」

「잘못 되엇소」

「잘못되엇다면 고만인가」

「그럼 어떠케해요」

「북어 가지구 가서 김으로 바꾸어오게」

「내일 가서 바꾸어오지요」

「당장 가서 바꾸어오게」

「배가 고픈데 어떠케 또 장에를 갓다온단 말이요」

「배가 고파 안밧궈오면 저녁은 못먹을테니 그리알게」

「한끼 굴머 죽지안소」

「누가 굶겨죽인다나 우리 세식구 하루먹을밥을 한끼에 다 먹는위인이 그중에 큰소리까지하네 자네온뒤로 양식이 곱들어 잘난사위덕에 우리까지 바가지 차고 나서겟네」

「양식이 아까워서 나를 두구 먹이지 못하겟단말이요」

「무슨 유세야 힘센자센가 소가 세도 왕노릇못해」

「나더러 소란말이요」

「그래 소라면 어절테야」

「내가 소면 당신딸두 소구 당신딸이 소면 당신두 소지」

「저것 보게 장모더러 욕하지 안나」

「내가 지구 고만두겟소」

막봉이가 사설하는 장모를 내버리고 부억으로 들어가니 밥짓든 귀련이가

「들어오지말구 나가오」

하고 독살스럽게 말하엿다

「자네까지 구박인가 데릴사위노릇 더러워 못하겟네」

「내 부모가 당신 부모지 그러케 욕하는법이 어듸잇소」

「누가 욕을 해」

「나는 귀가 업는줄 아오」

골난 막봉이가 골ㅅ김에 귀련이 역개를 한번 탁 쳣다 귀련이가 죽는소리를하야 귀련이어머니는 말할것업고 방에 들어누엇든 귀련이아버지까지 부억으로 쪼차와서 귀련이의 저고리를 벗기고 보니 한편 역개ㅅ죽지가 금시에 먹장갈어부은것가티 되엇섯다 귀련이어머니는 곳 막봉이의 멱살을 잡고 매달리고 귀련이아버지는 막봉이를 훌겨보며 딸을 다리고 방으로 들어갓나 귀련이어머니가 골ㅅ김에 압뒤 생각업시 사위를 내보내자고 주장하야 막봉이는 다릴사위노릇을 다하고 쫏겨나게 되엇다

막봉이가 발안이집에 돌아와보니 삼봉이는 안해까지 끌고 등짐장사를 나갓고 큰봉이 자근봉이만 집에 잇는데 막봉이 온것을 보고 형제가 다

『네가 어딀가면 조신하겟늬』

하고 냉대하야 막봉이는 부모가 말리는것도 듯지안코 집에서 도루나와서 매일업시 떠돌아 다니다가 오가의 권으로 청석골와서 가치 잇게되엇다 불과 반년전에 쇠도리깨도적을 잡으려왓든 사람이 우습게 쇠도리깨도적과 한패가 되어버리엇다

황천왕동이 (一)

느진봄이다 꼿찻는 나비들은 멀리멀리 날러다니고 벗부르는 꾀꼬리들은 여기저기서 노래하는 때다 림꺽정이의 집압뒤 마당에 풀이 만히나서 어느날 꺽정이가 처남 황천왕동이와 아들백손이에게 풀을 뽑으라고 말을 일럿다 천왕동이가 매형의 말에 상을 찡그리면서도 마지못하야 생질을 다리고 풀을 뽑으러나서는데 압뒤 마당을 둘이 갈러마터 뽑기로 하다가 풀적은 압마당은 생질에게 빼앗기고 풀만흔 뒷마당을 차지하게 되엇다 좁지안흔 마당에 풀이 무더기로나서 낫낫이 뽑지안코 북북 쥐어뜨더도 한나절이 조이 걸릴 모양이라 천왕동이가 얼마 뽑다가 성가신 생각이나서 삽을 갓다가 쓱쓱 밀어나갓다 이때 울뒤에섯는 느티나무에서 꾀꼬리의 노래가 흘러나왓다 천왕동이가 꾀꼬리 노래를 듯느라고 삽을 집고 서서 우두머니 느티나무를 바라보고 섯는데 꺽정이의 병신아우가 뒤겨트로 오다가 천왕동이의 섯는 모양을보고 큰 이야기ㅅ거리나 어든듯이 부즈런히 도루 나가서 압마당에 나섯는 애기어머니를 보고

『누님 백손이아저씨가 느티나무를 이러케 처다보구 잇습듸다』

하고 고개를 처들어보이니 애기어머니는 혀를차고

『싱겁기두 짝이업다』

하고 병신아우를 핀잔주엇다 병신이 열적어하며 섯다가 축하 풀뽑는 여프로 간뒤에 애기어머니가 뒤겨테 와서

『황도령이 무얼 정신업시 봅시나』

하고 소리치며 천왕동이에게로 가까이 왓다

『저 노래 좀 들어보우』

『꾀꼬리 소리를 듯고 깁시군』

『구르기두 잘 구르구 꺽기두 잘 꺽소 더 말할것업시 명창이요』

『노총각이 딴 생각이나서 꾀꼬리를 듯고 섯구려』

『딴 생각이라니』

『꾀꼬리가 색시 죽은 넉시라니까 색시생각이 나는게지』

『꾀꼬리가 참말 색시 죽은 넉시요』

『예전부터 나려오는 말이니까 참말인지 누가 아오 말인즉 입분색시 하나가 시집을 못가고 죽어서 꾀꼬리가 되엇대 그래서 꾀꼬리소리가 머리 곱게곱게 빗고 시집 가고지고 한다는구먼』

『객객하는것은 무슨말이요』

「그건 나도 몰라」
「시집 못간데 한이매쳐서 피 토하는 시늉으루 객객하나」
「그런지도 모르지 장가 못간 총각이 딸으구려」
「에 속상해 얼른 어듸가서 혼기집이라두 하나 어더야겟서」
하고 천왕동이가 삽을 들고 다시 풀을 밀기 시작하는데 애기어머니는
「뼈꼬리 소리 좀 더 들어보오」
하고 곳 목소리를 변하야
「머리 곱게곱게 빗고 황도령께 시집가고지고」
하고 뻐꼬리 소리를 흉내내고 깔깔 우섯다
「예 여보」
「귀ㅅ구녕을 씻고 잘 들어봐요」
「날 조롱할라구 처음부터 거짓말을 지어냇구려」
「내가 거짓말 지어내는 재주나 잇스면 조케 그런데 참말 서울사람들은 뻐꼬리를 내인의 영신이래 예전에 절믄내인 하나가 백가성 가진 별감을 몰래 상관하다가 나종에 들켜나서 잡혀죽엇는데 그 영신이 뻐꼬리가 되어서 머리 곱게곱게 빗고 백별감 보고지고 보고지고 소

리한다나 아마 서울사람의 귀에는그러케 들리는게지」

천왕동이가 말 대답이 업서서 애기어머니는 한동안 잇다가

「여보 여보」

하고 불럿다

「왜 불르우」

「내 이야기 좀 듯구려」

「또 무슨 이야기가 잇소」

「저 나무 좀 보오」

하고 애기어머니가 울안에 선 대추나무를 가르첫다

「대추나무두 또 무엇이 죽은 넉시나 영신이요」

「아니 다른나무들은 이피 피어 한참인데 입 하나 업시 말러 죽은것가티 섯는것이 무엇하고 비슷한가 생각해 보오」

「비슷하긴 무엇하구 비슷해 대추나무지」

「장가 못든 노총각하고 비슷하지」

「그러치 또 노총각」

천왕동이가 애기어머니와 가치 서로 우슴의 소리하고 잇슬때 꺽정이의 기침소리가 뒤에서 낫다

꺽정이가 풀 뽑는것을 보러오든지 또는 다른일이 잇서 오든지 뒤겨트로 돌아오다가 천왕동이가 삽으로 미는것을 보고

『풀을 손으루 뽑아야지 삽으루 밀면 곳 도루 나지안느냐』

하고 잔소리를 하엿다 천왕동이가 미든것을 그치고 꺽정이를 돌아보며

『형님 내 말 좀 들으시우 내가 얼른 흔기집이라두 하나 어더야겟소』

하고 말하니 꺽정이는 천왕동이의 얼골을 물그림이 보다가

『누가 말려』

하고 가볍게 대답하엿다

『형님이 힘을 써 줘야지요』

『내가 힘을 안써서 장가를 못 드느냐』

『그럼 내가 병신이라 장갈 못 가우』

『맛당한데가 업는걸 난들 어떠케하느냐』

『맛당한데가 잇는지 업는지 조선팔도를 다 차저봣소』

『날더러 조선팔도루 돌아다니며 네 혼처를 구하란말이냐 그건 못하겟다』

『인제는 형님을 밋구 잇지안흘테니 고만두시우』

처남매부간에 이런수작이 오고가는중에 백손이가 들어와서

『사긔 장사가 박게와서 아버질 보자우』

하고 연롱하야 꺽정이는 백손이를 다리고 도루 나가고 애기어머니만 뒤에 남아서 상글상글우스며

『노총각이 장가 들구 시퍼서 몸이 바짝 달엇구려』

하고 천왕동이를 씨까슬렷다

『그놈의 노총각 소리 듯기 실혀서 과부라두 하나 어더야겟소』

『어듸가서 과부를 동여올테요』

『한집에잇는 과부두 잇는데 만테가서 동여올꺼잇소』

『무엇이엇재 별 망측스러운 소리를 다 하네』

하고 애기어머니는 눈이 샐쭉하야지는데

『그런소리 안 들을라거든 나를 놀리질 마우』

하고 천왕동이는 깔깔 우섯다

사긔장사가 누구인지 궁금하야 천왕동이가 삽을 내 던지고 박갓방에를 나와보니 뚤 구석에는 과연 사긔ㅅ집이 버티어잇고 방안에는 전에 보지못한 사람이 안저잇섯다 천왕동이는 방에를 들어가지안코 박게서 지싯거리는데 꺽정이가 내다보고 들어와서 인사하라고 불러드리엇다 탑고개사는 손가가 청석골 오가의집 심부름으로 분원사긔를 사러오는데 박유복이가 애기어머니에게 보내는 물건을 마터가지고 와서 사긔를 사가지고 가는길에 길을돌아 꺽정이집을 차저온 것이엇다 박유복이가 전ㅅ번에 왓슬때 애기가 노랑 명주저구리하나 해달라고 저의어머니 졸르는것을보고 자긔게 무색명주가 생긴것이 잇다고 이다음에 가지고 오거나 인편잇슬때 보내거나 한다고 말하더니 그 명주를 잇지안코 보냇섯다 손가는 길이 바쁘다고 물건만 전하고 곳가려고하는것을 꺽정이가 점심먹고 가라고 붓들어 노핫스나 청석골 안부외의 별로 할이야기가 업서서 주객이 짬짬이 서로 보고만 안젓는중에 꺽정이는 천왕동이 나온것을 보고 불러드려서 인사를 부치고 안저 이야기하라고 일르고 명주를 가지고 웃채로 올라갓다 손가가 소금장사 길막봉이 관계로 탑고개가서 살게된 사람인것은 천왕동이도 들어서 아는까닭게 과천서 장긔두다가 우연이 길막봉이와 서로 알게된것을 이야기하고 그 끄테

『장긔 둘줄 아우』

하고 물으니

「겨우 뎍 아네」

하고 손가가 대답하엿다

「길막봉이하구 두어 보섯겟지」

「더러 두어 봣지」

「어떠케 두시우」

「차포잡이여」

「누가 차포잡이란 말이요」

「내가 차포잡이여」

길막봉이 장긔가 쳔왕동이에게 차포잡인데 길막봉이에게 또 차포잡이면 그 장긔는 더 물을것도 업섯다 손가가

「총각은 장긔를 잘 두나」

하고 뭇고 또

「탑고개 동네에 장긔 잘 두는 노인이 잇는데 전에 가치 두어 봣나」

하고 물엇다

「촌장긔 잘둔다니 오죽할나구」

「그 노인이 원군은 서울사람인데 서울서 장긔국수 노릇햇다든걸」

「그럼 한번 가서 두어봐야겟군」

「나하구 동성동본 일가간이라 내가 탑고개루 이사간뒤 그노인 집하구 한집안가티 지내네」

「내가 손서방을 차저갈테니 그노인하구 장긔 한번 두게 해주우」

「어렵지 안흔일이니 언제든지 오게」

천왕동이가 손가를 다리고 이런수작을 하는중에 걱정이가 백손이에게 점심ㅅ상을 들려가지고 나려왓다

천왕동이가 손가에게 들은 장긔국수를 하루바삐 만나보려고 손가가 양주를 왓다가든 이튿날 걱정이더러는 청석골가서 하루 놀다온다고 말하고 느진아침때 양주서 떠나서 숭석때 탑고개를 왓는데 오는길로 바로 손가를 차즈니 손가의 형수된다는 녀편네가 나와서 하는말이 시동생은 광주땅에 갓는데 오늘쯤 올듯하다고하야 손가가 아직 안온줄을 알고 장긔잘두는 손노인을 그대로 차저갈까 산에들어가서 자고 박는날 다시 나올까 망서리는중에 손가가 사긔ㅅ짐을 지고 들어 오다가 천왕동이를 보고 깜짝 놀라며

「어떠케 된 일인가」

하고 물엇다

『무에 어떠케된 일이란 말이요』

『대체 양주서 언제 떠낫서』

『오늘 아침먹구 떠낫소』

『거름 잘 것는단말은 만이 들엇지만 아이구』

하고 손가는 말끗도 못맷고 혀를 내둘럿다 사긔를 오가의 집에서 이날해안으로 갓다 말라고 한것이라 손가는 곳 사긔ㅅ짐을 갓다두러 갈것인데 천왕동이 대접으로 집에 저녁 밥을 준비시키고 또 손노인을 청하야다가 장기대국까지 시킨뒤에 산으로 들어갓다 손노인은 장긔ㅅ수가 천왕동이만 못하엿다 그러나 성벽이만하서 윳진아비가티 지면서도 작구 덤비엇다 저녁전 저녁후에 대여섯판을 한번비기지도 못하고 나려지고 나서야

『내가 맛은 안될모양일세 나버덤 말하나는 더한것가튼걸』

하고 항복은 하되 천왕동이의 장긔ㅅ수를 왕청뜨게 노픈줄로는 생각지안는 모양이엇다

밤이든뒤에 손가가 산에서 나오는데 곽오주와가치 나왓다 오주가 천왕동이를 보고

『내일이 마누라쟁이 생일이라구 아침 먹으러 들어오라데』

하고 말하니

『들떼어노쿠 마누라쟁이라니 뉘 마누라 말이야』

하고 천왕동이가 말의 책을 잡앗다

「뒤 마누라여 우리게 마누라쟁이 하나박게 더잇나」

「박서방의 마누라는 마누라갑세 못가나」

「새파라케 절문녀편네더러 누가 마누라쟁이라구 말할라구」

「지금버덤 한 나이라두 더 절믈때 덕물산장군당에서 마누라 노릇한건 어떠케하구」

「그건 그때 이야기지」

「그래 내일이 오첨지 마누라의 생일이란 말인가」

「똑똑하구먼」

「너는 형대접을 할줄 모르는 위인이야」

하고 천왕동이는 오주를 꾸짓고

「형노릇 경치게 하구시픈가베」

하고 오주는 천왕동이를 놀리엇다 오주가 꺽정이를 형님이라고 불르는까닭게 천왕동이도 변치를 따저서 오주에게 형대접을 바드려고하나 오주가 고본고본 아우노릇을 하지아니하야 둘이서로만나면 하나는 형대접하라거니 또 하나는 아우노릇안는다거니 작난으로 다툴때가 만핫다

그날밤에 천왕동이가 오주와가치 손가의 집에서 자고 이튿날 식전 일즉들 일어나서 방문을열어노흘매

『인제들 일어나』

하고 손노인이 방으로 들어왓다 손가가

『꼭두식전 웬 일이시요』

하고 물으니 손노인은

『정신날때 장긔 한번 둘라구 왓네』

하고 대답하며 곳 천왕동이를 보고

『한번 안두려나』

하고 물엇다 천왕동이가 실탄말을 하지안코 곳 장긔판을 벌리니 오주가

『장긔두구 언제 갈테야 아침들 안먹구 기말리구 잇슬텐데』

하고 천왕동이를 나물하엿다 손노인과 천왕동이는 다가치 말대구도 아니하고 장긔를 두기시작하야 한참동안 서로 장군멍군 하더니 손노인에게는 민궁에 마포가 남고 천왕동이에게는 양상과 사졸이 남게되엇는데 손노인이 이길포서는 업서젓지만 비길수가 잇슬가하고 한번두고 열나절식 드려다보앗다 손가가

『얼른얼른 두시우』

하고 손노인을 재촉할때 혼자 따로 안젓든 오주가 장긔두는 여페와서 판을 번쩍 들어냇다

『이게 무슨 짓이요』

하고 손노인이 증을 낼뿐아니라 천왕동이까지

『이럴꺼 업시 먼저 들어가게 나는 나중가겟네』

하고 조치안흔 내색을 보이엇다

『나중은 무슨 나중이여 가치가지』

『자네가 내게다 우격다짐을 할렌가』

『우격다짐이구 무어구 장긔는 더 못두네』

『나는 더 두겟네 장긔판 이리주게』

『안줄테여』

『왜 안주어』

천왕동이가 벌덕 일어나서 눈을 동그러케 뜨고 오주의 손에 들고잇는 장긔판을 빼앗으려고하니 오주는 장긔판을 마당에 휙 내던젓다 천왕동이와 오주사이에 곳 주먹다짐이 나게되는것을 손가가 중간을 가로막고 말려노흔뒤 먼저 천왕동이를보고 노인을 다리고가서 아침먹고 장긔

두라고 조흔말로 달래니 천왕동이가 실타고 아니하고 그다음에 오주를보고 의향을물으니 오주도 그것은 조타고말하야 손노인까지 네사람이 가치 산에들어와서 오가마누라의 생일아침을 먹게되엇다

오가의 집에 전에업든 사랑채를 새로세웟는데 사랑방은 간반통이간이요 방아페 반간널비 되가잇고 방머리에 아늑한 구들까지잇섯다 오가가 천왕동이를보고

「이사랑지은뒤 자네 처음오지 안핫나」

하고 물으니

「이사랑에 들어안끼는 처음이요」

하고 천왕동이는 엇조로 대답하엿다

「짓는건 언제와서 봣든가」

「상냥하는것까지 봣소」

「올치 이런정신봐 요전에 오주위문왓다가 보구갓네그려」

「낙성연에 우리를 청해서 술한잔먹일께지 소리소문업시 해먹어버린단말이요 그런 인심이 어듸잇소」

「자네가 인심노래 할것가터서 초벌만 해먹구 정작은 안해먹엇네」

『정작은 언제 할라우』

『자네가 왓스니 오늘할까』

『생일밥으루 때우잔 말이구려』

『그럼 내일함세』

『생일 후물리기루』

『그럼 언제할까 모레할까 글피할까』

『공연이 그러지말구 한번 큰 잔치를차리구 우리를 청하우』

『앗다 자네 분부대루함세』

오가와 천왕동이가 이런 실업슨수작을하는중에 아침ㅅ상이 나와서 박유복이하나만 밥을 녜식이고 그외의 여러사람은 모두 고기반찬으로 밥을 포식들하엿다 먹은밥이 채 자위도 돌기전에 천왕동이가 아래ㅅ간에서 웃간으로 나려와서 손노인을 보고

『한번 접전을 해보실라우』

하고 도전(挑戰)을 하니

『그래보세』

하고 손노인이 천왕동이에게로 가까이갓다 손가가 가지고온 장긔판과 장긔망태를 갓다주어서

천왕동이와 손노인은 마주안저서 장긔판을 벌리엇다 오가는 얼마동안 드려다보다가 안으로 들어가고 손가는 심부름하는틈에 가품와서 드려다보고 유복이는 속이 거북하다고 구들에가서 누어잇고 오주는 압퇴마루 양지짝에 너부죽이 업드려잇섯다 장긔두어판 끗난뒤에 천왕동이가 오줌누러 나왓다가 오주의 업드린것을보고

『불기한번 때려줄까』

하고 우스니 오주는 말대ㅅ구도 아니하고 눈만 감앗다떳다하엿다

『눈ㅅ병이 낫나 왜 눈을 끔벅어리나』

『이리와서 이것좀 봐』

『보라는게 무어야』

천왕동이가 오주아페와서 드려다보니 오주는 눈을감고

『오색 잔구실이 줄줄 흘러 나려오네』

『어듸』

『흐릿한 하늘복판에 함박꼿가튼 자지구름짱이 둥둥떳네』

『이사람이 갑작이 미첫나 웬 헷소리야』

오주가 눈을 번쩍뜨고

『누가 헛소리를 해 나처럼 여기 업드려서 눈을 슬적두 깜어보구 꽉두 깜어보지 가진것이 다보일테니』

하고 눈감는 시늉을 하야보이엇다

『에 이사람 나는실에 자네나 혼자 실컨보게』

오가가 마침 안에서 나오다가 말끗만듯고

『무얼 혼쟈 보란말인가』

하고 물으니 천왕동이가

『오주 눈속에는 색색이 구실이 줄줄 흘른다우』

하고 대답하엿다

『눈속에 구실이 흘르다니』

『눈을 깜구 잇스면 별것이 다 보인다우』

『그 구실은 잘 두엇다가 그림속의 색시를 주엇스면 조켓군』

오가의 말을듯고 천왕동이가 깔깔 우스니 오주는

『무엇이 그러케 우숩담』

하고 핀둥이를 주엇다

『노총각은 색시란말만들어도 우슴이 절루나오는게지』

『색시생각말게 노총각이 조으니』

천왕동이가 오가와 오주의 말은 대척안코

『장긔판이 식어못쓰겟다』

하고 딴전하며 곳 방으로 들어왓다 손노인이 장긔를지면서도 작구맛두다가 나종에는 떼기내기를 두게되엇는데 천왕동이의 수가 왕청뜨게 노파서 상을 떼어주고도 이기고 말을떼어 주고도 이기고 포까지 떼어주고도 역시이겻다

『차하나는 떼어야 두겟소』

하고 천왕동이가 말하니 손노인은 쓴입맛을 다시면서

『차는 고만두구 차포 오졸구상마라두 떼게되면 떼는게지 그러나 나버덤 별루 나은수가 업는것가튼데 피상스러운 일일세 포떼구 어듸한번 다시 두어보겟네』

하고 말을 새로벌리려고할때 안에단녀나온 손가가

『점심이 곳 나오게될터이니 아주 점심먹구 두시우』

하고 말하야

『그러지』

하고 손노인도 장긔판에서 물러안젓다

『내 장긔수가 전에대면 만이줄엇네 낫살을 먹으니까 아무래두 선망후실해서 할수업서 전에 조선국수가 서울구리개란데 살앗는데 내가 국수하구 포떼면 상승부하엿섯네 지금가터서는 차떼구두 어려웟슬겔세』

손노인 말끄테

『그 조선국수가 지금두 그저 서울사우』

천왕동이가 물엇다

『그는 발서 죽엇서 내가 서울서 송도루 이사온뒤에 바루 죽엇단 소식을 들엇스니까 지금이 십년이 가까웟네』

『그럼 그뒤에는 국수가업소』

『왜 업기야 하겟나 내가 탑고개가튼 촌구석에와서 과무친지가 십여년이니까 잇서두 모르지』

『어듸가서 물으면 알겟소』

『지금 말한 국수가 살엇슬때 장내국수가 될만하다구 치든사람이 셋이엇는데 첫재는 과천사람 오씨구 둘재는 봉산사람백씨구 나두셋재루 한목끼엇섯네 모르긴 몰라두 과천오씨가 아마 국수되엇슬것일세』

『과천사람말을 들으니까 참말 오장긔라구 장긔국수가 잇섯답듸다 그런데 그두 죽은지가 오래랍듸다』

『지금 살엇서두 나이 한갑이 못되엇슬텐데』

『죽은제가 십년이 넘엇답듸다』

『그럼 오십두 못살구 죽엇네그려』

『봉산백씨는 나이 얼마나되엇겟소』

『오씨버덤 한두살 아래엇슬껄』

『봉산이나 한번 가보까』

『십여년전에 내가 봉산물먹으러 갓다가 서루만나서 하루ㅅ동안 장긔를 가치둔 일이잇는데 그때 그사람의 아버지가 봉산이방이라든군』

『백씨장긔가 노인과 어떳소』

『그때두 나버덤 셋스니까 지금 나루는 어림업슬레지』

오가는 천왕동이의 억개를 치면서

『봉산갈일이 낫구먼』

하고 웃고 손가는 천왕동이를 바라보면서

『봉산이 여기서 이백삼십리 가량이니까 점심먹구 가두 넉넉이 가겟소』

하고 우섯다

점심 국수ㅅ상이 나와서 여러사람이 먹기시작할때 유복이가 저를 듣지아니하야 겸상한 오가가

『자네 조금두 안먹을라나』

하고 물으니

『아침에 가리를 만이 먹엇더니 속이 진건해서 점심을 먹구시픈 생각이 업소』

하고 유복이가 대답하엿다 오주가 유복이의 안먹는단 말을 듯고

『형님 국수 내나주우』

하고 손을 내미니 유복이는

『그래라』

하고 곳 국수 그릇을 집어 주엇다 천왕동이가

『체증이 생겻소』

하고 유복이더러 뭇는데 오가가 유복이 대신

『속병으루 봄내 음식을 못먹어서 봄타는 사람가티 저러케 말럿다네』

하고 대답하엿다

『속병에는 봉산영천물이 좃습듸다 내가 구체루 고생하다가 영천물먹구서 낫소 한번가서 자서보시우』

하고 손노인이 유복이를 권하고

『속병에는 약물이 조치 자네 장모두 가끔속아리루 고생하는 사람이니 한번 가치 가보게』

하고 오가역시 권하는데 유복이는 들을만하고 잇다가

『아이 귀찬어』

하고 선하픔을 하엿다

『녀편네 동행이 귀찬킨하지』

『누가 그말이요』

『그럼 무슨 말인가』

『속병이 귀찬탄 말이지』

『그러키에 약물 먹으러가란 말 아닌가』

『맘 내키면 한번 가보지요』

『약물은 백중때가 조타네 칠월게가서 먹구오게』

천왕동이가 손노인을 바라보며

『약물은 철월에 먹어야하우 요재 먹어선 못쓰우』

하고 물으니 손노인은 음식을 입에너코 우물거리느라구 고개만 가로 흔들엇다

『요재 먹어두 조탄말이요 어떠탄 말이요』

『나는 사월인가 오월에 가먹구두 효험을 보왓스니까 요재두 조켓지』

천왕동이가 손노인의 말을 듯고는 곳 유복이를 향하야

『갈라거든 속히 한번 나하구 가치 갑시다』

하고 말하엿다 점심뒤에 오가가 안에들어가서 마누라를 보고 봉산약물 이야기를하엿더니 그 마누라가 들엇다보앗다하고 곳 내일이라도 떠나가자고 유복이를졸랏다 봉산을 속히 가기로 작정되어서 천왕동이는 양주서 기다리지안토록 한번 가서 다녀오기로 하엿다

청석골서 봉산가는 일행이 떠나는데 오가의 마누라는 말을타고 손가가 견마를잡고 유복이와 천왕동이는 말뒤를 따러서 다른사람 보기에는 량반의부인이 하인들다린것과 가텃다 첫날은 팔십여리를 와서 평산읍네서 자고 다음날은 새벽길까지 걸어서 일백이십리를와서 검수역말(劍水驛)서 자고 삼십리 남은 봉산읍네는 사흘되는날 아침참을 대고 일즉이들어왓다 천왕동

이는 떠나든날 하루에 올길을 사흘걸려서 오느라고 애를 썩이엇는데 게다가 또 장긔잘두는 백씨를 차저볼겨를도 업시 동행이 아침먹고 바로 령천약물터로 나간다고하야 심사가 적지안케 틀리엇다 천왕동이가 유복이를 보고

『나는 읍네 구경하구 갈테니 먼저들가우』

하고 뒤에떨어질 작정을하니 유복이가 천왕동이의 속을알고

『우리 물먹구 가는길에 읍네와서 묵어가며 구경할테니 장긔둘틈이 업슬가봐 걱정말게 그때 나두따러가서 두는 구경하겟네 그러구 또 이백여리 동행해와서 서루 떨어지면 재미가잇나 두말말구 가치가세』

하고 끌고가려고 말래엿다

『장긔두는 백씨가 죽지안엇는지 살어잇스면 어듸서 사는지 그거나 알어봐야 하지안소』

『그게야 이집에서 물어봐두 알수잇겟지』

유복이가 아침 먹든 객주집주인을 불러서

『백가 성 가진 사람에 장긔 잘 두는이가 잇소』

하고 물으니 주인이 선뜻

『잇지요』

하고 대답하엿다

『그백씨가 어듸서 사우』

『쇠전꺼리 우에서 살지요』

『그사람이 이방의 아들이요』

『도라간 그의 아버지두 이방을 지냇지만 지금은 자긔가 이방이요』

주인이 유복이의 뭇는말을 대답하면서도 천왕동이를 가끔 바라보더니 나종에는 싱글싱글우스면서

『총각이 취재보이러 왓나』

하고 물엇다 천왕동이 장긔두러온것을 알까닭이업는 주인의 말뭇는것이 수상한데다가 취재보인단 말이 귀에 거슬려서 천왕동이는

『취재가 무슨 취재요』

하고 말ㅅ세곱지안케 대답하엿다

『취재보이러 온것이 아닌걸 내가 말 잘못햇스면 용서하게』

하고 곳 유복이를 향하야

『더 물을말슴이 업스면 나볼일보러가겟소』

하고 박그로 나갓다
천왕동이가 동행을 따러 령천 가까이와서 유숙하며 약물도 가치먹고 구경도 가치다니엿다 봉황대(鳳凰臺)미테서는 붕어낙는 늘근이를 만나서 유복이가 반 나절 한담하고 미아산(嵋峨山)기슭게서는 나물뜻는 큰 애기들을보고 손가가 공연히 지싯거리엿다 천왕동이는 늘근이 이야기에 재미를 못부칠뿐아니라 큰 애기들노래에도 그다지 흥심이나지 아니하고 오족 백씨를 차저가서 장긔ㅅ수를 겨루어보구시픈 생각만이 마음에 가득하엿다 천왕동이가 참다못하야 유복이를 보고
『내가 장긔를 한번 두어보구와야 직성이 풀려서 물두 맛잇게먹구 구경두 재미잇게 하겟스니 내일쯤 읍네한번 갓다옵시다』
하고 사정하듯 말하니 유복이는
『그럼 나하구 가치가세』
하고 말하는데 여페잇든 오가의마누라가
『한 사흘만 물을 더먹으면 다가치 읍네로 갈텐데 그동안을 못참을것이 무어잇서』
하고 핀잔주듯 말하엿다
『나는 물을 고만먹을테요』

『박서방은 일부러 물먹으러 온사람이니까 말이지』

『그러키에 나혼자 가겟소』

『혼자 가는게야 누가 말리나 그러치만 하루라도 가치 다니지 못하게되면 우리들이 섭섭하지』

천왕동이가 오가미누라와 더 말하지 아니하고 쓴 입맛만 다시엇다

천왕동이는 심정이 상한고테 즉시 혼자읍네로 들어가려고 말업시 나오는데 유복이가 눈치를 채고 따러나와서

『자네 어듸 갈라나』

하고 물엇다

『읍네 갈라우』

『읍네는 내일 나하구 가치가세』

『약물을 더먹어야할사람이 읍네를 가치 갈수잇소』

『약물을 하루 두서너차례씩 먹어야 맛인가 식전에 한차례먹고 가치 가세』

『그래서 속병이 아주 낫지못하면 내가 원망듯게』

『누가 원망한단 말인가』

『방금 마누라쟁이 말을들어보지 나중에 원망아니할까』

『그럴리두 업지만 설혹 내가 내일하루 약물을 안먹어서 속병이 낫지못한다손 잡드래두 내가 원망안하면 고만이지 다른 사람의 말까지 족가할것 무어잇나』

『장긔두는 구경을 별루 질기지두 안하며 구태어 가치갈건 무어잇소 약물을 한차례라두 더먹는것이 원악 조흐니 고만두우』

『긴말할것업시 내일 가치가기루하구 오늘은 우리 술이나 먹으러가세』

유복이가 천왕동이를 끌고 미역주막으로 술먹으러 나오는데 손가까지 다리고 나왓다 주막방에서 술을먹는중에 천왕동이가 벽에걸린 장긔망태를 보고 주막주인 녀편네더러

『여기 장긔 두는 사람이 잇소』

하고 물으니 녀편네가

『우리 영감이 잘둔다오』

하고 대답하는데 마루에 안젓든 주막주인이

『내가 무슨 장긔를 잘둔다구 알지두못하고 짓거리나』

하고 녀편네를 책망하엿다

『잘두니까 잘둔다지 내가 거짓말햇나』

『잘두구 못두는걸 자네가 어떠케아나』

『자긔 입으로 힌소리를 하니까 내가아지』

『내가 언제 자네보구 장긔 잘둔다구 힌소리하다』

『날더러 햇다고 누가 그래 동네ㅅ사람들이 모여안저 장긔둘때 힌소리만 잘하데』

『저런 사람보아 참말 종작이업네』

『왜 종작이업서』

방안에잇는 녀편네가 방박게 잇는 사내와 입심을 겨를때에 손가가 사내를 내다보고 우스면서

『잘둔다구 칭찬하구 못둔다구 겸사하다가 내외간에 말다툼나겟소 칭찬이 진정인지 겸사가 진정인지 우리가 두어보면 알테니까 이리 들어와서 한번두어봅시다 잘두면 내가 가치두고 못두면 저총각이 가치둘테요』

하고 실업시 말하니 주인은 웃지도 안코

『내장긔는 겨우 멱아는 장긔요』

하고 겸사하엿다

『그럼 총각하구나 가치 두어보우』

주인이 말대답업시 마루구석에 세워잇든 장긔판을 들고 방안으로 들어오니 주인 녀편네가 얼

른 일어나서 장긔망태를 벽에서 떼어나려 주엇다 주인이 손가아페 장긔판을 노코 마주안즈며
『어듸 한번 두어봅시다』
하고 장긔를 판우에 쏘다노흐니 손가는
『저총각하구 두시우』
하고 판을 밀어노핫다
『잘두시는 분에게 한두수 배워봅시다』
『총각하구 두어서 이기기만 하시우 그러면 내가 한번 두어주리다』
손가가 시침떼고 장긔잘두는체 하는것을 보고 천왕동이는 말할것업고 유복이까지 빙글빙글웃는데 속모르는 주인은
『그럼 총각하구 한번두까』
하고 천왕동이 아프로 장긔판을 돌려노핫다 주인이 장긔를 재법 두나 천왕동이의 적수가 아니라 장군한번을 못불러보고 저도 참혹하게 젓다
『이장긔두 예사장긔가 아니러군』
주인의말끄테 손가가
『총각에게 차포떼일 장긔요 나하구는 두어볼것두 업소』

하고 깔깔 우서서 주인이 무색하야하며

『우리골에 서울까지 이름난 장긔가 잇는데 그장긔두 내게 차포박게 더할것업소』

하고 말하엿다 천왕동이가

『백씨말이요 나두 차포 떼어주께 술한턱내기 둡시다』

하고 말하야 주인은 설마 차포를 더가지고 못이기랴 생각하고

『아무리나 내기하자면 하지』

하고 대어들엇다

주막주인이 차포가 더한것을 밋고 조심을 덜하다가 차하나는 차상대하고 말하나는 공먹히엿다 그러고보니 포하나 덴셈도 채못되어서 한번 긔를펴보지 못하고 몰리고 쪼들리기만 하다가 마침내 판세가 더두어볼것도 업시 되엿다

『고만두구 진작 내기시행이나 해야겟군』

주인이 장긔를 쓸고 나안저서 안해를 보고

『말근술 한냥푼만 잘데워 오게』

하고 말을 일럿다

『공연이 임자를 칭찬햇다가 나까지 낫깍겻소』

『누가 칭찬해달라든가』

『임자가 그러케 잘못두면서 까치배ㅅ바닥가티 힌소리하는 줄이야 누가 알엇소』

『나는 그저잘두구 총각은 썩잘두니 내가 지지 이기겟나 그쯤알구 어서가서 술이나 데워오게』

녀편네가 일어서는것을 보고 주인이 손가를 향하야

『당신 장긔는 총각버덤 얼마나 더세시요』

하고 물으니 손가는 천연덕스럽게

『포하나쯤 세지요』

하고 대답하엿다

『그러면 우리따위는 량차메두 안되겟소』

『어려울께요』

손가는 고개를 저처들고 코우슴을 치고 주인은 입을 벌리고 머리를 흔들엇다

『우리는 읍내 백이방의 장긔를 조선 제일루 알엇드니 웃수에 웃수가 잇소그려』

『백이방의 장긔ㅅ수는 대강들어 알지만 우리만 좀 못한갑듸다』

『서투두어보진 못하섯소』

「우리가 영천약물 먹으러온길인데 갈때 한번 차저가서 무어볼작정이요」
「총각이 사위취재 보이러가오」
「취재가 무슨 취재요」
「사위 취재 보는 이야기두 못 들엇소? 백이방이 이쁜딸을 두구 사위취재를 보이지요」
이 때마침 주인 녀편네가 양푼하나와 룩백이 하나를 두손에들고 들어오며
「이것좀 바드우」
하고 말하야 주인이 일어섯다 양푼에는 말근술이요 룩백이에는 생선조림이다 주인이 천왕동이를 돌아보며
「자 총각부터 이리오게」
하고 말하엿다
여럿이 다가치 둘러안저서 녀편네의 돌리는 술을 바더먹을때 천왕동이가 주인을보고
「사위취재 이야기를 좀 자세이 들읍시다」
하고 말하니 주인 녀편네가 사내보다먼저
「총각이 이쁜 색시에게 장가들구십소」
하고 싱글싱글 우섯다

「들수잇스면 들지요」

「장긔만 잘둔다구 취재에 뽑히기 어려운갑듸다」

「장긔외에 또 무슨 취재를 본답듸까」

「여러가지로 취재를 본답듸다 벙어리 노름도 시켜보고 점쟁이 노릇도 시켜본답듸다」

「벙어리 노름은 무어구 점쟁이 노릇은 무어요」

「그건 우리도 잘 모르우」

「무슨놈의 사위를 그따위루 야단스럽게 골른담」

손가의 말을 주인은

「야단스럽다구두 하겟지요 그러치만 말은 참말 일색이라우」

하고 대답하엿다

「색시가 멧살이나 되엇소」

「올에 아마 스물서넛 되엇슬것이요」

「과년한 색시구려」

「취재가 까다러워서 사위ㅅ감이 업스니까 절루 과년될수박게 더잇소 색시 열댓살적부터 사위취재 보인단 소문이 낫섯는데 이삼년동안은 그집의문이 메이두룩 취재보이러 오는 사람이 드려밀리드니 요지막 멧해째는 일년에 멧사람박게 아니온답듸다 색시 아버지란 사람이 고집통이를 고치지아니하면 아까운 색시를 건늘키기가 첩경쉬울겝니다」

그 동안에 한양푼술이 다 갓나서 둘러안젓든 사람들이 따로따로 물러들 안즌뒤에 주인이 천왕동이를 향하야

「우리 한판 더두어보까」

하고 장긔판을 끌허다가 아페노흐니 천왕동이가 손가를 가르치며

「저이하구 한번 두어보우」

하고 장긔판을 손가의 아프로 밀어노핫다

「한번 두어주시겟소」

「총각하구 다시 두시우」

「재미는 업스실테지만 한판 가르처주시우」

손가는 웃는 천왕동이에게 눈을 흘기는데 유복이가 손가장긔는 실상 하잘것업다고 토파하야 주인이 두잔말을 더하지안코 뒤로물러안즌뒤 유복이가 백씨집 이야기를 차근차근 물어보앗다

「백씨의 집안 형편은 어떳소」

「어떠타니 잘지내지요 조업이 업드래두 질청의 엄지가락이 우리네 가치 모양업시 지내겟소」

「백이방의 나이는 얼마나 되엇소」

「오십이 넘엇겟지요 그나이는 나두 잘모르겟소」

「자녀가 멧남맨가요」

「무남독녀 외딸이라우 그래서 사위ㅅ감을 취재까지 보게된 모양이지요」

「사위취재를 본다는것이 나는 모를소리요 사위ㅅ감의 가문이라든지 인물이라든지 볼것은 다안보구 장긔잘두고 또 무슨 다른 작난잘하는걸 구한다니 그게 어듸 성한사람의 일이라구 할수잇소」

「하두 딸을 잘두어서 아무놈이나 내주기 실흐니까 그러케 취재볼 생각이 낫나봅듸다」

「취재를 보드래또 취재볼껄 봐야 하지안소」

유복이는 속으로 꺽정이를 생각하며

「힘센 장사를 구한다든지 또는 칼잘쓰는 검객을 구한다든지」

유복이는 다시 봉학이를 생각하며

「활잘쏘는 할냥을 구한다든지 그래야 취재본다는 말이 되지안소」

주막주인이 취재볼것을 정한것처럼 시비쪼로 말하다가 유복이가 스스로 깨닷고

「우리게 상관업는 남의일이라두 우습지안소」

하고 우스니 주인은 고개를 흔들면서

「그건 속모르는 말슴이요 그가 어듸 장사나 할낭을 구할세말이지요 이인사위를 구한다우」

백씨위해 발명하듯 말하고 이인말에 유복이가 칠장사의 선생과 병고처준 노인을 생각하며

「이인이면 노인에게라두 딸을 내줄텐가요」

하고 물으니 주인은

「취재보인담에 노인이라구 딸을 안준단말은 못하겟지요」

어리뻥뻥하게 대답하엿다

「이인을 사위루 구한다구 칩시다 그래 장긔잘두는것이 이인이란 말이요」

「장긔는 자긔가 잘두니까 한목 너헛겟지만 그외에 취재보는것이 이인의 재주가아니면 할수 업답듸다 고대 작난이라구 말슴합듸다만 예사작난 가트면 근십년동안에 팔도사람이 멧백명이와서 멧백명이 다무어야 멧천명이 와서 모주리다 뒤ㅅ통수를 치구갓겟소」

「무슨 취재가 그러케 어렵단 말이요 아까 나는 무슨작난을 시켜본다는줄루 들엇소」

천왕동이가 유복이의 말뒤를 니어서

『벙어리 노름을 시켜보구 또 점쟁이 노릇을 시켜본다니 그것이 다 어떠케 하는것이요』

하고 물으니 주인이 잠ㅅ간 천왕동이를 돌아보며

『총각이 유심이 뭇는것이 의사가 잇구먼』

하고 웃고 다시 유복이를 향하고 말하엿다

『무슨 취재를 어떠케 보는지 그건 우리두 잘모르우 말들이 벙어리노름을 시켜본다는둥 점쟁이 노릇을 시켜본다는둥합듸다 하여튼지 사흘동안 취재를 보이는데 거의다 첫날에 낙제랍듸다 이틀간 사람두 멧 못된다니까 사흘까지 다간사람은 더말할것두 업지요 작년까지 하난가 둘이잇섯답듸다』

『사위취재가 그러케 어려워서야 그딸이 어듸 시집가 보겟소』

『그래서 이방의 마누라는 취재구 무어구 다 고만두라구 남편에게 성화를 바친답듸다』

『안해가 성화를 바처두 듯지 안나요』

『그러머니요 그마누라가 딸을 데리구 부엉바위 용추(龍湫)에 가서 빠저죽는다구까지 야단을처두 듯지안는다우』

『그사람이 옹고집인가보구려』

『그가 고집두 센사람이지만 당초에 사위취재를 정할때 부엉바위 용추우에잇는 당집에가서 백일간 치성드리구 정햇답듸다 그래서 천이 천소리하고 만이 만소리해두 소용업는갑듸다』

이야기는 끗이나지 아니하고 해는 이미 저물어서 동편하늘에 석양이 비치고 길엽나무에 잘새가 날아들엇다 주막아프로 오고가는 사람들은 방안을 삐끔삐끔 드려다보고 그대로들 지나갓다

『이야기에 재미를드려서 너무 오래안젓섯소』

유복이가 가지고온 두자상목으로 먼저 먹은술갑슬 셈한뒤에 천왕동이와 손가를 다리고 미역주막에서 나왓다

유숙하는 곳으로 돌아오는길에 유복이가 천왕동이에게

『백가의집 사위취재를 더좀 알어보구 읍네를가는게 조흐니 내일은 고만두세』

하고 말하니 천왕동이는 말업시 고개를 갸웃동거리다가 나종에

『그걸 알어보드래두 읍네가서 알어보는게 조치안켓소』

하고 대답하엿다

『글세 그것두그래 그럼 내일 가치가까』

『나혼자 가서 알어보구 나오리다』

『자네가 뭇구다니면 남들이 웃지 안켓나』

『누가 취재보이러 간다구하구 뭇소』

『하여튼 지자네가 물어보긴 좀 게면적을껠세 나하구 가치가서 알어보세』

『아무리나 합시다』

유숙하는 집에와서 저녁밥들을 먹을때 유복이가 백가의집 사위골르는 이야기를 오가마누라에게 들려주니 오가마누라는 대번에

『딸을 얼마나 잘두엇기에 사위를 그러케 굉장하게 골른담 내가 읍네가거든 한번 가보아야지』

하고 말하엿다

『색시야 출중하겟지만 선한번보는것도 조치요』

『선이라니 누가 그색시에게』

오가의 마누라가 말을하다가 중둥을 무이고 갑작이 말끄를 바꾸어서

『올치 황도령이 생각이잇군』

하고 상글상글 우스면서 천왕동이를 바라보앗다

『아니요 장긔를 두어보러간다구는 햇지만 취재보이러 간다구는 한일이업소』

천왕동이가 발명하는것을 듯고 유복이가

「발명할께 무엇잇나 이쁜색시에게 장가들면 조치」

하고 말하엿다

「그걸 누가 실타우 공연한 창피를 사서 당하기가 실흐니까 말이지」

「창피를 당하거나 수가 터지거나 한번 작난삼어서래두 가보는게지」

「장긔만 가지구 취재를 보인다면 창피를 당할제 당하드래두 한번가보겟소 그러치만 내가벙어리두아니구 점쟁이두아닌데 꼬락서니 흉한일이나 당하구보면 우슴꺼리가 될것아니요 더구나 애기어머니가 알기나하면 생전 두구두구 놀릴것이오」

「자네가 무슨일에든지 우리버덤 내뜰힘이 만은줄알엇더니 뒤를 여간사리는 사람이아닐세그려」

「냅뜰힘이 만은 사람이면 벌서 장가두들구 누님집에서두 나왓슬께요」

「자네 남매가 백두산에서 나올때는 갈안든 생마들 가텃드라는데 그동안 결을 석이느라구 고생들 만이 햇슬테지」

「우리 남매가 백두산속에서 자랄때는 둘이다 생긔ㅅ덩어리루 자랏는데 그생긔가 년년이 줄어서 지금은 시루죽은이가티 되엇소 누님은 나버덤두 더하니까 여페서 보기 참혹할때두 만소」

이야기가 달리나가게 된것을 유복이가 도루 거더드리려고

「자네 내일 읍네를 안갈텐가」

하고 물으니

「가치 가자고하더니 그동안에 갈 생각이 업서젓소」

하고 천왕동이가 되물엇다

「아닐세 자네가 갈 생각이업느냐고 뭇는 말일세」

「가치 가자고하구 안갈리 잇소」

유복이가 무슨 말을하려고 할즈음에 오가마누라가 먼저

「날더러 선을보라더니 선도 보기전에 발서 사위취재에 갈테야」

하고 물어서 유복이가

「아니요 사위취재를 어떠케하나 좀더 자세이 알어보러 가잔말이요」

하고 대답하였다

「내가 색시선보러가서 그집 사람에게 물어보면 다알구 올텐데 먼저가서 물어볼꺼무어잇서」

오가마누라말에

「그러치 마루 갈것업소 사흘뒤에 가치들갑시다」

손가가 붓쪼차 말하는것을 듯고 유복이가

『그래두 조켓네』

하고 천왕동이를 돌아보니 천왕동이는

『장긔를 두러가지안을바에 내일안가두 조흐니 생각대루 하우』

하고 먼저와 가티 혼자간다고 고집세우지 아니하엿다

백씨집 사위취재 이야기는 령천근방 촌구석에도 아는사람이 만핫다 그러나 미역주막쟁이만큼 자세히 아는사람도 별로업섯다 천왕동이가 사위취재에 갈까말까 속으로 무한자저하다가 읍내가서 더좀 자세히 안뒤에 작정하리라 마음을먹고 사흘동안 해를 지리하게보내엿다 령천서 읍내로 들어오든날 객주잡고 들어안즈며 곳 천왕동이가 오가마누라를 보고

『오늘 가보실라우』

하고 물으니 오가마누라가

『떡도 급한가베』

하고 웃고나서

『점심먹고 가보까』

하고 의논ㅅ성 잇는말로 대답하엿다

『오늘은 읍네 돌아다니며 구경이나합시다』

손가가 말하고

『구경은 나중하구 색시먼저 가보구 오시구려』

유복이가 말하는데 오가의 마누라는

『색시보러가란 사람이 만흐니까 만흔데로 조칠박게』

하고 천왕동이를 바라보며 상글상글 우섯다

점심때 지난뒤에 오가마누라가 쇠전꺼리우에잇는 백리방의집을 차저왓다 박갓삽작을 들어서니 박갓방이요 여플지나 늘어가니 안마당이다 아래ㅅ두리일하는 녀편네들이 중긋중긋 서서 바라보는중에 오가의마누라가 치마자락을 휩싸잡고 마루아프로 걸어들어갓다 열어노흔 안방 머리맛 퇴창안에 늑수그레한 녀편네가 하나 안저잇는데 뭇지안허또 주인마누라인것을 알수잇섯다 오가마누라가

『아이구 다리야』

하고 마루끄테 걸터안즈며

『댁이 퍽크고 조쿠먼이요』

하고 집 칭찬으로 말을부처너 주인 마누라가 내다보며

「어듸서 왓소」

하고 상가럽게 물엇다

「송도서 왓서요」

「성포서 왓서요?」

「아니요 경긔도 송도서 왓서요」

「네 송도요 송도가 여기서 퍽 멀지요」

「이백삼십리랍듸다」

「먼길에 엇재 왓소」

「약물먹으러 왓서요」

「영천 약물말이겟지요 타관사람들은 령천으로 만이오지만 여기사람들은 약물을 먹으려면훈히 약수산(藥水山)으로 갑늰다」

「약수산 약물이 영천약물보담 더 조흔가요」

「나는 먹어보지안허서 모르지만 말들이 조타고합듸다 그런데 우리집은 엇재차젓소」

「따님이 잇다지요?」

「네 잇서요」

『따님을 하두 잘두셧다기에 한번 보러왓소』

『그럿소 그럼 잠ㅅ간 올라안꾸려』

오가마누라가 마루에 올라안즈며 곳 주인마누라도 방에서 나왓다 오가마누라가 처음부터 이리저리 살펴보아도 색시가 눈에보이지 아니하야 색시를 숨겨두고 남의눈에 보이지 안는가까지 의심하엿더니 주인마누라가 마루에 나와안즌뒤에 다친 건넌방지게문을 바라보며

『옥련아』

하고 불럿다 건넌방 지게문이 열리며 색시가 나왓다 그어머니가

『이리좀 와 안저라』

하고 말하니 색시는 말업시 어머니여페 가까이 와서안젓다 오가마누라는 눈아피 별안간 환하야지는것가텃다 잠ㅅ간ㅅ동안 정신노코 안젓다가 눈어둔사람가티 눈을 씻으며 색시를 바라보앗다 얼굴바탕이 동근가하고보니 갸름한듯도십고 갸름한가하고보니 동근듯도 시퍼서 어떠타고 말하기가 어려운데 말근눈은 수정갓고 오똑한 코는 그림갓고 나브죽한입에 입살은 앵도빗갓고 도톰한 귀에 귀ㅅ속은 호도껍질갓다 살빗은 눈이요 살ㅅ결은 비단이다 닛다홍 무명적삼에 갈매 무명치마를 입엇는데 매무새까지도 얌전하다 오가마누라가 염치업시 파고보는데 색시는 면괴한듯 고개를 다소곳하엿다

「내딸이 어떳소」

「내가 사내못된게 한이요」

「사내면 저나이에 장가들겟소」

「따님이 올에 멧살이요」

「스믈두살이요」

「사위 취재를 보신다지요」

「그러타오」

「취재는 무엇을 보시나요」

오가마누라의 뭇는말을 주인마누라가 미처 대답하기전에 백리방이 안으로 들어왓다 리방은관가에서 늣게나와 점심먹으러 들어온것이엇다 주인마누라가 점심ㅅ상을 차리는것을보고 오가마누라는 더 안젓기 거북하야 간다고 일어섯다

오가마누라가 객주에와서보니 천왕동이와 유복이는 박갓 큰방에 나와서 다른 사람들과 이야기하고 안젓고 손가는 눈에 보이지 아니하엿다 오가마누라가 바로 안으로 들어가며

「나 다녀왓서」

하고 소리치니 천왕동이가 먼저 방에서 뛰어나와 따러오며

『색시가 어떳습듸까』

하고 물엇다 오가 마누라가 새럽시 천왕동이를 속이려고

『색식가 그저 그래』

하고 눈에 차지안튼것가티 말하니 천왕동이는 곳

『이쁘다는게 거짓말입듸까』

하고 다두처물엇다

『그저 그러타니까』

『그저 그러타구만 해서야 어듸 알수잇소』

유복이가 그동안에 쪼차왓다

『나는 한참될줄 알엇는데 엇재그리 속히오섯소 색시를 안보입듸까』

『아니 일부러 불러보여주든데』

『그럼 색시만보구 곳 오섯구려』

『그랫서』

『색시가 참말 이쁩듸까』

유복이 뭇는말에는 오가마누라가 시럽시 대답하기 어려워서 고개를 끄덕이고

『지금 황도령이 몸이달어서 뭇는중이야』

하고 천왕동이를 보며 우섯다

『나두 궁금하우 좀 자세이 이야기하시우』

『우리 방에 들어가서 이야기하세』

하고 오가마누라가 사처잡은 방으로 들어오는데 유복이와 천왕동이가 그뒤를 따러들어왓다 오가마누라가 먼저

『손서방은 어듸갓나』

하고 유복이더러 물엇다

『읍내 구경 나갓소』

『혼자갓서』

『가치 가자구 졸르는걸 우리는 오시면 이야기 들으려구 가치가지안엇소 어서 이야기좀 하시우』

유복이의 재촉을 밧고 오가마누라는 색시보고온 이야기를 자세히 하고

『내평생에 이쁜사람도 더러보앗지만 정말 이쁜사람은 이번에 처음보앗서 아무리 유명한 환쟁이를 불러대도 이색시의 이쁜 모양은 그려내기어려울껄 이쁘면 요변스럽기 쉽지만 어찌

그리천연한지 누구든지 이런말을 둔사람은 아무놈이나 내주고 십지안흘것이야』

하고 입에침이업시 색시를 칭찬하엿다 유복이가 천왕동이를 돌아보며

『아까 주인의 말대루하면 사위 취재의 끗날이 좀 어려울것가트나 자네가 이쁜안해를 어들 복이잇스면 마처내지 못하드래두 사위로 뽑힐는지 누가아나 불계하구 내일부터 가보게』

하고 권하니 천왕동이는

『어듸 끗날뿐입듸까 첫날두 어렵지』

하고 대답하엿다

『사위 취재의 첫날은 무어고 끗날은 무어야 뉘게 물어밧서』

하고 오가마누라가 유복이에게 물엇다

『이집 주인에게 물어밧소 대개가 듯든말과 갓습듸다』

『참말 벙어리노릇이니 무어니를 시켜 본다든가』

『그러탑듸다 사위취재를 사흘동안보는데 첫날은 이방과 마주안저서 손으루 가진시늉을 내서 서루의사를 통하는것인데 말을해선 못쓰구 다음날은 장긔를 두는것인데 이방을 이겨야 쓰구 끗날은 이방이 남몰래 궤짝속에 너어둔 물건을 알어내는것이랍듸다』

『취재가 가지가지 괴상야릇하긴하구먼 그러치만 색시 이쁜걸 생각하면 취재가 더 어려워도

조흘것이야』

오가 마누라의 말을 유복이가 대답하기전에 천왕동이가

『그럼 저의집에서 늘커죽이는게 수지요』

말하고 곳 유복이더러

『내가 취재보러가서 요행으로 사흘까지 다가게된다면 그동안 어떠케할라우 먼저들갈라우』

하고 물어서 유복이가

『그건 걱정말게 그동안 우리는 구경다니겟네』

하고 대답하니

『우사박게 더하겟소 한번가볼라우』

하고 천왕동이가 사위취재에 갈뜻을 말하엿다

오가마누라가 갓다온뒤 백리방의 집에서는 북새가 한바탕 크게낫다 처음에는

『지금 왓다 간 녀편네가 누구야』

『송도서 온 사람이라오』

『송도 녀편네가 우리집에를 왜왓서』

『옥련이 보러 왓마오』

리방내외가 예사로 뭇고 예사로 대답하다가

『옥련이는 아무가 와 보자든지 보여주나』

『보여주면 어떳소』

『보여주면 어떠타니 과년한 기집애를 아무나 보여주어』

『과년한 기집애라고 못 보여줄것 무어잇소』

『중놈이 와보구 업어가두 조쿠 도독놈이 와보구 뺏어가두 조탄말이야』

『집에서 늘커축일 기집애를 업어가면 어떠코 뺏어가면 어떳소 아무래도 조치』

『저거 미치지 안엇나』

내외간에 오고가는말이 차차로 거칠어저서 나종에는

『누가 미처』

『말 대답 말어』

『입 두구 왜 말두 못해』

『주책머리 업시』

『내가 주책이 업서서 딸을 색시로 늘키나베』

리방이 언성을 놉히고 리방의 안해도 지지아니하엿다 아비의 점심 먹는것을 보려고 마루에 나왓든 옥련이는 부모의 말다툼이 저까닭게 나는것을보고 돌아안저서 눈물을 뚝뚝 떨어트리엇다 리방이 바덧든 점심ㅅ상을 밀어내치고 벌떡일어서서 사랑으로 나가는길에 그 안해를 한번 발ㅅ길로 거더찻다 리방의 안해가 데번에 남편의 옷을 움켜잡고

『속 시원하게 아주죽여 나 죽으면 걸는 술장사년 데려다가 살림을 맛길테지 어서 죽여』

하고 대들엇다 리방이 안해의 손을 뿌리치다 못하야 안해의 팔을 후려쳣다 그 안해가

『잘 친다 잘처 뉘 망신인가 어듸보까』

하고 리방에게 매어달리는중에 언진머리가 풀어젓다 화가 꼭뚜까지난 리방이 체면도 생각지 못하고 안해의 머리채를 잡고 내둘럿다 리방의 안해는 독이나서

『죽여 죽여』

하며 바락바락 대어들고 리방은 눈이 뒤지펴서

『이년 이년』

하며 사정업시 두들겻다 옥련이가 울면서

『아버지 이게 무슨 망녕이세요』

『어머니 고만 두서요』

하고 중간에 들어가 끼어서 싸우는 부모를 간신히 떼어노핫다

리방은 박갓방에 나오며 곳 옷을 갈어입고 다시 질청(秩廳)으로 들어갓다 질청에 잇든 다른 아전들이 리방의 긔색이 조치못한것을 보고 서로 눈짓하며 조심을하는중에 사령하나와 관노 하나가 일수가 사납든지 질청압 회화나무 미테서 고누를 두다가 사령이 실수하고 물러달라는 것을 관노가 물러주지 아니하야 물러달라거니 물러주지안는다거니 다투다가 종내 시비가되어서 서로 욕질을하는데 떠드는 소리가 질청안에까지 들리엿다 리방이 방게 누엇다가 대청께 나와안즈며 다른사령을 불러서 박게서 떠드는놈들을 잡아드리라고일럿다 나간사령이 둘을 다리고 들어와서 발명하야주려고

『작난들하는데 목소리가 좀 커젓답니다』

하고 말하니 리방이 전가트면

『함부루 떠드는법이 어듸 잇단말이냐 이담에는 조심들해라』

하고 약간 꾸짓고 말것인데

『이놈들아 아무데서나 함부루 떠드니 너놈들의 세상이란 말이냐』

하고 호령을 내 노핫다 사령과 관노가 번갈러가며

『잘못햇슴니다』

하고 비는것을 리방은

『너눔들을 말루만 일러서 못쓰겟다 좀 마저봐라』

하고 곳 다른사령을 시켜서 둘을 끌어어퍼노코 매를 십여개씩 따려내첫다 리방이 종일 질청에서 큰소리 잔소리하다가 문루우에서 페문하는 삼현륙각 소리가날때 집에를 나와보니 안해가 방문을 첩첩이닷고 들어누어서 내다보지도 아니하야 리방은 저녁밥을 박갓방으로 내다먹고 다시 안에 들어가지 아니하엿다

이튼날 식전에 리방이 일측 일어나서 소세하고 안에는 들어가 보지도안코 바로 관가에 들어가서 조사를 보고 느진아침때 집으로 나왓다 리방은 안해에게 너무 과히한것을 뉘우치는마음이 업지안코 또 아침 밥을 사랑에서 쓸쓸하게 먹기실흔 생각이잇서서 안으로 들어오는데 리방의 안해가 마루에 잇다가 방으로 들어가며 방문을 메어꼿드시 다치니 리방이

『응』

하고 체증ㅅ긔잇게 입맛을 다시고나서

『옥련아 내 아침 내 보내라』

하고 곳 도루 박갓방으로 나왓다 옥련이가 심부름하는 녀편네에게 밥상을 들려가지고 나와서 바더 노흔뒤에 바로 들어가려고하니 리방이

『게 좀 잇거라』

하고 붓들엇다

『너 밥 먹엇느냐』

『아직 안먹엇세요』

『너의 어머니두 안 먹엇늬』

『네』

『먼저들 먹지 왜 안 먹어』

하고 리방이 수저를 들면서 딸을 보고

『여기 와 안저서 내말 좀 들어라』

하고 말하야 옥련이는 상 여페 와서 살몃이 쪼구리고 안젓다

『어제 내가 한일이 아무리 화ㅅ김이라구 하드래두 잘한일이 아닌건 다시 말할것두업지만 너의어머니가 화를도더 주지안으면 그런일이 날까닭기 잇느냐』

『대체 너를날때는 너의어머니가 먼저 발동을해서 내가가치 부엉바위 용왕당에 가서 발원을 햇구 사위취재보일것을 정할때는 말은 내가 먼저냇지만 너의어머니가 조타구하구 나와가치 용왕당에 가서 또 발원을햇다 안방다락어잇는 궤작들속에 든것두 발원한 그래 너의어머니는

으루 너은것이다 그래 지금와서 모두 내가잘못해서 사위를 못보는것처럼 말하니사람이 긔막히지 안느냐』

『너의어머니 말은 사위취재를 고만 두자구하니 이거봐라 사위를 극택합네 조선팔도에 소문을 떠들어 내노코 슬그머니 고만두면 사람의 이목에두 창피하거니와 그버덤두 용왕에게 발원한것은 어떠케하늬 용왕을 속이면 뒤에 무슨 재앙이 잇슬는지 누가 아늬』

『내가 어제ㅅ밤에 잠 한숨못자구 이리저리 생각한끄테 사위취재 고만두구 안두는것을 네말을한번 들어보구 작정하려구 맘 먹엇다 그래 네 생각엔 어떠냐 너의어머니 말대루 고만두는게 조켓늬』

『우리 집안의 큰 일이니까 부끄러워말구 말해라』

리방이 혼자 여러말을 한뒤에 그 딸은 겨우

『저는 몰라요』

하고 한마듸 대답하엿다

『모르다니 네 생각을 말하란 말이야』

『제가 무슨 생각이 잇세요』

『너두 지금 나이 이십이 넘은것이 엇재 생각이 업단말이냐』

『아버지 생각대로 하시지요 그걸 저더러 물으실것 무어잇세요』
『아비 생각대루하다가 편발처녀루 일평생을 보내게되면 어떠케할테냐 아비를 원망 안켓느냐』
『원망이라니요 아버지 망녕의 말슴이세요』
『그러면 아프루 삼년만 더 기다려보자 그래도 사위ㅅ감이 나서지안으면 그때가서는 사람의 창피구 용왕의 재앙이구 다 돌볼것업시 사위취재를 고만두겟다 너두 그러케 알구 잇거라』
리방이 말하느라고 밥을몃술 뜨지못하엿는데 숙냉을 가저오라고하야 물을말면서
『인제 고만 들어가서 너의어머니하구 밥 먹어라』
하고 일르니 옥련이는
『네』
하고 대답하면서도 상나기를 기다리고 잇섯다 이때 심부름군 하나가 방문박게 와서 기침을하야 리방이
『누구냐』
하고 방문을 열고 내다보니 그 심부름군이
『박게 총각하나가 와서 취재를 보아지라고 합니다』

하고 연통하야 리방은

『내가 지금 밥을 먹으니 잠ㅅ간만 기다리라구 해라』

하고 일러서 심부름군을 내보낸뒤에 물 말은 밥을 건정건정 건저먹고 상을 치우게하엿다

리방이 혼자 안저서 총각을 불러드렷다 총각의 얼골이 해사하고 이목구비가 단정한데 그중에 눈의 열긔가 심상치 안하보이엇다 전에 사람이 만히올때는 리방이 손까락으로 자리를 가르처서 온 사람을 안친뒤에 곳 취재를 보이고 취재를보이다가 의사에 틀리기만하면 곳 손을 내저어서 그사람을 내 보내고 시종 입한번 뻥끗 아니할때가 만핫는데 이날은 리방이 한가도 하려니와 마음에 사위취재를 새로 정한것가터서 첫고등에 온 사람을 대할때와가티 취재보기 전에 여러말을 물엇다

『취재를 보러 왓다지』

『네』

『성명이 무어야』

『황천왕동입니다』

『어듸 사나』

『양주 삽니다』

「경긔도 양주」

「녜」

「양주가 고향인가」

「고향은 함경도 갑산입니다」

「먼데루 이사와서 사네그려」

「녜」

「부모가 다 기신가」

「다 돌아갓습니다」

「집에는 누가 잇나」

「누님집에 언쳐 잇습니다」

「자네는 집이 업나」

「녜」

「부모의 산소는 양주 기신가」

「아니요 백두산 허항령미테 잇습니다」

「백두산이라니」

「우리 남매가 다 백두산속에서 자랏습니다」

「자네 부모가 백두산속에서 사시다가 돌아가섯단 말인가」

「네」

「무슨 도들을 닥그시려구 백두산에를 들어가섯든가」

「인간처에서 살기실으니까 산속으로 들어가섯든갑듸다」

「자네 나기는 어듸서 낫나 갑산서 낫나」

「아니요 허항령서 낫습니다」

「자네 누님이 어떠케 양주사람에게루 시집을 오게되엇나」

「매형이 백두산에를 들어왓다가 만나서 서루 혼인하게 되엇습니다」

「자네 부모는 다 돌아가신 뒨가」

「아니요 어머니는 살엇슬땜니다」

「자네 지금 멧살인가」

「설흔세살입니다」

「삼십안인줄 알엇드니 설흔셋이나 되엇서 그래 이때 장가를 못 들엇단 말인가」

「그럿습니다」

『자네가 지금 만일 장가를 들면 처가살이두 할수잇겟네그려』
『처가에 달렷지요』
『우리 집에서 사위취재본다는 소문을듯구 전위해서왓나』
『아니요 장긔 잘 두신단 소문은 먼저 들엇지만 사위취재 이야기는 여기와서 들엇습니다』
리방이 또 무슨말을 물으려고할때 천왕동이를 인도하든 심부름군이 방문밧게와서 기웃기웃드려다 보다가 리방을보고
『취재 볼 사람이 또 하나 왓습니다』
하고 연통하니 리방이 미간을 찌프리며
『먼저 온분이 아직 끗안난줄알면 박게서 기달리게할것이지 연통할께 무에란말이냐』
하고 호령ㅅ긔잇시 말하엿다
『하두 오래되어서 끗난줄 알엇습니다』
하고 심부름군이 발명하야 리방이
『잔말 마라』
하고 소리를 지르는데 천왕동이가
『나중 온 사람을 먼저 보이실쑤 업습니까』

하고 물어서 리방이

『그건 왜』

하고 천왕동이를 돌아보앗다

『다른사람 취재볼때 여페서 구경하면 못씁니까』

『구경해두 상관업지』

『그럼 지금 온 사람부터 먼저 보이시지요』

『글세 왜 그러케 하란말인가』

『남 보는것 구경 좀 할라구요』

『남 보는것 구경해야 신통할께 업네』

『그래두요』

리방은 천왕동이 말하는것이 밉지안하서 한번 빙그레웃고 심부름군을 내다보며 나종 온사람을 불러드리라고 일럿다

심부름군이 인도하야 들어온 사람은 얼골이 감으잡잡한 사람인데 거름거리며 몸가지는 품이 보기에 발서 출량이다 리방이 말 한마듸 안코 손까락으로 웃목자리를 가르치니 그 사내가 리방의 손까락 끄를 바라보다가 웃목자리에 책상다리하고 안젓다 리방이 한손의 엄지색지 두가

곽을 동그라케 맛부치어 내들엇다 그 사내가 얼골을 되들고 눈을 까막까막하다가 한손의엄지와 식지로는 리방과가치 동그란 구멍을 만들고 달은손의 식지하나를 꼿꼿이하야 그 구멍을 교여질럿다 리방은 하늘이 둥글다고 하늘이란뜻을 보인것인데 그 사내는 관혁복판을 생각하고 화살로 마치는 시늉을 낸 셈인지 또는 아희들의 손가락 가지고 욕질하는것을 생각하고 당치안흔 시늉을 낸 셈인지 그 뜻은 알수업스나 리방의 눈으로보면 하늘을 교여질른다는것이엄청나게 틀리는 대답이다 리방이 대번에 상을쨍그리며 나가라고 손을 홰홰 내 저엇다

『틀렷단 말이요』

그 사내가 말로 물으니 리방은 말 업시 고개만 한두번 끄덕이엇다 그 사내가 빨닥 일어서서 억개를 추싹어리고 나가면서

『제기 망신만 햇네』

하고 군소리하는데 그것이 천왕동이에게는 남의일가티 생각되지 아니하엿다 리방이 한구석에 안즌 천왕동이를 중간으로 나 안즈라고 손까락으로 자리를 가르처서 천왕동이가 리방과 마주대면하고 안젓다 리방이 한손으로 수염을 씨다듬으며 다른손의 엄지손까락을 치어들어 보이니 천왕동이는 한동안 생각하다가 한손의 색기손까락을 아프로 내밀고 달은손의 손까락 하나로 자긔의 볼을 뚝뚝 두드리엇다 리방의 의사는

『사내가 엄지 손까락과 갓지』

하고 물은것인데 천왕동이의 한 시늉은

『녀편네는 색기 손까락이요』

하고 녀편네가 분바르는 흉내로 볼을 뚜드린 모양이라 대답이 되엿다 리방은 한번 빙그레웃고 나서 손까락으로 다섯을 곱아서 내 보이니 천왕동이는 별로 지체도 안코 셋을 곱아서 마주 보엿다 리방의 의사는

『오륜(五倫)을 아느냐』

하고 물은것인데 천왕동이의 한 시늉은 정녕코

『삼강(三綱)까지 아오』

하고 대답한것이라 리방은 속으로 은근히 놀랏다 리방이 도리여 잠간 주저하다가 혼인이란것은 각성바지 두사람이 서로 합하는것이라는 의사를 보이려고 두손바닥을 딱처서 마주 부치니 천왕동이는 선뜻 두손을 아프로 내들고 어린애들이 쥐암이 하듯이 손을 여러번 폇다쥐엇다하엿다 혼인은 백가지 천가지 복의근본이라는 의사를 보이려고 하는 시늉인것이 분명하엿다 대답이 빈틈도 업거니와 수월하고 능난하엿다 리방은 놀랍고도 기뻐어서

『잘 되엿네』

하고 소리를 질렀다

『인제는 말해두 좃습니까』

『오늘 취재는 그만 해두 넉넉하니까 말하세』

『사흘 볼 취재를 오늘 하루에 다 끗낼수 업습니까』

『왜 그러나』

『동행들이 나때메 공연이 객주에서 묵으니까 말슴입니다』

『객비때메 말인가』

『아니요 객비는 념려업습니다』

『객비가 어렵다면 내가 객비는 물어줄수 잇지만 날짜는 주릴수업네 자네두 소문을들어 알는지 모르지만 사위취재를 내가 신룡담(神龍潭)부엉바위란 곳에 잇는 용추말일세 용왕에게 발원하구 정한것인데 날짜까지두 그때 정한것이라 지금 주리구 느리구 할수업네』

이때 사령하나가 방문박게와서 꾸뻑하고

『안전껩서 지금 상주를 차지십니다』

하고 말하엿다

『왜 무슨일이 낫느냐』

「소인은 자세이 몰라두 서울갈 봉물까달게 차지시는가봐요」

「오냐 곳 들어갈테니 먼저 가거라」

리방이 사령을 보낸뒤에 천왕동이를보고

「내가 관가에를 들어가야겟네 내일두 느진아침때쯤 오게」

하고 말하야 천왕동이는

「그럼 내일 오겟습니다」

하고 곳 일어서 나왓다

천왕동이가 객주로 돌아 와서 문깐에 들어서며 곳

「박서방 박서방」

하고 불르니 사처방에서 오가마누라와 이야기하고 안젓든 유복이가 내다보며

「인제 오나 어떠케 되엇나」

하고 물엇다

「벙어리 노릇은 썩 잘 햇소」

「어서 이리오게 자세한 이야기 좀 듯세」

천왕동이가 바로 사처방으로 오는중에 봉노방 봉당에 느런히 걸터안젓든 손가와 객주 주인이

다 가치 뒤를 따러왓다 천왕동이는 방안에 들어와서 유복이 여페 가까이안고 손가는 주인과 가치 방문박게 와서 섯다

『어서 이야기 좀 자세이 하게』

유복이의 재촉을밧고 천왕동이가 처음 가서 리방과 수작하든말과 나종온 사람을 먼저 취재보이게하고 구경한 사연을 대강대강 이야기하니 오가마누라가 듯고

『나종 온 사람에겐 말한마듸안코 황도령에겐 여러말을 물엇다니 그것만 보드래도 황도령이 백이방 맘에든것을 알수잇지』

하고 우섯다 유복이가 엄지가락과 식지가락을 동그러케 맛부처들고

『그래 이게 무에란말인가』

하고 물으니 천왕동이가

『그게 내 생각엔 동근장긔쪽인상 십습듸다 그자식이 장긔두는 시늉이나냇드면 어떨른지 모를껄 손구락으로 폭 질르니 송곳으루 장긔쪽을 뚤른단말이요 무어요 고만 틀려서 쪼겨낫지』

하고 싱글벙글하엿다

『그래 자네는 장긔두는 시늉을내서 마젓나』

「내가 여페서 구경하구 미리생각해 두엇슬까봐 그랫는지 내겐 그걸 안합듸다」

「그럼 자네겐 어떠케 하든가」

「처음에 수염을 씨다듬으며 엄지손꾸락을 치어듭듸다」

「그건 무슨 뜻일까」

「자긔가 엄지가락이라구 거만부릴것이 무어잇소 생각해보시우 장긔박게 더 잇겟소」

「그러치 각골 이방쯤은 엄지가락이라구 거만부릴턱이 못되니까」

「그래 내가 이러케햇소」

하고 천왕동이가 색기가락을 내밀면서 볼을 뚝뚝 두드렷다

「그건 무슨 뜻인가」

「엄지가락 장긔라구 흰체하다가 색기가락 장긔가되면 부끄럽지 안으냔말이지 이방이 보더니 빙그레 웃습듸다」

「대답이 용하게되엇네 그러구 고만 끗이낫나」

「아니 또 잇소 그 담엔 이방이 손꾸락으루 다섯을 꼽아보이는데 그게 장긔를 한번에 다섯수씩 본다는 자랑인듯합듸다 국수장긔라니까 수를볼라면 십여수라두 한꺼번에 볼테지만 예사루두 다섯수씩은 본다구 자랑하는 모양이기에 나는 일곱수를 예사루본다구 다섯꼽은 손

꾸락에서 두손꾸락을 펴서 보엿소 그랫더니 이방이 놀라는 긔색이 잇습듸다」
「의사가 참말 잘 돌앗네」
「끄레는 아주 알기쉽게 이방이 두손바닥을 마주 부드칩듸다」
「알기 쉽대두 나는 모르겟네」
「장긔를 한번두잔 뜻 아니겟소 그래 내가 백번이라두 두자구 두손을 폇다 쥐엇다 햇소 그
제는 이방이 말루 잘 됏다구 칭찬합듸다」
「그러구 끗이 낫네그려 잘 되엇네 아주 잘 되엇네」
이때까지 말 업시 듯고만 잇든 손가가
「첫날 잘 칠은사람은 전에두더러 잇섯답듸다 장기를 잘 두니까 내일은 걱정업지만 끗날이
아무래두 탈이요 남의집 다락세간 그중에 집안사람두 못보게 잠거노흔 궤짝속에 든 물건을
무슨수루 알어낸담」
하고 말하니 객주주인은
「내일두 쉽지안소 장긔란게 비기기가 쉽다는데 꼭 이겨야지 비겨두 못쓴다우 총각이 아무
리 장긔를 잘 두드래두 국수장긔를 이기기가 어듸 쉽소」
하고 손가 말에 운을달고 오가다누라가

「하늘이 정해노은 연분이면 절로 다 되겟지」

하고 말하니 유복이는

「암 그러치요」

하고 오가마누라 말에 운을 달엇다 유복이가 천왕동이를 보고

「우리가 내일 약수산 약물을 먹으러 갈텐데 장긔취재가 일직 긋나거든 자네두가치 가세」

하고 말하니 천왕동이가

「나는 약물 고만 먹을라우 될수잇스면 내일종일 이방하구 장긔를 두어 볼 생각이요」

하고 대답하엿다

리방의 안해가 골이 좀 풀려서 리방과 말을 하게까지 되엇다 리방이 조사보러 들어가기 전에 조반 요긔를 하면서

「오늘 조사가 좀 느질른지 모르니 나 오기전에 사위취재 보러오는 총각이오거든 내방에 드려 안처두게」

하고 말을 일르니 그 안해가

「그러리다」

하고 대답하엿다

그 날 조사가 과연 느젓다 느잔아침때가 다 되도록 리방이 나오지 아니하엿다 리방의안해가 모녀겸상하야 아침밥을 먼저 먹는중에 박갓 심부름군이 안에 들어와서 리방의 안해를보고

「취재보러 온 총각이 박게 왓는데 어떠케할까요 갓다 다시 오랄까요」

하고 물엇다

「그 총각이 어제왓든 총각이든가」

「네 어제와서 오래 잇다간 총각이에요」

「박갓방에 드러안처두게」

「안 기신 방에 드려안첫다가 걱정이나 안날까요」

「걱정말고 드려안치게」

심부름군이 나간뒤에 리방의안해는 아침밥을 얼른 먹어치우고 박갓방에서 안으로 들어오는되 창문에 가서 문을 빠끔히열고 총각의 외모를 한동안 드려다 본뒤에 박갓 심부름ㅅ군을 불러 드렷다

「총각이 혼자안저 심심치 안켓나 자네 웃목에가서 좀 가치 안젓게그려」

「네 그리하겟습니다」

「그 총각이 어듸 잇다든가」

『타관에서 온 사람이에요』

『글세 여기 와서 어듸 잇는가 말이야』

『객주에서 묵겟지요』

『어느 객주』

『몰라요』

『물어보게』

『녜』

심부름군이 박갓방으로 나간뒤에 얼마동안 안지나서 리방이 관가에서 나왓다 리방이 박갓방을 드려다보며

『총각 발서 왓든가 내가 아침밥을 먹구 나올테니 미안하지만 조금 더 기다리게』

하고 바로 안으로 들어와서 아침밥을 부즈런히 먹엇다

리방이 사랑으로 나오며 곳 심부름군은 박그로 나갓다 리방이 웃목에 안젓는 천왕동이를 바라보며

『장긔를 두어보까 이리 올라오게』

하고 말하니 천왕동이는 웃목에 잇는장긔판과 장긔를 들고 가려고 하엿다

『그건 거기 놔 두구 이리오게』

하고 말한뒤에 리방이 벽장을열고 다른 장긔판과 장긔를 내어 놋는데 판은 가래나무요 장긔는 화양목이엇다 리방과 천왕동이가 마주안저서 장긔를벌려 노핫다 면수습이 갓난뒤에 리방은 자긔둘수를 보는이보담 천왕동이두는 수를 보느라고 한참씩 드려다 보앗다 장긔가 반판쯤 되엇슬때 리방이 장긔판에서 물러나 안즈며

『장긔 고만두세』

하고 말하엿다

『왜요』

『다 둘것업시 내가젓네 내일 오게』

『될 수 잇스면 오늘 종일 장긔를 두려구 생각하구 왓는데요』

『오늘 관가에 일이잇서서 점심전에 또 들어갈테니까 장긔두구 잇슬수업네』

천왕동이가 할일업시 겨우 장긔반판 두어 보고 객주로 돌아왓다 동행들은 모다 약수산에가고 객주에업섯다 천왕동이가 동행들 뒤를따러서 약수산을 가려다가 약물먹으러가는이 낫잠이나 잔다고 사처방에 혼자 들어누어서 낫잠한숨을 실컨 자고 일어낫다 마당에 나와서 해를 치어다보니 점심때가 훨신기울엇다 점심 달라기도 계면적으려니와 배도 고프지아니하야 박게

나가 바람을 쏘이려고 나가는중에 객주주인이 누수그레한 녀편네 하나와 가치마주 들어오며

『총각 어듸가우 이 안손님이 총각을 차저오섯다우』

하고 말하엿다

『누구신데 날 차저오섯소』

『잠ㅅ간 말슴할 일이잇서 왓소 사처방이 잇스면 방으로 들어 갑시다』

천왕동이가 낫 모르는 녀편네를다리고 다시 방으로 들어왓다 그 녀편네가 객주 주인이 나가는것을 보고서야 천왕동이를 향하야

『나는 백이방의 안해되는 사람이요』

하고 말하야 천왕동이는 깜짝 놀랏다

『요새 우리 집에 취재보러 오지안소』

『네』

『내가 닐러줄말이 잇소』

『무슨 말슴입니까』

그 녀편네가 천왕동이에게로 가까이 닥어안저서 입을 거의 귀에 다히다시피하고 한참 소근소근 말한 뒤에 총총히 일어서 나갓다

약수산 갓든 일행이 다저녁때 돌아왓다 유복이가 천왕동이를 보고 급한말로

「장긔가 어떠케 되엿나 이겻나」

하고 물으니 천왕동이는

「아니」

하고 고개를 흔들엇다

「못이겻서」

「두다 말엇소」

「엇재서」

「반판쯤 두다가 고만 두자구 합듸다」

「그럼 어떠케 되나 내일 취재를 마저보게 한다든가」

「내일 또 오랍듸다」

「그러면 되엿네 반판은 고사하구 아주 안두구라두 취재를 잘 본셈으루 처주면 고만이지 잘 되엿네」

「장긔를 실컨둘라구 갓다가 한판두 다 못두구왓스니 분하지 안소」

「분할꺼업네 이담에 장인이 되거든 실컨 가치 두지」

하고 유복이는 허허 우섯다 손가가 유복이 다음에 나서서

「이방 장긔가 어떠튼가 반판쯤 두엇드라두 수는 대개 짐작할수 잇겟지」

하고 물으니 천왕동이가

「대단 세드군」

하고 대답하엿다

「서루 맛둘장긔야?」

「글세」

「우리 동네 노인과는 어떠튼가」

「그 장긔버덤은 훨신세든걸」

「그럼 맛둘만 하겟군 그런데 엇재 두다가 말엇슬까」

「그건 나두 몰라」

「사위ㅅ감이 맘에 드니까 취재를 건정으루 보이는게군」

오가마누라가 손가 뒤를 이어서

「어제 내가 말하지 안튼가베 수작을 걸게 할때 발서 이방은 사위ㅅ감으로 정한게야」

하고 말하니 유복이가

「아무리 골라두 저사람만한사위를 골르기가 어렵지」

하고 오가마누라와 손가를 돌라 보앗다

저녁 밥들을 먹은뒤에 약수산 갓든 이야기를 이사람 저사람이 석바꾸어 짓거리든 끄테 내일은 동선관(洞仙關)을 나가 구경하자는 의논이 낫다

「내일은 나두 가치 갑시다」

하고 천왕동이가 말하니 손가가 다른 사람보다 먼저

「내일 취재는 왜 고만둘테야 마저 가 보지」

하고 말하엿다

「누가 안간다구 그러기에」

「동선관을 가치 가자니까 말이지」

「취재보구 와선 가치 못가나」

「내일 취재는 요행두 바랄수 업스니까 가기가 맘에 떨떠름할테지」

「념려말어」

「잠근 궤짝속 물건을 알어 내는 수가 무슨 수야」

「혹 알어낼수 잇슬는지 누가 아나」

『황도령이 당대 이인이신걸 내가 몰랏구려』

『나를 빈정거리는 모양인가』

『아니 빈정거리긴 누가 빈정거려 이인아니군 알어내지 못할걸 알어낸다니까 말이지』

『이인은 못 알어내두 나는 알어낼는지 모르지』

『황도령이 히구저치는군』

『쓸데 업는 소리 그만 짓거리게』

하고 유복이가 손가를 핀잔주는바람에 천왕동이까지 입을 다물엇다

오가 마누라는 피곤하야 먼저 누어서 잠이 들고 손가는 봉로방으로 이야기하러 나간뒤에 유복이가 내일 취재의 어려운것을 걱정하니 천왕동이는

『걱정 마우 장가는 들어노은게나 다름업소』

하고 말하엿다

『어떠케 그러케 밋나』

『밋는 구석이 잇소』

『밋는 구석이 잇거든 이야기 좀 하게』

『이야기는 이담에 하리다』

『참말 틀릴 념려 업겟나』

『념려 업소』

『그러기만하면 내 속이 다 시원하겟네』

『내일 두구 보시우』

『저기서 만일 혼인을 완정하자구하면 어떠케 대답할텐가』

『어떠케 대답하다니』

『형님내외에게 말하구 와서 완정하겟다구 대답하게』

『누님과 형님에게 말하나 안하나 마찬가지 아니요』

『말하나 안하나 마찬가지지만 혼인가튼 큰일을 형님내외에게 말안하구 정하면 자네 맘엔 섭섭지가 안켓나』

『내일가서 봐가며 뒤를두구 오리다』

유복이와 천왕동이는 그뒤에도 한동안 다른 이야기들을 하다가 자리에 누엇다

이튼날 식전에 리방은 조사가 끗나기가 무섭게 집으로 돌아와서 아침밥을 재촉하야 먹어치우고 안방에서 안해와 이야기하엿다

『총각이 올때가 되엇지』

『어제는 이만때전에 왓섯든가보오』

『총각을 보앗나』

『어제 문틈으로 내다 보앗소』

『사람이 보기에 어떠튼가』

『생긔가잇서 보입듸다』

『그 눈에 조화가 들엇지 눈에서 반듸뿔 가튼 불이 반짝반짝하데』

『열ㅅ긔가 잇습듸다』

『가까히 못봐서 열ㅅ긔라구 하지만 그게 례사 열ㅅ긔가 아니야』

『그럼 눈속에 참말 불이 잇슬까요』

『그 총각이 백두산속에서 낫다니까 그것이 명산정긔겟지』

『백두산이 어듸 잇는 산이요』

『함경도와 오랑캐땅 어름에 잇는 산이야』

『그산이 명산이요』

『명산이다뿐인가 조선팔도 산의 조종일세 그산에는 큰 짐생이 잇서두 사람을 해치지 안는다네』

『그 산속에두 사람이 사오』

『사는 사람이 잇단 말은 못들엇서』

『그럼 그 총각이 어떠케 그 산속에서 낫단 말이요』

『그 총각의 부모가 무인지경 산속에가서 살엇다네』

박갓 심부름군이 팡이들고 팡채 뒤로 가는것을 리방이 내다 보고

『무얼 하려 가느냐』

하고 물엇다

『돼지우리간 시궁을 치러 갑니다』

『그건 지금 안치면 못치느냐』

『지금 마침 다른 일이 업습니다』

『고만 두구 박게 나가 잇다가 취재보러오는 총각이오거든 곳 데리구 들어오너라』

『총각이 올 때가 지낫는걸요』

『올 때가 지나다니』

『어적게 그적게 다 댁의 아침이 끗나기전에 왓섯습니다』

『오늘은 늣게 오는게지 나가 잇거라』

심부름군을 내보내고 리방이 안해를 돌아보며

『늣드래두 오긴 오겟지』

하고 말하니 안해가 잠ㅅ간ㅅ동안 잠자코 잇다가

『글세요 오늘 취재가 어려워서 고만 둘라는지 모르지요』

하고 대답하엿다

『사위깜은 조은데』

『조으면 소용잇소』

『글세 말이야』

『객주루 사람이나 좀 보내보시구려』

『객주두 모르거니와 알드래두 사람까지 보낼껀업서 사랑에 나가서 기다려 보지』

리방이 사랑으로 나왓다 천왕동이가 전날 기다리든 대중을 잡고 늣잡드리는 것을 리방은 알까닭기 업섯다 리방이 여러차례 방문박글 내다보며 고대하는중에 천왕동이가 심부름군을따러 들어왓다

『오늘은 느젓네그려』

『네 좀 느젓습니다』

『무슨 일이 잇섯든가』
『식전 일직 일어나서 이때껏 치성을 드리구 왓습니다』
『치성은 웬일이야』
『오늘 취재야 치성을안드리구 보러올수 잇습니까』
『치성을 어듸다 드렷나』
천왕동이는 대답을 안코 싱글싱글 우섯다
『대답하기 실은가』
『이다음 아시지요』
『고만 취재를 시작할까』
『그리하시요』
『우리가 사위취재를 보이려구 용왕께 발원한뒤 궤짝 멧개속에 멧가지 물건을 너둔것이 잇네』
『들어서 입니다』
『그 궤짝의 개쑤와 빗갈부터 말하구 그다음에 궤짝에 든 물건들을 차례루 말해보게』
천왕동이가 단정히안지서 두손길을 맛잡앗다 한동안 잇다가 외면하고 혼자 말하듯

『흰궤짝하나 누른궤짝하나 불근궤짝하나 궤짝이 세개로군』

짓거리고 리방을 바라보며

『그럿습니까』

하고 물으니 리방은 눈을 똑바로뜨고 말업시 고개만 끄덕이엇다 천왕동이가 다시 외면하고 먼저와 가티

『불근궤짝에는 불근팟이한낫 누런궤짝에는 누런콩이아홉낫 흰궤짝에는 목화가열두송이』

하고 짓거리는 동안에 리방이 말은 고사하고 숨소리도업시 듯고만잇다가 천왕동이 입에서 마즈막 말이떨어지자마자 벌떡 일어나서 안문을 박차고 맨발로 뛰어 들어가며

『여보게 여보게 사위를 어덧네』

하고 큰 소리를 질럿다

천왕동이는 혼인완정을 뒷날로 미루려고 생각하고 왓섯는데 말한마듸 할사이 업시 리방이 안으로 뛰어 들어가서 곳 사위를 어덧다고 뒤설레를 노흐니 이것이 마음에 맛당치 못하야 열린 되창문으로 안을 드려다 보며 불쾌스러운 음성으로

『나 좀 보십시요 내가 말슴할께 잇습니다』

하고 리방을 불럿다 리방이 되창문아페 와서 천왕동이의 눈쌀 찌푸린것을 보면서도 눈치를

모르는것가티 싱글벙글 웃고 잇섯다

『의논할 말슴이잇스니 잠ㅅ간 들어 오시지요』

『무슨말인가 말하게』

『혼인에 대해저 의논할 말슴이 잇슴니다』

『암 의논할 말이잇겟지 차차 의논하세』

『내가 의논할 말슴은 다른게 아니라 혼인을 이번에 아주 완정하구 가지못하겟단 말입니다』

『무엇이 엇재 완정된 혼인을다시 완정하지 못하겟다니 무슨 소린가』

『누가 완정햇서요』

『누가 완정하다니 그게 무슨 소린가 자네가 취재만 보구 혼인을 하지 안흘테란 말인가』

『혼인하지 안흘테면 왜 와서 취재를 보겟습니까』

『그러기에 말이지』

『내가 가서 누님내외에게 말하구 다시 와서 완정할랍니다』

『자네 누님내외가 혼인을 말라면 말텐가』

『말랄리가 업지요』

『여보게 쓸데업는 잔소리 말구 이리 들어오게』

리방이 천왕동이의 손을 잡아 끌려고 하엿다

『왜 이러십니까』

『장모될 사람 상면좀 하게』

『이다음에 하지요』

『그저 하라는대루 하게 이리 들어오게』

『들어가드래두 신발이나 신어야지요』

『여기 잇는 내신 신께』

『내 신발을 집어가지구 올테니 손을 노으십시요』

『그럼 얼는 집어 가저고 오게』

리방은 천왕동이의 손을 노코 자긔도 신을 신엇다

리방이 천왕동이의 손을 잡고 안으로 들어오며

『새손님을 안치게 마루에 자리 좀 깔게』

하고 소리처 말하야 리방의 안해가 심부름하는 기집아이를 불러서 마루에 기직을 깔게하엿다

리방이 천왕동이를 끌고 마루에 올라와서 자리에 안친뒤에 곳 안방을 향하야

『어서 이리 나오게』

하고 안해를 불러내서 천왕동이와 상면을 시키엇다

『장모는 본래 초례지낸 뒤에 상면하는 법이지만 사위를 못봐서 성화하는 사람이라 우선 속시원하라구 상면을 시키네 자네두 안해감이 어떠케 생겻는지 못보아서 맘에 궁금할테지 궁금치안케 보여줌세』

리방이 다시 사람을 시키지도 안코 자긔가 가서 건넌방 문을 열어노핫다 처녀가 아래ㅅ목 방문아패 안젓는데 마즌편을 향하고 안저서 뒷모양만 보이엇다

『이편으루 돌아 안저라』

『아비의 말을 못들은체 하는 법이 어듸 잇느냐 얼는 돌아 안저라』

처녀가 조금 몸을 여프로 움직여서 엽모양이 보이엇다

『바루 안저라』

『어서 바루 안저』

처녀가 다시 몸을 움직여서 이편을 향하고 안젓다 그러나 고개를 기피 숙이어서 가리마가 바로 보일뿐이엇다

『변신셩스럽다 고개를 들어라』

『백년해로 할사람이다 보기 부끄러울것 업다』

리방의 잔소리의 처녀가 고개를 들어서 비로소 그 얼골이 다 보이엿다 리방이 자리에 와서안즈며

『안해깜이 어떤가』

하고 물으니 천왕동이는 정신노코 처녀를 바라보며 건성으로

『네네』

하고 대답하엿다 리방은 허허 웃고 리방의 안해는 빙글빙글 웃고 심부름하는 기집아이와 드난하는 녀편네들까지 입을막고 우섯다 천왕동이는 남들이 웃건 말건 돌보지 안코 처녀만 바라보는중에 처녀가 살몃이 눈을 거들떠 보다가 눈과 눈이 서로 한번 마주치기까지 하엿다 리방이 천왕동이의 억개를 치면서

『여보게 나좀 보게』

하고 소리처서 천왕동이는 겨우 고개를 도리켯다

『오늘 부엉바위 용왕당에 노구메를 올리구 와서 사위 취재가 긋낫다는 방을 써 부칠텐데 우리내외 가는데 자네두 가치 가세』

『노구메는 왜 올리시렵니까』

『용왕이 자네 가튼 조은 사위를 지시해 주섯는데 노구메 한그릇두 안올려서 쓰겟나』

천왕동이는 혼인 완정을 뒤로 미루려든 처음생각이 그 동안에 가뭇업시 사라저서 노구메를올리러 가자는데도 실탄 말을 아니하고

『아무리나 하십시다』

하고 허락하는 말로 대답하엿다 리방이 그 안해에게 용왕당에 나갈 준비를 차리라고 일른뒤에 천왕동이를 보고

『우리는 박갓방으루 나가세』

말하고 곳 먼저 일어서니 천왕동이는 건너방 바라보이는 자리를 뜨기가 실혀서 꾸물거리다가 가까스로 몸을 이르켯다 박갓방에 나와서 안즌뒤에 리방이 천왕동이더러

『택일두 오늘 아주하세』

하고 말하니 천왕동이는

『택일이라니 혼인할날 말인가요』

하고 물엇다

『그럼 물론 성례할날 말이지 택일은 다른사람을 시켜두 조치만 용왕당에가서 노구메 올린그테 내손으루 하겟네』

『날 가릴줄까지 아십니다그려』

『조금 아네 내게 조은 책이 잇서』

하고 리방은 벽장에서 책한권을 끄내들고

『이책만 볼줄알면 무슨택일이든지 다 할수잇네』

하고 천왕동이를 내어 주니

『나가튼 까막눈이는 볼줄을 알어야지요』

하고 천왕동이는 책을 밧지 아니하엿다

『자네 글을 못배웟나』

『백두산속에 글방이 잇서야지 글을 배주지요』

『장긔는 어듸서 배웟나』

『양주 와서 배웟습니다』

『거기 장긔 잘 두는 사람이 잇나』

『장긔를 두는 사람은 만어두 잘두는 사람은업세요』

『전에 과천에 오장긔라구 장긔 잘두는 사람이잇섯는데 혹시가서 두어밧나』

『오씨에게 배운 장긔와는 더러 두어 밧습니다』

『오씨에게 배운 사람이 오씨만한 장긔가잇슬라구』

『재법 두는 사람이 한두엇 잇습듸다 그러치만 말들으니까 다 오씨만 못하답듸다』

『그럴테지 장긔를 오씨만큼 두기가 쉽지 안커든 오씨가 나버덤 좀 세엇섯네』

『장긔 한번 두십시다』

『언제 장긔 두구 잇슬 틈이잇나 용추에 가야지 이다음에 두세』

『장긔는 이내 한번 못두이보구 가겟네요』

『자네는 소문업는 국수장긔야 자네 장긔가 과천 오씨버덤 나면낫지 못할것업네』

리방이 천왕동이와 장긔이야기를 자미나게 하는중에 그 안해가 되창아페와서

『여보 좀 나오시요』

하고 불럿다

『왜 그래』

하고 리방이 곳일어서 나가더니 얼마뒤에

『여보게 잠ㅅ간 들어오게』

하고 천왕동이를 불럿다

『점심은 좀 늣드래두 갓다 와서 먹구 술이나 한잔씩먹세』

리방이 천왕동이를 다리고 술을 먹고 난 뒤에 리방내외는 노구메제구를 심부름군 지워서 압세우고 천왕동이와 가치 부헝바위로나갓다 부헝바위는 읍에서 십오리길이 채못되엇다 바위우솔밧속에잇는 용왕사당에 올라가서 룡추를 굽이보고 다시나려와서 룡추물이 넘처 흘러나가는냇가에서 새옹을 걸고 밥을 짓기시작할때 리방이 흘쩨 아차 소리를 질러서 그안해가 까닭을물엇다

『택일할 책을 안가지구왓네 언제 다시가서 가처오나』

리방이 한걱정하는것을 보고

『내가 다시가서 가저오리까』

하고 천왕동이가 말하엿다

『아니 고만두게 심부름ㅅ군을 보내지』

『그럴것 업시 내가 잠ㅅ간 갓다 오리다』

천왕동이는 리방의 말리는것도 듯지안코 다시 읍내로 들이갓다 새옹에 불지피는것을보고 간천왕동이가 새옹밥이 익기전에 내왕 삼십리길을 다녀왓다 리방은 처음에 거짓말 가티 생각하다가 천왕동이가 가지고 온 책을 보고는 안해를 돌아보며

『우리 사위가 축지법두 할줄 아네그려』

말하고 내외 다가치 조하하엿다
노구메 정성이 끗난 뒤에 리방이 용왕당아페 나 안저서 책을가지고 택일을하는데 천왕동이는 리방의안해와가치 여페서 구경하고잇섯다 리방이 저구리고름에서 필낭을 끌르고 단령소매에서 조이를 끄내노터니 행연에 먹을갈아 초필에 무처들고 먼저 천왕동이의 생년월일을 천왕동이에게 물어서적고 다음에 자긔딸의 생월생시를 안해에게 다지어 적은뒤 책장을 이리넘기고 무엇을적고 또 저리넘기고 무엇을적엇다 책을 한동안 뒤적뒤적한끄테 리방이
『사월 보름날 이날이 조흔데』
하고 두동싸게 말하며 아페 안즌 안해를 바라보앗다
『사월 보름이면 지금 십여일박게 안남엇게 너무 촉박해서 안되겟소』
『그뒤에는 팔월 스무날과 구월 초닷샛날이 조쿠 그 안에는 조흔 날이 업네그려』
『그럼 팔월 스무날로 합시다 햇곡식도 잡히고 그때가 조켓소』
『글세 팔월루 정할까』
리방이 의향을 뭇는 눈치로 여페안즌 천왕동이를 돌아보앗다
『팔월은 너무 늣지 안은가요』
『혼인완정 안하구 간다든때와는 아주 딴판일세그려』

『혼인을 이왕 정한바엔 얼른 해 치워버리는것이 조치요』

『얼는 해 치우는것이 조치만 사월보름날은 날짜가 너무촉박해』

『냉수 한그릇 떠노쿠 절한번 할작정이면 오늘두 할수잇지요』

『체면이 잇스니까 초례를 초라하게 할수업네』

『그래두 팔월은 너무느저요』

『될수 잇네 혼인날두 용왕께 취품하구 정하세』

리방의 안해가

『용왕께 취품할 도리가잇소』

하고 물으니 리방이

『도리가 잇겟지 가만잇게』

하고 대답한뒤에 한참 생각하다가 심부름ㅅ군을 불러서 냇가에 가서 납쪽한돌을 둘만집어 오라고하야 심부름ㅅ군이 집어온돌을 리방이바더서 물끼를 씻어버리고 그우에 글씨를썻다

『하나는 팔월스무날이구 하나는 사월보름날일세 이것을 가지구 용왕께 축원하구 나서 부헝바위에 부처보세』

하고 리방이 그안해와 천왕동이를 돌라보앗다

『둘다 붓지안흐면 어떠케할테요』

그안해가 물으니

『그러면 구월 초닷새날을 다시 부처보겟네』

리방은 대답하고

『둘다 붓지안으면 다시나 부치지만 만일 둘다 부트면 어떠케 하나요』

천왕동이가 물으니

『그건 정성이 부족한 탓이니까 새루 축원하구 한번다시 부처보지』

리방은 대답하엿다 리방이 사당아페 나서서 무릅을꿀고 한동안 입속말로 중얼중얼 짓거리고 부형바위우에 나와안저서 바위압 이마에 날짜쓴돌 두개를 부치는데 먼저 한개는 떨어지고 나종 한개는 부텃다

『용왕께서 사월에 혼인하라시네』

『아이구 이거 근두박질할일이 낫구려』

『그대루 지낼수박게 내일부터 준비하면 그동안에 대강되겟지』

『어떠케 된다고 그러오』

『안되드래두 할수잇나』

리방이 뒤에와서섯는 천왕동이를 돌아보며

『자네는 바뿌지 안켓나』

하고 물으니

『그동안에 양주를 한번갓다오면 고민이지 바뿔꺼 무어잇세요』

하고 천왕동이는 일이 소원대로 되어서 벙글벙글 웃는우슴을 금치못하엿다

부헝바위 나왓든 일행이 읍에 들어올때 길꺼리에서 동선판 갓다오는 일행과 서로 만낫다

손가가 천왕동이를 보고

『이 사람아 남들을 기다리라구 해노쿠 어듸 다른데를 갓단 말인가』

하고 책망하는데 천왕동이는 유복이를 향하고

『미안하게 되엿소』

하고 사과하엿다 리방의안해가 오가마누라를 보고

『저 마누라가 요전에 우리집에 왓다갓이 아니라고』

하고 알은체하야 서로 인사수작하는 동안에 리방이 천왕동이에게

『자네 동행들인가』

하고 뭇고나서 유복이와 손가를 차례로 인사한뒤에

『우리 집으루 가치들 갑시다』

하고 끌어서 두일행이 한께 리방의집으로 오게되엇다 천왕동이가 동행들까지 다리고 리방의 집에와서 점심 저녁 두끼를 대접바덧다 유복이와 손가가 리방에게 작별할때 천왕동이도 역시 작별인사를 말하려고한즉 리방이

『자네는 내일 아침을 내게와서 먹구가게』

하고 말하엿다

『내일 식전 일직들 떠난다니까 올수가 업슬껄이요』

『아침을 일직 시켜노쿠 기다림세』

『그럴것 업세요 여럿이 가치먹구 떠나는게 편하지요』

『그러면 여럿이 다가치 오게』

유복이가 먼저

『천만의말슴이요』

하고 고개를 외치고 또 손가가 뒤달어서

『오늘두 폐를 만이 끼첫는데 내일 아침 또 오다니 될말인가요』

하고 고개를 의처서 리방은

『그러면 내가 내일식전 조사보러 가는길에 객주를 들림세』

하고 말하야 작별은 흐지부지하고 객주로 돌아왓다 이튼날식전에 과연 리방이 일즉이 객주에 와서 오가마누라에게까지 잘가라고 인사하고 천왕동이를 따로보고

『혼인 날짜가 급하기두 하려니와 자네는 대사라구 발심섭력해줄 사람이 별루 업는 모양이니 미비한것이 잇드래두 그대루오게 내가 여기서 주선할건 주선하구 변통할건 변통해줌세 아무쪼록 열나흔날전에 여기를 대이오두룩하게 조사가 바빠서 떠나는건 보지못하구 가니 잘가게』

다정한말로 작별하고 갓다

봉산서 돌아오는길에 천왕동이는 청석골을 들리지안코 양주로 바로 가려고하니 유복이가

『오늘 우리게가서 쉬어서 내일나하구 가치가세』

하고 끌엇다

『가치 가서 할일이잇소』

『자네 혼행 떠나는것을 보러갈텔세』

『볼것두 업겟지만 보구십다면 내가갈때 잠ㅅ간 들러가리다』

『아니 그러치안허 내가 보러가겟네』

오가마누라까지

『오늘하루 우리게와서 묵어간다구 낭패되지 안홀테니까 고집세우지말구 가치가요』

하고 끌어서 천왕동이는 청석골서 하루ㅅ밤지내고 이튼날 유복이와 동행하야 양주로 떠나오는데 유복이가 전에업시 큼직한 보다리를들고 나서서 천왕동이가

『그게 무슨 보따리요』

하고물으니 유복이는

『양주 갓다 둘것일세』

하고 더 말하지 아니하엿다

양주 꺽정이 집에서는 천왕동이가 너무오래 돌아오지 아니하야 궁금히들 여기든차인데 의외에 봉산가서 혼인정하고 온이야기를 듯고 꺽정이는

『내근심 하나가 덜린 폭이다』

하고 너털우슴을 웃고 백손이머니는

『우리 천왕동이두 장가를 들날이잇네』

하고 펄펄뛰다시피 조하하고 애기어머니는

『봉산 패교리가 머리 곱게 빗구 황도령에게로 시집을오면 양주패교리가 서운하겟네』

하고 조롱할말을 잇지 아니하엿다

『양주 꾀꼬리는 누구요』

『양주 꾀꼬리는 뒤겻 느티나무에서 울든 꾀꼬리지 누구는 다 무어야』

『나는 양주 꾀꼬리두 사람이라구』

천왕동이와 애기어머니가 실업슨말을 주고바들때 꺽정이가 여페서

『쓸데업는소리 짓거리지말구 대사치를 의논이나 하지』

하고 나물하듯 말하야 두사람의 실업슨말이 쑥 들어가고 말엇다

『새옷은 한벌 해입혀야지 옷감을 별통해와야겟구나 요새 옷감은 무엇이 조은가』

하고 꺽정이가 말하는그테 유복이가 가지고 온 보따리를 갓다가 풀르면서 애기어머니를 보고

『이것이 옷감이 될까 누님 좀 보시요』

하고 말하야 애기어머니는

『웬 옷감이야』

하고 보따리를 풀르는것을 거들이주엇다 유복이가 보따리에서 명주세필과 모시세필을 끄내노흐니 백손어머니가 우선 꺽정이를 바라보면서

『이것만 가지면 옷감 걱정업겟소』

하고 조하하엿다

애기어머니가 명주와 모시를 번갈라 들고 보면서

『명지도 조커니와 모시가 곱고 조쿤 황도령이 호사하네』

하고 우스니 백손어머니가 그뒤를 바더서

『무명것만 입든 사람이 갑작이 명지옷 모시옷을 입으면 몸이 부릇겟소』

하고 우섯다

『모시는 다듬어서 홋두루막이를 짓고 명지는 쟁처서 바지저구리를 지으면 조켓는데 날짜가 급하니까 다될는지 모르겟네』

『형님이 밤 새어가며 하시면 되겟지요』

『나는밤새고 자네는 잠자고』

『나는 무얼할줄을 알어야하지요』

『바지 솔기도 호지못하나』

『할줄아는일은 형님이 하라시는대로할테니 념려마시요』

『바느질을 얼마나 만이 할텐가』

『나는 바늘을들면 갑갑증이나서 못견듸겟서 낫살먹을쑤록 점점더하니 별일이야』

『듯기실혜 갑갑증이나면 깃탈다가도 열두번식 일어서고 별짓다하지』

『깃탈다가 일어서면 옷임자가 명짤으단말은 형님이 나를 못일이나게하느라고 지어낸 말이지무어야 내가 다 알어요』

『잘 알엇네 고만두게 좌우간 혼인일을 자네가 한댓자 내입이 말어야 할테니까 나혼자 하다시피 할텐데 여러가지 일을 언제 다하나』

『우리 동생을 형님이 장가드려 주시는셈치고 애를좀 만이 쓰시구려』

『애를 써도 될것갓지 안흐니까 말이지』

『그럼 어떠케하오 이웃집에 부주일좀 해말라까』

『누구더러 일을 해달래 그대루 집에서하지』

하고 꺽정이가 소리를 질르니 백손어머니는 입을 다물고 애기어머니는 꺽정이보고

『여게 동생 이러케하면 어떠켓나 집에잇는 생명지로 겹바지 저고리를 짓고 이모시로는 진솜두루막이만 하나를 짓세』

하고 의논ㅅ성으로 말하엿다

『맘 대루하시구려 그러치만 무슨 무색이든지 무색을 드려야지 진색은 보기실소 그러구 일이바쁘거든 바지는 고만두구 무명으루 고의를 지어입게 하시요』

『혼인에는 홋겹데기 고의를 안입는 법이라네』

『그런법을 내가 아우 알어하시우』

『지금부터라도 곳 일을 시작해야지』

하고 애기어머니가 백손어머니를 돌아보며

『여보게 명지 모시 다가지고 오게』

말하고 일어서려고할때 꺽정이가

『잠ㅅ간만 더 안지시우』

하고 붓들엇다

『관례는 임간 곳 해야할텐데 관례보임은 어떠케 하우』

『혼인옷두 급한데 관례보임을 어떠케하나 집에 빨어 노흔 옷이나 갈어입게 하지』

『내옷 새루지은것이 잇지요 그걸 주려입히면 어떠켓소』

『해노흔옷을 뜨더 주리기가 여간 일아니야 그러고 우유로 가자면 새옷한벌 입어야지』

『내가 우유루 가드래두 새옷은 입어무어하우 의관을 가추지못할 사람이 추레하게 입엇다구 행세가 더깍길께잇소』

『참말로 우유는 다른사람을 보냇스면 조켓네 우유상객으로가서 소인을개올리긴 창피하겟서』

『여늬때는 창피하지 안소』

하고 유복이가 말끼을다니

『여늬때보담도 더 창피하단 말이지』

하고 애기어머니가 대꾸하엿다 꺽정이는 입을다물고 잇다가 유복이를 돌아보며

『너좀 우유로 가거라』

하고 말하니 유복이가 한참 생각하다가

『언니가 가라시면 가지요』

하고 대답하엿다

『혼행에 인마두 여기서는 엇기가 어려운데 청석골서 어더줄수 잇겟늬』

『인마는 고사하구 함과함속까지라두 청석골서 어더올수잇소』

『함과 함속을 누가 빌려주나』

『송도가서 사오지두 못해요』

『그거야 될수잇늬』

『언니 말이면 늘근이 내외두 실탄말 안을께요』

『페를 끼처볼까』

『페가 무슨페요 내가 가서 어더가지구 오리다』

『그러면 네가 먼저가서 어더노쿠 기다려라 여기서 열흘날쯤 가두룩하마』

『그러케 해두 조켓지요 그럼 나는 내일 도루가겟소』

이튼날 유복이는 청석골로 돌아갓다

천왕동이가 팔일에 성관하고 십일일에 청석골로오고 십이일에 청석골을 떠나서 십사일에 봉산을 대어왓다 청석골 올때는 꺽정이와 처남매부 단둘이 걸어왓고 봉산올때는 유복이와 신랑우유둘이 다말을타고 견마잡이 두사람외에 함질복수 한사림까지 따로 다리고왓다 신부ㅅ집에서 치워 노흔 사처에 들어서 밤에 봉치를 보내는데 백리방이 등롱도 한쌍 어더주엇거니와 쾌군을 십여명 논하주어서 홰싸움까지 잇섯다

그동안 리방의 집에는 혼인준비에 안팍이 들썩들썩하엿다 박게서는 재료를 어더드린다 제구를 빌어온다 심부름ㅅ군들이 뻔질 들락날락하고 안에서는 혼인바느질을한다 잔치음식을 만든다 부조일ㅅ군들이 종일 버격버격하엿다 리방상주의 긔구두 잇스려니와 이부자리가튼 대무한것은 미리미리 준비가 잇섯든까닭에 촉박한날짜에 별로 미비한것이업시 다되엇다 신랑편에서 쓸 혼구까지도 낭패가 업도록 다 어더노핫다 리방이 신랑타고온 말이 절따마인것을보고와서 불이나케 벅다마까지 구해보내면서 사모관대(紗帽冠帶)만은 빌어드릴 생각도 먹지아니

하엿다 리방의 안해는 신랑을 한번 사모관대 시켜보고 시퍼서 리방에게 청까지 하엿스나 상사람은 혼인때 사모관대를 못하는것이 국법이라고 리방은 자긔네 입는 단령을 입히기로 작정하고 자긔의 새단령한벌을 보내는데 슬때만은 자긔네 거먹빗 대신에 초록빗을 보내게하엿다

하루ㅅ밤을 지내고나니 사월 보름날 혼인날이다 아침뒤에 초례때를 마추어서 신랑이 사처에서 떠낫는데 사처가 리방의 집에서 곰직이 가깝건만 길호사로 봉산읍내 장꺼리를 빙 한번 돌아왓다 신랑이 문 아페와서 전안을마치고 팔미리의 뒤를 따러 들이와서 초례청에 올라설때 독좌상 여페 기집아이의 안끄섯든 수탈기 한번 꼬귀요하고 울엇다 사람에게 붓들려서 날개도못치고 우는것이지만 꼬귀요 소리가 제법컷다 마루에 섯는 리방은 유복이를보고 길조라고 조하하고 안방에잇는 여러 녀편네들은 리방의안해를 둘러싸고 희한한 임이라고 치하들하엿다 신랑과 신부가 마주섯다 신랑의복색은 리방의의견을 조차서 초립을쓰고 단령을입고 발에갓신을 신엇고 신부의 치장은 양반의집 본을떠서 화관을 쓰이고 원삼을 입히고 얼굴을 미선으로 가리워주엇다 신부의 사배와 신랑의 재배로 교배를 마치엇다 신랑 신부를 마주안치고 신부를 절시키든 녀편네 하나가 청실홍실느런 표자박으로 술을 돌리는데 가진덕담을 다하면서 이편저편으로 세번씩 왓다갓다 하엿다 초례가 이로써 끗이낫다 신방인 건너방에 먼저 신랑을 드

려안치고 다음에 신부를 다리고와서 방합례를 시키엇다 신부를 잠ㅅ간 안쳣다가 다시 다려내간뒤에 신랑은 옷을갈어 입혀서 다려내왓다 리방이 아래ㅅ목에 안저서 싱글벙글하면서

『내게부터 절한번 해라』

하고 말하야 사위의 처음절을 밧고나서

『이는 네처당숙이구 이는 네처외삼촌이구 또 이는 가만잇거라 내게십촌 네게 처열한촌숙항되는 이다 절한번씩 해라』

『저기 안지신 한호장 박형방 리병방 최공방이 다 네게는 어른이니 차례루 절하고 뵈여라』

하고 사람을 일일이 가르치며 절을 시키엇다 천왕동이가 허리가 아프도록 꾸벅꾸벅 절인사를 마치고 방에잇든 다른 사람들과 모조리 입인사를 하엿는데 사람이 만하서 누가 누구인지를 잘 역량할수가 업섯다

점심 장국을 먹은뒤에 유복이는 사처로 돌아가고 천왕동이는 신방에서 팔미리하든 절믄사람과가치 이야기하며 반나절을 보내엇다 저녁이 되어서 저녁밥을 먹고 밤이들어서 밤참을 먹은뒤에 천왕동이는 꼿가튼 색시와 질거운 첫날밤을 가치지내는데 신방 방문 박게는 밤중까지 엿보는 사람들이 부터섯섯다 노총각인 신랑과 과년한 신부가 가치자는 방을 신방이라고 엿보는것부터 실업슨 사람의 일이거니 더구나 엿본광경을 누가 말로옴기며 붓으로 적을것이랴 옛

사람들이 단산에 봉황이 넘놀고 록수에 원앙이 희롱한다고 적은것도 벌서 온당치안흔 붓작란이라고 할것이다

천왕동이가 백리방의집 사위가 된뒤에 리방내외의 간청을 밧고 꺽정이 내외의 허락을 어더서 데릴사위로 처가사리를 하게 작정이 되엇다 신부례일체로 새내외가 한번 가치 양주를 갓다왓다 사위사랑 장모라 천왕동이가 리방안해에게 사랑 밧는것은 말할것도 업고 리방과도 옹서간에 의가조핫다 리방이 별로 볼일업슬때는 집에 들어안저서 천왕동이와 장긔를 두엇다 천왕동이는 장긔두라면 열일을 제치는 사람이고 리방은 장긔두는것도 실지안커니와 사위를 눈아페 보는것이 더욱 다견하야서 밤낫업시 머리를 맛다이고 잇슬때가 만핫다 천왕동이가 가끔 곡경을 당하는것은 리방이 사위를 이인으로 녀기는 까닭긴데 리방이 의심나는 일을 물을때에 천왕동이가

『나는 모르겟습니다』

하고 대답하면 리방은

『네가 모를리가 잇나』

하고 모른단말을 밋지아니하서 천왕동이는 해혹시킬 도리가 업섯다 어느날 내아(內衙)에서 구리수저 세벌을 일코 야단이나때 리방이 천왕동이를 보고 이야기하고 나서

『그게 뉘짓이냐 너는 알겟지』

하고 물엇다

『제가 어떠케 알어요』

『네가 알어두 말을 하기실타면 모를까 엇재 내게다가 모른다구 말을하늬』

『정말을 거짓말루 아시니까 말슴을 할수가 업세요』

『정말이래야 정말루알지』

『저러케 말슴할때는 속이 다 답답합듸다』

『내속이 답답하다』

『글세 제가 점쟁이에요 보지안은일을 어떠케 안단 말슴입니까』

『궤쏙 물건은 어떠케 알어냇늬』

『제가 무슨 재주루 그걸 알어냇겟세요』

『알어 냇스니까 재주 아니냐』

『이때것 제가 알어낸줄루만 아십니다 그려 참말 딱하시요』

천왕동이는 마침내 장모가 객주에와서 가르처준것을 토설하야 리방은 듯고 어이가 업서 한동안 벌린입을 다치지 못하엿다

『첫날 취재는 어떠케 된것이냐』

『그건 제가 눈치루 알엇지요』

『눈치루 그러케 용하게 알수가잇나』

리방이 손까락으로 말한뜻을 천왕동이에게 물어보니 천왕동이의 말하는뜻이 자긔의 뜻과틀려도 여간 틀리지 아니하야 다시 어이가 업는중에 일곱을 셋으로 짐작한것을 생각하니 어이가 업다 못하야 도리어 우슴이 나왓다

『그러구 보면 내가 취재본보람은 업다마는 그것두 막비연분이지』

하고 리방은 마음을 눅치고 말앗다 그뒤로는 천왕동이가 곡경을 당하지 아니하엿다

천왕동이가 처가살이한지 그럭저럭 두어달된때 하루는 리방이 천왕동이를 보고

『집에서 노는이 무슨구실을 다녀볼 생각이 업느냐』

하고 물으니 천왕동이는

『무슨 구실이든지 다니게 해주시면 다니겟습니다』

하고 대답하엿다

『지금 통인이하나 궐이낫는데 너어주면 다닐테냐』

『다닐 테요 너어 주시요』

몃칠 뒤에 천왕동이는 통인으로 뽑히어서 다시 상투를 풀어나려서 머리를따코 통인복색으로 관가에들어가서 현신을하엿다 새로 통인이된 사람은 누구든지 통방(通房)의 허참(許參)을 치르는 법이다 각골통방의 허참이란것은 마치 선전관청(宣傳官廳)의 허참과 가튼데 더좀무식스러웟다 원이 내아에 들어간틈에 수통인이 상좌에 안저서 다른 통인들에게 눈짓하야 여러통인이 천왕동이에게 달려들엇다 영문을모르는 천왕동이가 처음에는

『왜이래 왜이래』

하고 별로 항거하지 안타가 방망이질을 당하게되며 천왕동이는 분이나서 수통인이하 여러통인을 치고차고하야 통방에 큰 야료를 꾸며냇다 야료가너무커서 원의귀에 들어갓다 원이동헌에 안저서 천왕동이와 여러통인을 잡아내어 략략히 치죄한뒤에 리방을 불러들여서

『네 사위가 통인보담도 장교깜이니 장교를 박록도 해라』

하고 분부하야 천왕동이는 통인행공 이틀만에 장교로 올마서 통방을 나가게 되엇다 털벙거지 남천릭에 복색이 우선 천왕동이 마음에 들고 또리방상주로도 올라서지 못하는 동헌마루에를 올라서는것이 천왕동이 마음에 조하서 장교행공을 착실히 잘 하엿다 이리하야 천왕동이는 장인장모에게 귀염을밧고 안해에게 사랑을바드며 봉산서 장교를 다니엇다

배돌석이 (一)

봉산읍에서 황주읍까지 칠십리에 거의 오십리는 산골길인데 중간에 동선령(洞仙嶺)이 잇고 새남(舍人岩)이 잇스니 동선령은 봉산읍에서 삼십리요 새남은 황주읍에서 삼십리다 새남남쪽에서 서남쪽으로 벌려 잇는 한철산(漢鐵山)과 발양산(發陽山)은 봉산땅이요 북쪽으로 더 들어가는 무인지경 산골은 황주땅이요 동쪽에잇는 삼봉산(三峰山)과 서쪽에잇는 정방산(正方山)은 모다 두골의 접경이다 새남 근방에 호랑이 나다닌다는 소문이잇든중에 황주읍내사람하나가 봉산읍내 볼일 보러 왓다가 돌아가는길에 새남 아래서 대나제 호환을 당하엿다 그사람의 집에는 늘근어머니와 절믄안해가 잇서서 이틀사흘 눈이 빠지도록 기다리다가 마침내 호환에간것을 알고 두고부가 다가치 죽으려고 날뛰는끄테 그 어머니는 상성이 다 되엇다 그 늘근 녀편네가 황주관가에 들어가서 목사(牧使)에게 자식 원수를 가파달라고 애걸복걸하엿다

「늘근 것의 정경은 가긍하나 범에게 죽은것을 어떠케 원수갑는단 말이냐」

「죽은 자식이 아비업는 유복자올시다 불상한자식 원수나 가퍼 줘야겟습니다」

「글세 유복자 아니라 유복자보담 더한것이라도 가플 수업는 원수야 어떠케 갑느냐 사주 팔자로만 생각하고 고만 두어라」

목사의 타일르는 말을 늘근녀편네는 들은체 아니하고

『제발 덕분에 자식의 원수를 가파 줍소사』

하고 머리를 땅에 그러박듯이 숙이면서 두손을 치어들고 빌엇다 목사가 한동안 미간을 찌프리고 안젓다가

『이거 보아라 징징거리지 말고 말들어라』

하고 소리질르니 늘근녀편네는 머리를 들고 목사를 치어다보앗다

『네자식이 새남서 호환을 당햇다지』

『네 새남아래 두이봉(斗伊峰)가는 샛길에 찌저진갓이 떨어저 잇더랍니다』

『그리고 보면 네자식을 물어간범이 봉산범이 아니겟느냐』

『그건 모르겟습니다』

『봉산땅에서 물어갓스니 봉산 범이겟지』

『네』

『범은 사람과 달러서 봉산서 황주로 잡아넘길수가 업다 그러니 네가 봉산관가에 가서 발괄을해보아라』

황주목사는 약게 두통거리를 봉산군수에게로 밀어버렷다 그늘근녀편네가 황주관가에서 나

오는길로 곳 봉산으로 달어오는데 늘근녀편네의 거름이라 달음질하다시피 하는것이 하루밤은 산길에서 드새고 다음날다 저녁때에사 봉산읍에를 대어왓다 그날은 어느 큼직한 집에 들어가서 어더먹고 밤을 지내고 이튼날 식전에 관가를 차저와서 곳 삼문안으로 들어가려고하니 문에 섯든 관노들이 못들어오게 밀막앗다

『제발좀 들어갑시다 봉산안전께 아들의 원수를 가파말라러 왓소』

『무슨 원수란 말이요』

『봉산 호랑이가 내아들을 물어갓소』

하고 늘근녀편네가 징징울면서 부적부적 삼문안으로 들어오는것을 관노들이 가로막고 실랑이하야 늘근녀편네는 악을쓰기 시작하엿다 관노들이 동헌에 들릴가 겁이나서 멀리 끌어내려고하니 늘근녀편네는 곳 맨땅에 들어누어서 몸부림을 치며 악을악을 썻다 악쓰는 소리가 동헌에까지 들리어서 원이 통인을불러 알어보라고 분부하야 통인이 동헌마루에 나서서 급장이를 불르고 급장이가 동헌댓돌에 서서 사령을 불럿다 긴대답소리가 끗나며 관노하나가 쏄쏄 기어들어왓다가 얼마뒤에 도루 나갓다

『안전이 잡어드리라시우 어서 일어나우』

관노가 잡아이르킬 사이도 업시 늘근녀편네는 툭툭털고 일어나서 관노에게 붓들려 들어왓다

원이 동헌방문을 열어저치고 댓돌미테 꿀려 안친 늘근녀편네를 나려다보며

「기집사람이 식전에 관문아페와서 악을쓰다니 그런 무엄한일이 어듸 잇슬교」

하고 호령을하는데 늘근녀편네는 조금도 겁 업시 울며불며 사정을 하소연하엿다

봉산 군수가 늘근녀편네의 모호한말을 듯다가

「네 자식이 새남서 호환에 갓단말이냐」

하고 물으니 늘근녀편네는

「네 봉산호랭이가 자식을 물어 갓습니다 그호랭이를 잡아서 원수를 가파주십시요」

봉산호랭이란 말에 힘을주어 대답하엿다

「그호랑이가 꼭 봉산호랑인줄은 어떠케 아느냐」

「저의골 사또께서 일러주섯습니다」

「너의골 사또는 용하시기도하다 그러면 너의 골 사또께 다시가서 봉산호랑이가 황주호랑이와 어떠케 말른가 여쭈어보고 필적으로 적어줍시사고 해서 가지고 오너라」

「늘근것이 언제 다시갓다 옵니까 사령을하나 보내주십시요」

「그건 못하겟다」

「원수를 안가파주시렵니까」

「황주봉산에 호랑이가 한둘이 아닐테니 호랭이부터 분간해야 원수를 가파주지안켓느냐」

「봉산에 잇는 호랭이들을 모주리 잡아 죽여 주십시요」

「잔말말고 어서가서 호랑이 분간하는 법을 알어 오너라」

늘근녀편네는 봉산군수의 말을 원수가파주기실혀서 미루는말로 듯고 불상한백성의 원통한사정을 돌어보아주지 안는다고 발악을 시작하엿다 군수가 끌어내라 몰아내라 호령은하지안코

「관청(官廳)에서 발악하면 죄당하는줄 모르느냐」

하고 얼러대엿다

「죄당하면 죽기밖게 더하겟습니까 이자리에서 죽어도 좃습니다 의지하고 살든 자식을 압세우고 살고십지도안코 살수도 업습니다 그자식을 유복자로 나어가지고 아비업시 길르느라고 죽을고생 다햇습니다」

늘근녀편네의 발악이 변하야 넉두리하듯 짓거리는 말에 유복자란말이 군수귀에 들어가자 군수는 새삼스럽게 상을 찡그리며

「네죽은 자식이 유복자란 말이냐」

하고 채처 뭇고

「네 유복자올시다 자식이라군 딸자식도 업고 그것하나뿐이올시다」

늘근녀편네의 대답하는 말을 듯고서는 갑작이

「네 자식 물어간 호랑이를 꼭 잡아서 원수를 가파줄것이니 그리알고 나가거라」

하고 말을 일럿다 늘근녀편네가 치사하는 뜻으로 열번 스무번 머리를 숙이고 나서 닐어서려고하다가 다시펄썩주저안저서 한번 다리를 부둥켜쥐니 군수가 뜰아래섯는 사령들을 나려다보며

「다리에 쥐가 나는게다 너의들이 좀 주물러주어라」

하고 분부하하엿다 늘근녀편네가 한동안 다리를 주물리고나서 사령을붓들고 일어설때 군수가

「인제 나흐냐」

하고 물엇다

「녜 낫습니다」

「오늘 황주로 돌아갈터이냐」

「안젼께서 원수놈의 호랭이를 잡아주실때까지 여기 잇슬 생각입니다」

「여기 친척이나 아는사람이 잇느냐」

「친척도 업고 아는사람도 업습니다」

「그러면 네자식은 뉘집에를 왓섯드냐」

『남의 심부름을 왓섯스니까 뉘 집에를 왓섯든지 모릅니다』

『지금 너는 어듸가서 묵을 작정이냐』

『어더먹고 돌아단니겟습니다』

『그러케 고생하는이 황주로 가거라 호랑이를 잡으면 네게로 보내주마』

『나가보아서 가든지 잇든지 작정하겟습니다』

『좌우간 오늘은 여기서 묵겟구나』

『녜 묵겟습니다』

『묵을데가업다니 될수잇느냐 거기 잠ㅅ간잇거라』

하고 곳여페섯는 퉁인을 돌아보며 리방을 불르라고 분부하엿다 긴대답소리가 난뒤에 한동안 잇다가 리방백가가 기어들어왓다 군수가 리방을 보고 늘근녀편네의 정경을 대강 말하고나서 편히묵을만한 곳을 지시하야주라고 분부하야 리방은

『녜 녜』

대답하고 늘근녀편네를 다리고 나갓다

동선령과 재남은 평안도 삼십이관 관원행차가 다니는길이요 연경삼천리 사신왕래가 지나는 길이라 이길에서 호환난것이 봉산군의 적은일이 아니다 봉산군수는 호환난것을 알며 곳 읍촌

의 산양군들을 관가로 불러드려서 호랑이를 잡도록 하라고 분부하엿섯다 관령을 바든 산양군들이 동선령과 새남사이를 뻔찔 돌아다닐뿐 아니라 십리동안에 목목이 덫을 해노코 군데군데 함정을 파노핫스나 륙칠일동안에 개호주한마리도 잡지못하엿섯다 봉산군수가 늘근녀편네에게 원수가파줄것을 허락하든 이튼날 식전조사끄테 리방에게 말을 물엇다

「어제 그늘근것은 어듸서 재웟느냐」

「소인의 집에서 재웟습니다」

「황주로 도루간다드냐」

「호랭이가 잡힐때까지 안가구 잇겟다구 떼를 쓰다시피하옵듸다」

「대체 호랑이 잡으란것은 어떠케 된셈이냐」

「지금 잡으려구 애들을 쓴답니다」

「발서멧칠이냐 애들을 썻스면 이때까지 못잡을리 잇느냐 그대로 내버려두어선 못쓰겟다」

「각별히 신칙을 하오리다」

「아니다 산양군 놈들만 맛겨둘것업다」

군수는 곳 수교를 불러서

「건장한 장교를 열만뽑아서 산양ㅅ군들을 다리고 호랑이를 잡게하되 오늘부터 열흘안으로

잡게해라 만일 열흘한이 넘으면 산양ㅅ군과 장교는 고사하고 너부터 중책을 당할것이니 그리알어라』

하고 령을 나리고 또 군긔고감관(軍器庫監官)을 불러서

『호랑이 산양가는 장교들에게 각각 군긔를 내어주어라』

하고 명을 나렷다 관속들이 물러나올때 리방이 넌짓이 수교를 보고

『내사위는 뽑지말게』

하고 부탁하니 수교는

『백두산 일등 산양ㅅ군을 빼노쿠서 누구를 뽑습니까』

하고 고개를 외첫다

『내 사위가 산양ㅅ군인지 아닌지 나두 모루는걸 자네가 어떠케 아나』

『자기입으로 이야기를 하니까 알지요 나뿐아니라 지금 장청에서 모르는사람이 업는걸요』

『절믄 아이들의 헌소리를 어떠케 다 고지듯나』

『그래두 아무까닥업이 뽑지 안으면 장교들사이에 뒷공론이 날것입니다』

『그러면 병탈을 시키까』

『그러케하면 조켓습니다』

『자네에게 단단이 부탁하네』

『네 알엇습니다 그런데 안전께서 황주서 온 녀편네에게 자식의 원수를 가파주신다구 허락하셧다지요』

『그리하셧다네 그녀편네를 지금 내집에서 묵이네』

『말슴 들엇습니다 그녀편네가 미친 사람이라지요』

『외아들을 죽이구 상성이 되엇나부데 좀 시룽시룽하데』

『안전께서 처음에는 황주루 도루보내시려구 하시다가 죽은 자식이 유복자란말을 들으시구 선뜻 허락을 하셧답듸다』

『당신이 유복자라 말리 생각하신 모양이지』

『안전이 유복자신가요』

『그러타네』

리방과 수교가 수작을 마친뒤에 리방은 집으로 나가고 수교는 장청으로 들어갓다

아침 때가 지난뒤에 수교가 장청에 안저서 호랑이 산양갈 장교들을 뽑는데 물론은 백리방의 사위 황천왕동이가 첫손까락에 꼽히나 리방의 부탁을 바든간이 잇서서 다른 사람들 부터 뽑고 나종에와서 이면수습으로 황천왕동이하고 이름은 불으면서도 병탈하기를 기다리엇더니

천왕동이가 예 하고 대답한뒤에 다른말이 업섯다 수교가 리방의 부탁을 무이기 어려워서

『자네가 무슨 병이 잇다지』

하고 물으니 천왕동이는

『아니요』

하고 고개를 가로흔들엇다

『무슨 병이 잇다구 자네 장인이 말슴하시데그려』

『폐병하구 호랑이 산양나가지 말라구 말슴합듸다』

천왕동이말에 동무 장교들은 웃느라고 허리들을 잡고 수교도 억지로 우슴을 참느라고 입을빼물엇다

천왕동이가 산양 나갈장교 열사람수에 뽑힌뒤에 나갈동무들과 가치 한동안은 장청에서 수교의 지휘를밧고 또다시 한동안은 군긔고에 가서 군긔들을 골르고 한낫이 기운뒤에 처가로 돌아왓다 리방이 안마루에 누어서 딸에게 다리를 주물리다가 사위가 들어오는것을보고 일어 안젓다

『배두 안 고프냐』

『왜 안고파요 점심잡수섯지요』

「안먹엇다」

「엇재 이때까지 점심을 안 잡수셧세요」

「너 기다리구 잇섯다」

「그럼 얼른 잡수시지요」

쳔왕동이가 분분히 신발을 벗고 마루로 올라왓다

「호랭이 산양은 어떠케 하기루 햇느냐 그예 병탈을 아니하구 왓느냐」

「셩한사람이 병이잇다면 누가 고지듯나요 사람이 찌만 떨어지지요」

「저런 사람 좀 봐」

「호랭이가 업스면모를까 잇기만 잇스면 열흘안에 잡지요」

「호랭이를 못잡으면 붇기맛구 호랭이를 잘못잡으면 위태하구 그런데를 무어하러 부득부득 간단말이냐」

황주서 온 늘근녀편네가 부억에서 점심 한술을 어더먹고 그대로 안저서 동자하는 녀편네에게 신세이야기를 늘어노튼중에 마루에서 옹서간 수작하는말을 귀ㅅ결에듯고 뺄떡 일어나 쪼차나와서 리방에게 손까락질하며

「이놈아 네가 나하구 무슨 원수냐 내자식 원수가파주러 간다는 양반을 왜못가게 말리느냐」

하고 악을 썻다 리방의안해는 점심ㅅ상을 보다만고 소리질러 야단치고 천왕동이는 맨발로 쪼차나려가서 늘근녀편네의 뺨을 첫다。

「뉘게다 함부루 욕설이야 미친체하면 가만 둘줄알구」

「당신에게 욕한것이 아닙니다 당신가튼 고마운 양반에게야 욕할리가 잇습니까」

「아갈머리를 짜개노을까부다」

천왕동이가 또 늘근녀편네에게 손을 대려고할때

「이애 성치못한 늘근것을 가랠것이 업다 고만두구 올러오너라」

하고 리방이 천왕동이를 불러 올렷다

「가만이 국으루 잇서야 자식 원수를 가파 줄테야」

천왕동이 말에 늘근녀편네는

「네 네 당신말슴대로 가만이 잇겟습니다」

하고 대답한뒤 다시 부억으로 들어 가려고 하는 것을 동자하는 녀편네가 부억문아페 나섯다가

「부억엔 왜 또 들어 올라구 그러우 방으루 가우」

하고 가로 막아서 늘근녀편네는 자는처소인 뜰아래ㅅ방으로 나려갓다 옥련이가 남편 천왕동

이에게 눈을 흘기면서

『공연이 호랭이산양 간다고 떠들다가 아버지만 욕 보시게하니 그런일이 어듸잇담』

하고 종알거리니 천왕동이가 옥련이를 돌아보며

『글세 나까달게 욕을보서서 이런 미안할데가 업서』

하고 사과하듯 말하엿다

『자네가 욕하라고 시켯나 자네까달기라고 안담할꺼 무어 잇나 탓하려면 일수 글른 탓이나 하지』

리방의안해가 말한뒤에 리방은 허허 우스면서

『그래 일수가 글르다 이애 어서 점심이나 먹자 이리루 다겨안저라』

하고 말하야 천왕동이가 아프로 들어 안저서 장인과가치 겸상하야 점심을 먹엇다

『군긔고에가서 무얼 골랏느냐』

『군긔고에 들어가 보니까 창이 모두 녹이낫습듸다 그중에서 쓸만한것 한자루 골라놧지요』

『호랭이를 만나거든 아예 혼자 나서지말아 아무쪼록 조심해 매사에 조심하면 낭패가 업는 법이야』

『네 조심할터니 념려마세요』

천왕동이가 점심을 다 먹고 다시 장청으로 들어갈때 장인장모가 다 조심하라고 신신부탁을 하는데 안해만은 말 한마듸업시 건넌방으로 들어 가더니 방문에 부터서서 박그로 나가려는 천왕동이를 손짓하야 불럿다 천왕동이가 방문아페 와서

「왜」

하고 물으니 옥련이는 말끄럼이 남편의 얼골을 바라보다가 나직한 목소리로

「조심해요」

하고 당부하엿다 천왕동이가 우스면서

「호랭이게 물려가지 안을테니 념려말어」

대답하고 돌아서 나오는데 안해의 은근한 당부가 마음에 조하서 장청에를 다 오도록 혼자서 싱글벙글하엿다

장교열사람이 떼를지어 새남으로 몰려 나갓다 열사람중에 활이 여덜비요 창은 둘뿐인데 긴창을 억개에 메고 맨 아페선 사람이 곳 천왕동이엇다 장교들이 동선령부터 새남까지 가는동안에는 산양군들에게 칠팔일간 지난 이야기를 들으며 돗과 함정들을 돌라보고 새남가서는 산양군들을 한데 모아노코 아프로 할일을 공론하엿다

「이 아프루두 역시 호랭이가 제발루 와서 돗에 치이거나 함정에 빠지기를 기다리다가는 열

흘안에 호랭이잡기 틀렷네」
천왕동이가 첫입을 떼자
「그럼 호랭이를 잡으러 돌아다니잔 말인가」
「호랭이를 잡으려면 서흥 자비령(慈悲嶺)을 가는게 제일일세」
「자비령에는 호랭이가 개싸대듯한다니까 가기만가면 하루 한마리썩 열흘에 열마리두 잡을 수잇슬께지」
「호랭이 잡는데는 남의 골을 막 들어가두 일이업나」
장교중에 이사람이 이말하고 저사람이 저말한 다음에
「우리들사이에두 호랭이를 잡으러 각처루 나가 돌아다니잔 말이 업지안헛지만 공론이 불일해서 두이봉만 한번 돌아보구 고만두엇소」
「호랭이가 다시 큰길에를 못 나오게하는것이 상책이니까 우리가 여기를 떠날수가업지요」
「삼봉산이나 정방산가튼데 가서 호랭이를 튀겨내드래두 황주땅으루 내빼면 헛일 아니요」
「황주루 방위사통(防僞私通)이나 보내노쿠 정방산을 한번 뒤저봣스면 조켓습듸다」
「다른골 장교들이 병긔를 들구 월경하는것이 여간일인줄 아나 관가의 관자루두 될뚱말뚱한데 방위사통가지구 되겟나」

산양군들이 중구난방으로 짓거렷다 천왕동이가 여러사람을 돌아보며

「요전 호랭이 물려간 사람의 의관이 두이봉가는 샛길에 떨어저 잇드라니 호랭이가 두이봉서 오지안헛스면 발양산이나 정방산서 왓슬것 아니겟나 그러나 우리가 두이봉을 한번 다시 샅샅이 뒤저본뒤에 발양산두 가보구 정방산두 가보세 오늘은 느젓스니 이대루 헤지구 내일은 두이봉 가구 모레는 발양산 가구 글페는 정방산 가구 정방산갈때는 황주루 관자를 어더부치든지 사통을 해 보내든지 조흘대루 하세」

하고 말하니 여러사람들은 다른 말이 업섯다

이튼날 아침때 징교들이 산양군들을 다리고 두이봉에 와서 한낫이 지나기까지 압뒤로 올려뒤지고 나려뒤젓스나 토끼만 여러마리 튀겨내고 호랭이는 그림자도 보지 못하엿다 두이봉 아래에서 싸가지고 온 점심밥들을 먹은 뒤에 천왕동이가 산양군 두어사람과가치 샘물을 차저갓다가 샘ㅅ가에잇는 짐생의 발자국을 보고

「이것이 호랭이 아니라구」

하고 소리를 질르니 산양군들이 와서 드려다 보며

「그렷소 큰 짐생의 발자국이요」

「여기는 온것이구 저기는 간것이구려」

하고 짓거렷다

『내가 먼저 발짜국을 밟버갈테니 어서가서 여럿들을 데리구 뒤 쪼차오게』

하고 천왕동이가 짐생의 발자국을 자세히 살펴보며 가는중에 여러사람이 모다들 따러왓다 각시바위 근처에 와서는 발자국이 수선하게 만하지더니 바위 아래에 굴하나가 나섯다 다른사람들은 굴아페 오기를 주저하는데 천왕동이가 혼자 와서 굴속에서 나는 냄새를 마터보고

『호랭이 굴이다』

하고 소리첫다 굴이 아가리는 사람하나 간신히 기어들만하고 속은 캄캄하야 박게서 잘 보이지 아니하엿다 천왕동이가 창을 드려밀어보니 창끗이 굴 뒤벽에가서 다엇다 창으로 이구석저구석 쑤시는중에 큰 괴만큼한 호랭이 색기를 한 마리 찔러내고 머리털이 부터잇는 사람의 대가리까지 하나 끄여냇다 이동안에 다른사람들이 굴 근처에서 찌저진 옷쪼각들과 부서진 뼈마듸들을 차저냇다 천왕동이가 다른 장교들과 의논하고 사람의 대가리와 뼈마듸와 옷쪼각을 호랭이색기와 가치 먼저 관가로 드려보내고 어듸 나간 어미호랭이가 오기를 기다리는데 여러사람들은 모다 굴에서 멀리 가서 숨어잇고 천왕동이는 산양군에게서 환도 한자루를 어더가지고 굴속으로 기어들어갓다

굴 아가리는 좁아서 사람이고 짐성이고 기어들어올수박게 업스나 굴안은 제법놉고 널버서

고개들고 안끼가 거북하지 안홀뿐외라 다리뻣고 누을만큼 넉넉하엿나 천왕동이가 굴안에 들이와 서눈이 어두운데 익은뒤에 희미한빗에 굴안을 돌아보니 바위너겁으로된 굴이 좌우벽에 들쭉날쭉한곳이 만흔데 한구석에 조그만 선반가치 나온곳이잇고 그우에 호랭이 색기한마리가 엎드려 잇섯다 천왕동이가 만만히 생각하고 손으로 붓들려고 하엿더니 조그만것이 앙하고 니빨을 내 보이며 압발로 손등을 할퀴여서 살점이 떨어젓다 천왕동이가 그 색기를 환도로 쳐죽인다음에 손등의 피나는것을 다른손으로 눌러 막앗다 천왕동이는 안해의 당부와 장인 장모의 부탁을 밧고와서 이때까지 조심 안한것이 마음에 미안하야젓다 호랑이 굴에 들어온것부터 너무 경솔한짓이거니 생각하고 도루 나가려고 하다가 굴에 들어안저서 호랑이를 기다린다고 여러사람들에게 장담한것이 마음에 거리끼어서 나가기를 주저하는중에 별안간 굴아페서 찬바람이불어 들어오며 수상한 긔척이 잇서서 천왕동이는 굴안침 한편벽에 몸을 부치고 안저서 굴 아가리를 내다보고 잇섯다 호랑이가 화등잔가튼 눈으로 굴속을 드려다 보고 또 코를 거슬르고 굴에서 나는 냄새를 마텃다 호랑이가 한동안 식식거리며 굴아플 왓다갓다하다가 슬그머니 어듸로 가 버렷다 천왕동이는 곳 굴 박글 나가 보고 시펏스나 조심하리라 생각하고 조금조금 기다려 보는중에 호랑이가 다시 굴아페 나타낫다 호랑이가 이번에는 뒤로 돌아서서 창ㅅ대가튼 꽁지를 굴안에 드려밀어서 휘둘럿다 천왕동이는 곳 꽁지를 잡아달리고 시펏스나 또 조심하리라 생각하고 가만히 두고 보는중에 호랑이가 꽁지를 빼가지고 나가서 다시 한동안 굴아페 오락가락하며 식식거리다가 굴 아가리에 꽁문니를 대고 뒤로 뭉그적뭉그적 들어오기 시작하엿다 천왕동이는 호랑이가 다 들어오도록 내버려 두엇다간 도리여 탈이려니 생각하고 호랑이의 똥구먹을 환도로 내질럿다 호랑이가 엉겁결에 아프로 쑥 빠저나가며 천동가튼 소리를 질럿다 호랑이 어흥소리에 각시바위가 들먹하는것 가텃다 호랑이의 달어난긔척을 안뒤에 천왕동이는 굴에서 기어나와서 여러사람들을 불러모앗다

「그놈이 칼에 한번 찔리구 아주 멀리 내뺄리업지」

「색기 둔 골두 두남을두는 짐생이니까 색기들이 궁금해서 멀리갓다가두 이리 또 올것일세」

「우리가 결진을 해가지구 뒤를 쪼처가보세」

장교들과 산양군들이 호랑이 뒤를 밟버오는데 두이봉 중턱 잔솔포기아래 반몸지어누운것을 보고 아우성들을치며 쪼차올라가니 호랑이는 정방산편으로 달아나면서 연해 뒤를 돌아보앗다 장교 한사람이 천왕동이를 보고

「자네 거름이면 저까지것을 넉넉이 쪼처갈껄」

하고 압서 쪼차가라고 부축이듯 말하니 천왕동이는 조심할생각이 만흔판이라

「오래 굴속에 쪼구리고 안젓드니 오굼이 부텃는지 당초에 거름이 안걸리네」

펑게하고 슬금슬금 여러사람의 뒤로 돌앗다 호랑이가 정방산여플 지나서 마늘메로 달아낫다 마늘메는 황주땅이다 장교들과 산양군들이 돌아서 나려오는길에 각시바위 굴에 와서 죽은 색기 한마리를 차저가지고 장교 열사람은 바로 읍으로 들어왓다

이튼날 식전 조사끄테 봉산군수가 황주서 온 늘근녀편네를 불러드려서 거적에싼 해골과 뼈마듸를 내어주며

「네 자식의것인것이 십의팔구 의심업는 모양이니 가지고가서 잘 장사를 지내주어라」

하고 일르고 또 호랑이색기 잡은 것 두마리를 내어주며

「어미호랑이는 황주로 내빼서 잡지 못하고 색기들만 잡어왓다 가지고 나가서 내 맘대로 처치해라」

하고 일른뒤에 리방을 아프로 불러서 늘근녀편네를 후하게 노수주어 보내라고 분부하엿다 그 늘근녀편네가 호랑이 색기들은 배를 갈르고 간을 내어썹고 해골과 뼈마듸는 노수로바든 무명짜루리에 싸서 가지고 황주로 돌아갓다

색기일흔 호랑이가 봉산황주 두골로 넘나들며 소동을 이르켯다 두이봉 근처 동네에서는 호랑이 쪼칠 징괭가리를 안 가지고는 나제들 일들을 나가지 못하고 마늘메 아래마을에서는 호망(虎網)을 치고서도 호랑이 소리에 밤에 잠들을 자지못하엿다 봉산서는 장교와 산양군들이 가

곰 두이봉 근처에를 돌아다니지만 황주서는 장교는 고만두고 산양군 하나가 마늘메까지를 나온일이 업섯다 호랑이가 황주를 넘보앗든지 마늘메에서 시루메까지 들어와서 여러마을로 횡행하엿다 이 마을에서 도야지를 물엇갓다 저 마을에서 송아지를 물어죽엿다 송구스러운 소문이 자자할때에 경천역(敬天驛)말 늘근역졸하나가 오리골 사는딸을 보고 온다고 하루말미하고 가서 이틀이되고 사흘이 되도록 오지아니하야 찰방(察訪)이 오리골로 사람을 보내 보앗다 경천은 금교 속역(屬驛)열중의 하나인데 이때마침 역에 말성스러운 사건이잇서서 금교찰방이 경천에와서 잇는중이엇다 오리골서 하루도 묵지안코 떠난줄을 안 뒤에 찰방의사람이 오리골 사람들을 다리고나서서 두루널리 차저오는중에 논골근처 후미진 산모롱이에서 호랑이에게 물려죽은 참혹한송장을 차젓는데 송장 여페는 역졸이 쓰는 거멍초립이 떨어저 잇섯다

경천역 역졸이 호환에 죽은뒤에 찰방이 목사를 들어가보고 호랑이를 속히 잡아업새도록 하라고 권고하니 목사는 찰방의 권고가 아니꼬아서

「내가 자네의 지휘를 바들사람인가」

하고 궤진 대답을하엿다

「내 수하의 역졸이 호환에 죽엇스니까 말슴하는것 아니요」

「자네 수하의 역졸이 호환에 죽엇스니 자네가 역졸을 풀어서 호랑이를 잡니 업세게 그려」

『요전에는 호환난곳이 새남이라고 봉산에게로 떠다밀엇다드니 이번에는 호환당한자가 역졸이라고 내게로 떠다미는 모양이요 떠다미는 수단이 매우 영농하시오』

『떠다미는 수단이라니 그것이 뉘게다하는 말 버릇인가』

『나를 역승(驛丞)으로 대접하시오』

『찰방은 장하니까 그런 말 버릇두 조탄말인가』

『찰방가튼 미관말직을 웅주거목(雄州鉅牧)이 세실리업지마는 서리(書吏)출신과가튼 대접은 바들수 업소』

각역의 역승은 서리의 적사구군으로 시키든것을 김안로(金安老)리판(吏判)때에 찰방이라고 고치고 남행당하로 제수하게되엿는데 이때 발서 삼십여년이 지낫건만 목부사(牧府使)들은 전에 역승에게하든 괴습이 남아잇서서 찰방대접이 홀할때가 만핫다 찰방이 증이나서 곳수어인사하고 일어나니 목사도 애써 붓들지 아니하엿다 찰방이 역으로 돌아올때 호랑이를 잡아업새도록 힘써보려고 마음을 먹엇다 자긔가 힘쓰는데 목사가 가만이 보고잇스면 황주일경은 고사하고 린근읍 백성들까지라도 목사를 비방할것이고 또 죽은역졸의 기집자식은 말 말고 다른역졸들까지라도 자긔를 고마워하리라고 생각하엿다 역에 돌아오며 곳 역졸중의 일아는자들을 불러드려서 호랑이 잡을것을 의논하야보니 역졸의결지에 산양질하는 사람이두섯넛 잇다하나

큰산양들은 잘 하는것갓지 안하서 압잡이로 내세울만한 일등산양군을 달리구하려고 하엿다

「호랭이 잘 잡는 산양군을 너의가 아는사람이 업느냐」

「별루 업소이다」

「너 좀 생각해 보아라」

「지금 언뜻 생각나는 사람이 업소이다」

「너두 그러냐」

「네」

찰방이 역졸들을 면면이 돌라보다가

「올치 이자가 어떨고 호랭이도 잘 잡을까」

혼자 말하고나서

「돌석이를 좀 불러라」

하고 분부하더니

한동안 뒤에 얼골이 가므잡잡하고 가슴이 딱 바라진 사람이 하인청에서 나와 찰방이 안즌 대청압 댓돌우에 올라섯다

찰방이 불러드린 사람은 경상도 김해사람이니 사람이 당차고 다긔지기도하려니와 돌팔매치는

재주가 귀신가텃다 석전군(石戰軍)배돌석이라 하면 고향 김해외에도 아는사람이만핫스니 을묘년에 방어사 김경석(金景錫)휘하의 투석대대정(投石隊隊正)으로 이름을 각진에 들날린사람이 곳 이사람이다 이사람이 어찌하야 일자반급(一資半級)의 출신을 못하고말엇든가 난리가 끗나서 각군이 호궤(犒饋)를 밧든날 돌석이가 술이 취한끄테 방어사의 친척되는 위장(衛將)에게 칼부림하고 군법에 걸렷는데 방어사가 죽이려고하는것을 동향사람 중군이 힘을써서 목숨은 보전하엿스나 군사들이 다 타는 상급무명조차 타지못하고 맨손으로 고향에 돌아가서 이삼년지내는 동안에 술망난이란 별명만듯고 서울로올라와서 한 반년 떠도는 동안에 굴머서 들피가 나다가 아는 양반이 금교 찰방으로 오는데 하인도 아니고 하인가티 따러왓섯다 말하자면 전정은 칼부림 싸움 한번으로 요감하고 신세는 한입구처가 극난하야 구구히 어더먹으려 금교 찰방을 따러온것이다 돌석이가 찰방의 하인 노릇을 한 뒤로 하루삼시 밥은 어더먹으나 밥보담도 더 조하하는 술을 마음 대로 먹지못하야 술먹을 버리를 할 양으로 역졸이나마 박아 말라고 찰방에게 청하고잇는중이라 찰방이

「네가 호랭이를 잡을수 잇겟느냐」

하고 뭇는말에 들엇다 보앗다하고

「소인이 호랭이를 잡어 바치면 호환에 간 놈대신 역졸거행을 시켜주시렵니까」

하고 호랑이 잡는갑부터 작정하려고 하엿다

「호랭이만 잡아오너라」

「역졸은 틀림이 업습니까」

「그거쯤은 어려울것이업다」

「어려울꺼 업는줄은 잘 압니다만 분명한 말슴 한마듸가 잇서야 호랭이 잡을 긔운이 나지안습니까」

「그래라 호랭이를 잡아오면 역졸을 박아주마」

「호랭이가 황주봉산으루 넘나든다는데 봉산땅으루 내빼는때는 어떠케합니까 그대루 쪼처가두좃습니까」

「내가 봉산군수에게 사찰로 편지해서 봉산으로 못가도록 막아말라고 해보마」

「봉산편에서 막기만 잘 막아주면 호랭이를 꼭 잡아오겟습니다」

「호랭이를 잡으러 갓다가 못 잡아가지고 오면 너도 망신이고 나도 망신이다」

「네 념녀업습니다」

「익숙한 산양ㅅ군을 서너사람 어더줄것이니 다리고 가거라」

「나믄산양ㅅ군은 업서두좃습니다만 어더주시면 데리구 갑지요」

이튿날 돌석이가 산양ㅅ군 세사람을 다리고 호랑이산양은 떠나는데 찰방이 돌석이를 보고

「대개 멧칠이나 걸리겟느냐」

하고 물으니 돌석이가 한참 생각하다가

「날짜는 정할수 업습니다 지금 소인의 것가량으루 열흘잡습니다」

하고 대답하엿다

「오냐 열흘도 조타 그동안 내가 궁금하면 사람이라다 보내볼터이니 너의들이 가서 숙소를 한곳에 정한뒤에 곳 한번 긔별해라」

「죽은놈의자식이 오리골 저의 매가루 가치가자구합니다」

「그자의 자식두 산양간다느냐」

「네 호랭이 잡는데까지 따러다니겟답니다」

「그러면 사람을 보낼때 오리골로 보낼테니 그리들 알고 가거라」

돌석이와 산양군들이 죽은 역졸의 아들아이를 압세우고 오리골로 왓다 죽은 역졸의 사위는그 처남아이의 손우이라 나이 근 삼십한장정인데 당가한살림에 살림형편이 과히 구차치 안허서 돌석이 일행을 술밥으로 진창 대접하엿다 돌석이가 칙사가튼대접을 바드면서 하는일은 잔돌 굴근돌을 주서다노코 하루멧차례식 팔매만치고 정작 호랑이산양을 나서지아니하야 역졸의아

들아이가 재촉하고 가치 온 산양ㅅ군들까지 재촉하나 출석이는 하루이틀 밀어나가기만하는데 그동안에 닷새가 그냥 지나갓다

역졸의 딸 내외는 주인된 체면으로 차마 와서 재촉은하지못하나 속으로는 다른사람보다 더답답하야 내외간에 뒷공론이 만핫다

「산양온 사람들이 산에는 갈 생각두 안허니 그게 웬일이요」

「글세 낸들 알수잇나」

「그 사람들이 온제가 벌서 메칠이요 오늘이 다섯재아니요」

「배대정이란 사람이 안 가려구한다구 가치온 사람들두 두덜거리데」

「배대정이라구 부르는걸 보면 대정쟁이 노릇하든 사람 아니겟소 대정쟁이 출신이 큰산양을 어떠케하오 토기색기두 잘 잡을른지 모르겟소」

「그 사람이 돌풀매질을 잘 친다네」

「풀매질루 큰 짐성을 잡엇단 말 들어보앗소」

「돗지는 못햇지만 혹시 모르지」

「내 생각엔 찰방나리가 속은것갓소」

「찰방이 데리구 온 사람이라는데 어련이 잘 알구 보냇겟나」

「동생 말을 들으니까 찰방나리가 처음에 불러 물어보구 보냇답듸다」

「그래두 아주 허무할듯하면 보냇겟나」

「그러나 저러나 우리집에서 여러사람을 무작정하구 두구 먹일수 업지안소」

「멜칠만 더 두구보세」

「멧칠후에는 어떠케 할테요」

「가라구 쪼처버리지」

「가만이 두구 보지말구 산양 나가라구 말을 좀 하구려」

「내일 안 나가면 말을 좀 하겟네」

주인이 말하려고 벼르는 날 일은식전에 배대정이

「오늘부터 산에를 좀 나가보까」

하고 산양갈 준비를 차리엇다 잔돌을 차고다니는 바랑만한 주머니에 너코 굴근돌은 주인집에 잇는 외멍구럭에 담어서 역졸의 아들을 맛기면서

「너는 이것을 메구 내 뒤를 따러오너라」

하고 말을 일럿다

「돌멩이는 산에가면 째버렷는데 왜 무거운것을 메구가자시우」

「닷새동안 손에 익힌돌들이다 잔말말구 가지구 가자」

「호랭이를 창으로 잡지안쿠 돌맹이루 잡으실라우」

「창으루 잡든지 돌멩이루 잡든지 잡기만하면 고만 아니냐」

「돌멩이에 호랭이가 잡히나요」

「얼뜬 호랭이는 잡힐는지 누가 아느냐 가서 보구 말을해라」

돌석이가 창하나를 들고 아페서 가고 아이가 돌멍구럭을 메고 그 뒤를 따러갓고 산양ㅅ군들이 각기 창을메고 중간에 늘어서 가고 주인과 동네사람 넷이 여러사람의 점심밥을 걸머지고 뒤에서 몰려 갓다 마늘메서 시루메로 들어가며 호랑이의 발자국은 만흐나 정작 호랑이는 구경도 못하고 도루 나려오다가 먹골근처에서 점심들을 먹는데 먹골 나무군하나가와서 방금 소학골 산속에서 호랑이를 보앗다고 말하야 총총히 점심들을 먹어치운뒤에 그 나무군까지 다리고 소학골로 들어왓다 나무군이 보앗다는 자리에 호랑이가 잇지 아니하야 근방을 뒤지는중에 시내가에 잇는 조구만 장등우에 큰 송아지만한것이 누어있는것을 일행중에 한사람이 먼저 보고 손까락질하야 가르첫다

서쪽에는 정방산성이 가로막혓스나 산성을끼고 남으로 도망할수가 잇고 동쪽에는 새남으로 내뻘길이 잇다 돌석이가 산양ㅅ군 세사람은 새남편으로보내서 호랑이 내뻘목을 직히게하고

오리골 동네사람들과 먹골나무군은 몽둥이들을 들고 정방산편으로가서 호랑이 못가게 아우성을 치라고 일럿다 여러사람들이 나누혀 간뒤에 한동안 착실히 잇다가 돌석이가 역졸의 아들을 다리고 호랑이의 대가리잇는 편으로 가서 장등을 타고 호랑이누은곳으로 나려가는데 창은 아이를들리고 돌멩구력은 자긔가 억개에 메엿다 풀을헤치고 한거름 두거름씩 가까이 들어가는중에 호랑이가 낫잠을 자다가 깨엿든지 부시시 일어나서 압뒤다리를 펼수잇는대로 펴서 허리를 잘룩하게하고 주홍가튼 아가리를 벌릴때로 벌리엿다 돌석이가 이것을보자 얼른 돌멩이 하나를 손에 들고 쪼차들어가며 팔매를치니 그 돌멩이가 호랑이 아가리에 들어가박혓다 호랑이가 돌을 배트려고 대가리를 흔들면서 칵칵거릴때 돌멩이가 연주전(連珠箭)가티 연거퍼 대가리우에 떨어젓다 호랑이는 아가리에 돌멩이를 문채 새남편으로 달아낫다

돌석이가 아이와가치 호랑이 뒤를 쪼차올때 아페 산양ㅅ군 세사람이 잇는것을 미덧더니 호랑이는 멀리 내빼서 눈에 보이지안코 목직히려온 세사람은 새남가는길에서 오락가락하고잇섯다

「어듸루 갓소」

돌석이가 장등에서 나려다 보고 소리쳐 물으니 세사람이 다가치 쪼차올라오며 그중의 압선한 사람이

「호랑이가 이리루 왓소」

하고 도리어 물엇다

「이리루 오다니 호랭이 오는것두 못봣단 말이요」

「우리는 못봣는걸」

「목은 알뜰하게 잘 직혓다 예끼순 밥빌어다 죽수어먹을 자식들 가트니」

돌석이가 골이나서 욕질을하니 그중에 한사람은 반죽이 조하서

「밥으루 죽을쑤면 느루먹구 조치그려」

하고 이죽어리고 한사람은 성깔이 잇서서

「호랑이는 자긔가 노치구서 왜 우리보구 욕질이야 우리가 만만하니까 잿골에 말 박긴가」

하고 중얼거리고 남은 한사람은 성미가 부드러워서

「우리가 산양질이 서툴러서 목을 잘 본다는게 안탕하게 보앗소. 용서하구 그놈이 멀리 내빼기전에 쪼처가나 봅시다」

하고 돌석이의 눈치를 보앗다

「호랭이는 벌서 봉산 갓겟소」

「새남까지나 가 보구옵시다」

「제기」

하고 돌석이가 먼저 재남편으로 거름을 떼어노흐니 산양군 세사람이 서로 돌아보면서 아이와가치 돌석이의 뒤를 따러왓다 재남은 거이 다 와서 난데업는 아우성 소리가 들리더니 호랑이가 이편으로 뛰어오다말고 가로재어 내빼려고하엿다 돌석이는 이것을보고 임번 돌주머니를벌리며 임번 호랑이를 압질러가서 돌팔매 한개로 호랑이의 한편눈을 마첫다 호랑이가 압발로저의 눈통이를 허비는동안에 다시 돌팔매한개로 호랑이의 다른편눈을 마저마첫다 돌떵이가 아가리에 들어박히듯이 돌이 눈속에들어박히지는 아니하엿스나 호랑이는 눈이아퍼서 뜨기가어렵든지 두눈을 다감고 아가리만 딱딱 벌리며 어홍소리를 질렷다 아가리에 들어박혓든 돌떵이는 어느틈에 빠저업서젓다 돌석이가 멍구럭에서 큰돌멍이 한개를 끄내서 들고잇다가 호랑이가 아가리를 벌릴때에 노리고던젓다 그 돌떵이가 또 아가리에 들이가박히니 호랑이는 이홍소리도 못질르고 다시 캭캭거리고 각각히 으르렁거렷다 돌떵이가 눈투이에 떨어지고 대가리에떨어저서 호랑이가 백이다 못하야 천방지축으로 뛰어내빼는데 돌떵이들이 어둥이와 볼기짝에까지 떨어젓다 돌석이가 멍구럭의 돌떵이를 한개 남기지안코 다던진뒤에 아이를 돌아보며 창을 빨라고하니

『호랭이가 인제는 잘 내빼지도 못하게 되엇스니 내가 쪼처가서 창으루 찔러잡어보리다』

아이가 창을 가지고 호랑이를 쪼처가는데 사양군들도 따러갓다 눈은 뜨지못하고 아가리는 다

물지 못하는 병신호랑이를 아이와 산양군셋이 새남 뒤에와서 찔러잡앗다 봉산서 나온 장교와 산양군한떼가 호랑이잡은데 와서 보고 경천서들 왓느냐고 뭇고 호랑이 잡은 이야기를 물어서 아이가 돌석이 뒤에 따러다니며 눈으로 본것을 자초지종 다이야기하니 여러사람의 눈이 돌석이게로 모여들엇다 봉산산양ㅅ군 한사람이

『댁이 어듸 사람이요』

하고 물어서 돌석이가

『경상도 김해사람이요』

하고 대답하자 절믄 장교 한사람이 돌석이아프로 가까이오며

『전에 전라도 난리 치러간 일이잇소』

하고 물엇다

『을묘년에 령광까지 갓섯소』

『성명이 배돌석이 아니요』

돌석이가 절믄장교를 유심히 보면서

『진중에서 나를 보섯소』

하고 뭇으니 절믄장교는

『아니요』

하고 고개를 외치며 상글상글우섯다 돌석이가 절문장교의 성명을 물어보니 황천왕동이라는데 성명이 생소하야 돌석이는 고개를 흔들며

『나는 모르겟는데』

하고 다시 입속으로 그성명을 뇌어보앗다

『대체 나를 어듸서 만나밧소』

『지금 여기서 만나밧소』

『처음 만나지요』

『이다음 만나면 구면이지만 오늘은 초면이요』

『그럼 그러치 전에 본 사람을 몰라보두룩 내 눈이 무될리가 잇나 그런데 나를 처음 보면서 내성명을 어떠케 먼저 아시우』

『풀매질 선성을 들엇든까달게 어림치구 물어밧소』

『내선성은 뉘게 들으섯소』

『임꺽정이란이를 만나 본 일이잇지안소』

『임꺽정이 임꺽정이 그가 수염만은 검객아니요』

『검객이 무어오』

『검객이 무어라니 칼쓰는 사람말이지요』

『칼두 잘 쓰지만 힘이 천하장사요』

『내가 령암진중에 잇슬때 한번 잠ㅅ간 만나보구 이야기는 별루 못해봣소 그래 그사람에게 내말을 들으셧소』

『그가 우리 누님의 남편인데 전장에 갓다와서 댁 이야기를 만이 합듸다』

『그럼 이봉학이란 사람두 친하시겟구려』

『네 잘 알지요』

『이봉학이가 지금 어듸 잇소』

『지금 제주가서 벼슬사리 한답듸다』

『제주가서 무슨 벼슬사리를할까 제주목사는 아닐테구』

『현감(縣監)이랍듸다』

『현감이요? 그러면 대정이나 정의로구먼』

『네 정의현감이랍듸다』

『남은 내 동갑에 원 나간다드니 그 사람은 잘 되엇군 령암잇슬때는 그 사람이나 내나 다가 큰 대정(隊正)이엇섯소』

『서울양반 하나가 뒤를 보아주는갑듸다』

『그러켓지요』

두사람의 수작이 지리하야 다른사람들은 둘씩 셋씩 풀밧에 가서 주저안젓다 천왕동이가 이것을 보고

『오늘은 고만 작별합시다 수이 한번 봉산으루 놀러오시우 장청버덤 백이방ㅅ집으루 차저오시는것이 좃소 백이방ㅅ집이 내 처가요』

하고 말하야

『녜 꼭 놀러가리다』

돌석이가 천왕동이와 작별하고 산양군들과가치 죽은호랑이를 떠메고 오다가 정방산편으로간 사람들을 불러 온 뒤에 오리골사람들 시켜 떠메이게하고 오리골로 나려왓다 큰오리골 작은오리골은 말할것업고 나무ㅅ군이 소문을 퍼처서 먹골서까지 호랑이 구경들을 쏘다저왓는데 오는사람마다 호랑이를 보고는 반드시 호랑이 잡은 돌석이까지보고 갓다 이날 마침 찰방이 조흔술을 보내주어 돌석이가 산양ㅅ군들과가치 밤들도록 술을먹고 이튼날 느진아침때 오리골서 떠나서 경천으로 돌아오는데 오리골사람 십여명이 돌석이를 전후로 옹위하고왓다 찰방이 호

랑이를 바더노코 황주목사를 무안 출마음이 급하야 그날저녁때 바로 호랑이 잡어온 사연을 전갈하는데

『호랑이를 잡어오라고 산양ㅅ군 너덧사람을 보냇더니 보낸지 일헤만에 오늘 잡어왓습니다고 호랑이가 벌서 썩기시작해서 그대로 더 두면 가죽을 못쓰게 되겟기에 한번 구경도 못시켜 드리고 곳 거피(去皮)를 시켯습니다고』

전갈 하인에게 말을 일러보냇더니 목사가 그 하인에게

『호랑이는 구경 못 시켜주시나마 호랑이잡은 산양ㅅ군들을 곳 한번 보내줍시사고』

답전갈하야 찰방이 이튼날 돌석이와 다른 산양군들을 읍으로 드려보냇더니 황주목사가 호랑이 잡은 이야기를 자세히 물어본 뒤에 목사의 체면을 직히느라고 돌석이에게 무명 한필 다른 산양군들에게 무명 반필식 상급을 주엇다 돌석이가 다른 산양군들과가치 상급을 바더가지고 황주관가에서 나오는길에 낫모르는 늘근녀편네 하나가 돌석이의 소매를잡고 저의 집으로 가자고 매달렷다

『알지두 못하는 사람을 붓들구 집으루 가자니 웬 일이요』

『당신네가 호랭이를 잡으섯다지요』

『호랭이 잡은 이야기를 들을라구 집으루 가잔만이요』

『호랭이잡은 양반은 우리은인이신데 우리집을그대루 지나가서야됩니까 잠ㅅ간만 가십시다』

길ㅅ가에 보고 섯든 사람 하나가

『그 할머니가 외아들을 호환에 보내구 실성한이요』

하고 말하니 늘근녀편네는

『미친놈들의 눈깔엔 성한사람두 미처보이는가부다』

하고 성을내고

『저깟놈들의 말 고지듯지말고 어서 가치 가십시다』

하고 돌석이를 끌엇다 돌석이가 늘근녀편네를 따러가 보고시픈 마음이 업지안하서

『어떠케 할라우』

하고 다른산양군들을 돌아보니

『생각대루 하우』

『우리더러 물어볼꺼 잇소』

『앗다 가 봅시다』

하고 대답들하야 돌석이는 산양ㅅ군들과 가치 늘근녀편네의 뒤를 따라왓다 늘근녀편네가 집에와서 삽작안에 들어서며

『이애 방에 잇늬』

하고 소리치고 손들을 안방에 드려안친뒤에 또

『이애 어듸 잇늬』

하고 소리치더니 한참만에 소복한 절믄녀편네가 집 뒤겨테서 나왓다 늘근녀편네가 대뜸

『너는 왜 밤낫 뒤겨테 가서 사늬』

나물하고 다음에

『내가 호랑이 잡으신 은인들을 뫼시고왓다 들어와서 보여라』

방으로 불러드렷다 늘근녀편네가 돌석이와 다른 산양군들을 돌라보며

『저 애가 내 며느립니다』

하고 면면이 절을 시키엇다 그 며느리가 나이는 이십오륙세쯤 되여 보이고 얼골은 해반주그러하엿다

『점심을 얼른 지어라』

늘근녀편네가 며느리를 내 보낸뒤에

『술들 잡수시겟지요』

하고 물어서 산양ㅅ군 한사람이

『업서 못 먹습니다』

하고 대답한즉

『손님들만 두고 나는 갈수업고 어떠케하나』

하고 한 걱정하다가 말 대답한 산양군더러

『술을 조하하시는 말슴이니 미안하지만 술 좀 바더가지고 오실라오 좁쌀을 떠드릴께』

하고 청하엿다 손님들만 두고 갈수업다고 손님을 심부름보내려고하는것이 성한사람의 일이아니다 그 산양군이 우스면서

『내가 술집을 모르니 어떠케하우』

하고 말한다음에 돌석이가

『우리들만 잇슬것은 걱정말구 주인이 가서 바더오시우』

하고 말하니 녀편네는

『그럼 내가 얼른갓다 오지요』

하고 일어서 나갓다 돌석이 가 절문과부를 불러드리고 시프나 차마 그대로 들어오라고는 말하기 어려워서 부억편을 내다보며

『물 한그릇 주시우』

하고 말을 부치엇더니 절믄과부는 대답이업시 물사발을 들고와서 방안에 드려노핫다 절믄과부가 고개는 다소곳하게 가지나 겻눈질을 자주하는것이 정이 잘 움직일 녀편네가텃다 절믄과부가 몸을 돌리기가 무섭게 산양ㅅ군들은 서로 엽구리를 찔르며 픽픽 우섯다 뒤에 점심ㅅ상을 드려오고 내갈때도 절믄과부는 쉬일새업시 겻눈질을 하는데 그 겻눈이 만히 가는곳은 끼끗하게 생긴 산양ㅅ군 한사람이엇다 돌석이가 이것을 짐작하고 슬그머니 불쾌한 생각까지 업지안핫다 돌석이가 찰방을 따라서 금교로 다시가지 안코 경천에떠러저서 역졸을다니게된뒤 호환에 간사람의집 절믄과부에게 마음이잇서서 일부러 그 집을 차저 다니엇다 절믄과부도 돌석이 오는것을 실혀하지 아니하야 두세번와서 서로 무랍업시 말하게되고 네댓번와서 서로실업슨 말을 주고밧게되고 열번 안와서 둘이 관계가 생기엇다 시어미되는 늙은녀편네가 이것을 알고도 야료할 생각을 아니하고 도리어 조용히 돌석이를 보고

『죽은 아들대신 나까지 보아주실테요 어쩔테요』

하고 종주목대듯이 말을하야 돌석이는 선선히

『내가 곳 아들노릇을 하리다』

하고 허락하엿다 실성한 이머니가 생긴것은 조흘것이 업스나 절믄안해 생긴것이 조핫다 돌석이의 안해엇고 구실어든것이 구기본하면 호랑이의 덕을 본셈이엇다

돌석이가 절믄과부를 안해로어든뒤에 과부의집을 경천역말로 이사시키고 살림을 시작하엿다 어느날 아침 뒤에 돌석이가 역마구깐에서 말을 솔질하는데 안해가 쪼차와서 타관손님이왓다고 연통하야 솔질을 건정건정 다하고 분분히 집에와보니 황천왕동이가 수양모와 이야기하고 안젓섯다

『이게 누구요』

『놀러오마하구 그러케 안오는법두 잇소』

『놀러갈 맘이 업는게 아니지만 그동안은 좀 바뻐서 못갓소』

『그동안 구실다니구 장가들구 또 살림차리구 바뻣겟소 지금 이 할머니게 대강 이야기 들엇소』

『내집 찻느라구 애 쓰지나 안앗소』

『이사람 저 사람에게 뭇는 중에 마침 이할머니를 만나서 바루 이리왓소』

돌석이가 박게잇는 안해를 내다보며

『손님을 점심 대접이나 좀 해야지』

말하는것을 듯고 천왕동이가 우스면서

『신접살림에 무슨 손님대접할것이 변변할라구 일이업거든 나하구가치 봉산으루 갑시다』

하고 말하엿다

『가드래두 점심을 먹구 갑시다 점심두 안먹구 길을 갈수잇소』

돌석이가 천왕동이를 붓들어서 점심을 한께 먹은뒤에 역에 이를말미를 말하고 천왕동이와 가치 봉산으로 놀러왓다 천왕동이 혼자만 가트면 해가 노피잇서 왓슬것이지만 돌석이가 잇서서 해잔 뒤에도 길을 걸어서 초경이 지난 뒤에 천왕동이의 처가에를 들어왓다 리방은 사랑은 내주고 리방의안해는 음식을 작만시키엇다 천왕동이안해는 남편이 역졸을 손으로 청하야 왓다고 잔소리하는것을 리방의안해가

『온 손이 돌풀매로 호랑이잡은 사람이란다 예사역졸이 아닐께다 황서방이 취할곳 업는사람을 사귈리가 잇느냐』

하고 딸을 타일러서 잔소리를 못하게하엿다 저녁으로 밥상은 속히나왓고 밤참으로 술상은 늣게 나왓는데 밥상에는 고기반찬이 여러가지 노혓섯고 술상에는 준한 말근술이 양푼으로 노혓섯다 천왕동이와 돌석이는 밥상을 밧고서도 이야기 술상을 대하고서도 이야기 이야기가 별로 끈치지 아니하엿다 밥상을 바들때까지도 서로 하우하든말이 어느틈에 하게로 변하야서 술상을 대할때는 십년 숙친한이나 다름이업섯다 돌석이가 술이 거나하게 취하엿슬때

『이 세상에 돌풀매로 사위취재 보이는데는 업나 나두 장가나 좀잘 들어보게 여보게 취재보

든 이야기 더 좀 자세이하게 재미잇네』

하고 우스니 천왕동이는

『안해잇는 사람이 왜 또 장가는 들구십다나』

하고 우섯다

『가지기가 숫색시만 한가』

『숫색시두 하루밤 뿐이야』

『하루밤이 조은 밤이거든』

『여보게 실업슨말 고만두구 자네 난리치러갓든 이야기나 좀 자세이 듯세』

『자네 자형에게 들엇슬테지』

『자형이 무엔가』

『누님의 남편이 자형아닌가』

『매부 말인가』

『매부는 손아래누의 남편이지』

『까다러운 문ㅅ자말을 누가 아나』

『그래 자네 누님 남편이 지금 무엇하나』

『무엇할것잇나 집에서 놀지』

『아까운 인재가 썩네』

『역졸이나 장교를 다니면 썩지 안는셈일까』

『되지못한 구실아치는 집에서 노는 팔자만두못하지』

『자네는 잘 햇스면 이봉학이만큼 출신햇슬것 아닌가』

『나는 고생을 팔자에 타구난 사람이야 전장에 나가기전에두 고생으루 살엇지만 전장에 갓다 와서는 가진고생을 다햇네 지금두 고생이지 무엔가』

『난리치구와서 줄곳 고향에 잇섯나』

『고향에 잇섯네』

『경상도 끄테서 어떠케 황해도 구석까지 불려왓나』

『거지바람이 불어서』

『거지바람이 무슨 바람인가』

『어더먹으러 왓단말이야』

그 다음에 돌석이는 아이쩍부터 격근가지가지 고생을 이야기 시작하엿다

배돌석이 (二)

우리 고향 김해서는 사월파일부터 오월단오까지 석전질이 큰구경거리라 내가 조그마서부터 석전질구경에 재미를 드려서 장래 유명한 석전ㅅ군이 되어보려고 일즉이 돌풀매를 치기시작햇네 밥먹을줄도 모르고 풀매만 치러다니니까 풀매질이 잠ㅅ간늘어서 불과 일이년안에 동무 아이들중에서 풀매질로 대장노릇을 하게되고 사오년 지나 여남은살 된뒤에는 팔썸이 모자라서 어른만큼 멀리치지 못할뿐이지 마치는데 들어서는 어른에게도 질것이업섯네 열세살인가 열네살에 내가 한번 읍내사정에가서 편사쏘는것을보고 돌풀매를 활쏘듯 해보려고 내자작으로 방법을 만들어가지고 삼년동안 풀매를 공부햇네 그뒤로는 돌주머니만 차고나서면 도독놈도 무섭지안코 호랭이도 무섭지안코 눈아페 무서운것이 업섯네 지금은 오이려 이십년전만 못한 셈이지 그러치만 연골에 배운재주라 아무리 오래풀매를 안치다가도 이삼일동안 손이빽빽한것만 풀리면 도루 제자욱이 들어서네 내가 몸에 가진재주란것이 풀매질외에는 아무것도 업네 억지로 말하려면 말 잘타는것이나 재주라고할까 그러나 남보담 나흘것이 잇서야지 우리 아버지가 김해 남역(南驛)서 역졸을 다닌까빨게 내가 말을 탈줄도 알고 거둘줄도 아네 그러치만 아버지의 검어초립 게적할줄은 꿈에도 생각하지 못한일일세 우리아버지가 생존햇슬때까지는 내가 석전판에나 뛰어다니고 석전업슬때는 풀매질이나 공부하고 뻔뻔히 놀고먹엇네 일하기 실흔것보담도 어붓어머니에게 미움바치느라고 집에서 놀면서도 여간해서 비짜루도 손에잡지 안헛네 나를 난 어머니는 돌전에 도라가고 어붓어머니 손에서 눈치밥으로 자랏는데 어렷슬때는 하루도리로 매를 마저서 몸에 생채기가 가실날이 업섯네 하도몹시 마지니까 나종에는

어린맘에도 마저죽기박게 더하겟느냐 악이나데 악이 늘어가니까 매는 점점 더마젓지 내가 천생이 사람이 조타는것은 아니지만 악하고 독해지기는 어붓어머니 덕인줄아네 내가 석전ㅅ군으로 나설때부터 매는안맛게 되엇지만 맘은 하루도 편할날이업섯네 더구나 스물한살 징가든 뒤로는 집에만 들어가면 생으로 골머리가 지끈지끈 아퍼서 별로 집에 부터잇지 아니햇네 스물닐곱살되든해 이월에 아버지가 급한병으루 갑작이 도라가시고보니 어붓어머니와 안해를 먹여살릴것이 내담책이 아니겟나 그런데 나는 그동안 화껌에 배운술이 골에 백여서 하루 세끼밥은 굴머도 하루한번 술은 안먹고 못백일지경이 되엇네그려 농사도 할줄모르고 장사도 할줄모르는 위인이 술에 정신이 빠젓스니 두식구는 고만두고 단한식구라도 먹여살릴주제가되나 어붓어머니와 안해가 방아품을 팔아서 먹고살엇네 안해명색이 사람은 못 생긴것이 그중에 염량이잇서서 아버지도라간뒤부터 차차로 어붓어머니에게 불쾌스럽게 굴더니 나종에는 마구해내기를 식은떡 떼어먹듯 하네그려 어붓어머니는 어머니아니며 시어머니는 어머니아닌

가그대로 두고볼수가 업데 버릇을 좀가르치려고 해보앗지만 안되겟서서 삼년겨우나고 쪼처버렷네 그뒤 이삼년동안 모자살림을하든고테 어붓어머니가 마흔여덜쌀먹은 중늘근이로 어떤놈한테 미처서 후사리를갓네 김해ㅅ사람들은 내가 어붓어머니를 구박해서 후사리를 보냇다고 말하지만 그것은 나를모함하는말이고 어붓어머니가 내주정은 만히바덧네 우리아버지 도라간뒤부터 어붓어머니와 모자간에 정이잇시 지냇고 또 내가 어붓어머니 방아품으로 먹고사는터인데 왜 후사리 가라고 구박햇겟나 그러케 말하는것이 미친놈들이지 내가 그런말 하는놈들하고 싸움도 여러번햇네 어붓어머니가 후사리 간뒤에는 내가 살림을 거더치우고 남의집으로 떠돌아다니다가 을묘년에 루석대에 뽑혀서 전라도를 가게되엿는데 전라도갈때는 고향에 다시도라올맘을 먹지안헛섯네

진중에가서 처음에는 명색업는군졸로 서름도 만히 바덧지만 나종에 동향사람 중군의 천거로 방어사아페서 재주를 드러낸뒤 루석대의 대정이되고 이봉학이와 겨름하야 각진에 이름을 들날린뒤 방어사의 애호를 밧게되엇는데 그때는 난리만 굿나고보면 곳 만리전정이 눈아페 터질것 가텃네 방어사가 재주를 알어주고 중군이 매사에 두던하니까 진중에서 배대정 배대정하고 떠밧드는사람도 만헛지만 시긔하는 사람도 적지안헛네 그 중에 방어사의일가 위장 한사람이 나를보면 공연히 눈을 곱게 뜨지아니하데 아무리 위장이라도 그까지자식을 내가 알빼가잇

나 저는저고 나는 나로 지냇네 난리가 곳나고 삼군이 호궤를 밧든날 그자식이 일부러 우리 술먹는데 와서 나를 보고

「인제는 김해로 도루가서 석전ㅅ군 노릇을 다시할텐가」

「내가 김해부사나 해가면 자네를 만나보겟네」

하는소리마다 사람의배리가 꿰저서 가만히 듯고잇슬수가 잇서야지 술낌골낌에 내가 그자식을 칼로 찔러넘겻네 그자식을 죽이고 대살을 당할 작정하고 함부로 찔럿네 여페잇든 사람들이 붓잡고 매달리지 안헛드면 그자식이 죽고 말앗슬것일세 위장을 중상 시킨죄목으로 내가효수(梟首)를 당하게 되엇섯네 중군이 힘을 안써주엇드면 이목이 그때 떨어젓슬것일세 효수하는 법을 자네 아는가 처음에 북소리가 꽝하고 나면 죄인을 잡어내서 웃도리의옷을 벗기고 얼골에 회칠을하고 화살로 두귀를 꿰어가지고 군중에 회실레를 시키고 그다음에 북소리가 또꽝하고나면 죄인의상투를 풀어서 줄로 표미긔(豹尾旗)에 매어달고 도수(刀手)가 칼을들고 겨누고 그다음에 북소리기 마지막 꽝 하고나면 죄인의목이 땅에 떨어지네 내가 하마트면 이꼴을당할번 햇네 그래도 가짜로 효수하는데 화살을 두귀에 꿰이지안코 망건뒤에 찔러주데 이봉학이는 효수당하게 되엇슬때 참으로 귀까지 꿰엇섯네 그사람은 남방어사부하에 잇섯는데 남방어사가 북문싸움에 참혹히 봉패한뒤에 령암서 퇴진하려고 퇴진령(退陣令)을 노흐니까 이봉학이가 방

어사아페 들어가서 적군을 버리고 퇴진하는것이 부당한일인데 더구나 지금 패진한고데 퇴진하면 남의치소를 바들터이니 퇴진령을 거두라고 말마듸나 조이햇드라네 남방어사가 고집이 무서운위인이라 자긔가 한번 정한일이면 백이 백소리를하고 천이 천소리를 해도 귀 한번 기우리지 안는터인데 이봉학이의 말을듯고 노훈령을 거둘리가잇나 말한 이봉학이가 어림업는 사람이지 당장에

『방자스러운놈 가트니 네가 죽고시프냐』

호령을 서리가티하고 곳 중군에게 분부하야 대정 이봉학이는 군령을 거슬르고 군심을 동요시키는 죄가 용서할수업스니 즉각으로 효수하라고 햇드라네 그런데 그날이 마침 나라제사파재날이라 중군이 그사연을 말하야 이튼날 행형하기로 되엇는데 소문이퍼저서 가수성장(假守城將)으로잇든 전주부윤 이윤경이란 양반이 소문을 듯고 그날밤에 친히 남방어사를 가보고 이봉학이의 목숨을 살려주라고 간청하다시피 말하다가 코를 떼이엿다데 이튼날 식전아침에 이봉학이를 구경효수시키려고 거조를 차리어서 회실떼까지 갓나고 상투를매어 달즈음에 어떤 장사하나가 이봉학이를 빼서가지고 가뭇업시 어듸로 내빼서 남방어사가 펄펄뛰고 령암성중을 잡뒤짐을 햇지만 이듸잇서야 잡지 남방어사가 퇴진해간뒤에 드르니까 이봉학이를 빼서간 장사는 임꺽정이고 이봉학이와 임꺽정이를 감추어준 양반은 이윤경 이부윤이라데 이야기

가 가로새엇네 내이야기를 해야지 내가 그매진짬 효수는 겨우 면햇스나 전정은 다망치고 생
각하니 기가막히데 남들은 고향간다고 조하들하는데 나 혼자 갈데를 못성해서 근심하는중에
고향에서 가치온 투석군한사람이 가치가자고 지성으로 권하데그려 그사람의 권을 밧지안흐니
어듸 다른데 갈데가 잇서야지 그래 할수업시 다시 고향으로돌아가게 되엇섯네
나는 고향이라고 발을드려노하야 집도절도 업는사람이니 다른데 갈데잇나 가치오자든 사람의
집에 가서 봄을 부치고 잇섯네 처음 멧달동안은 그사람의 부모형제들이 내색업시 대접을 잘
하더니 염홀 고흔 꼿이업다고 날이 갈수록 차차로 처음과 달러지데 내색이 달러지고 대접이
달러지는것을 모르는체하고 참고 지내려니까 그사람의 부모되는 박갓늘근이 안늘근이가 나들
으라고 빗대노코 욕설까지하는데 자근아들이 나무 아니해온다고
「개색기는 도독지키구 달기색기는 홰를친다 사람의색기가 왜 놀구처먹는단 말이냐 싹수업
는 자식이 못된것은 잘보구 배우는구나」
수족성한거지가 이더먹으러 왓다고
「사죽이 멀정하게 성한년석이 어듸가 무슨일을 못해서 이더먹는단 말이냐 우리집에서 공밥
잘먹인다는 소문이 낫드냐」
이런소리를 하루도 멧번식 듯게되니 아무리 비위를 잘파는사람이라도 그집에 더잇슬수가 잇

든가 그래서 내가 어느 농가에가서 머슴을들엇섯네 그러나 전에 모한포기 꼬저본일 업는사람이 갑작이 머슴사리를 하자니 고생은 고생대로되고 일은 일대로 안되데 일년을 지낸것도 주인의집 인심ㅅ덕이라고 말할수잇네 머슴사리 일년한뒤에 한반년동안 이집저집으로 돌아다니며 진대를부칫는데 남들이 술먹는데를가서 술을 빼서먹는것은 오이려도 예사지만 밥먹는데가서 밥까지 빼서먹엇네 내가 본래 싸움을 잘하는 사람이 아주 개차반 노릇을 할작정이니까 남이 대소롭지안케 피침한소리를 하드라도 가만이둣고잇나 당장에 싸움을 걸지 싸움이 조금만 커지면 칼로 내가슴을 긋거나 내살점을 어여내거나 해서 구경하는사람이 눈을가리도록 무지스러운짓을 하는까닭게 나한테 싸움하러 덤비는 놈이 별로업섯네 그러니까 내가 가는데 쪼칠놈도업고 내가 달라는걸 안줄놈도 업슬것아닌가 내뒤에는 손까락질이 떠날때가 업섯겟지 망난이니 개고기니 하는조명을 내귀로도 만히들엇네 철업는 조그만 아이놈들이 나를보고

『돌이 돌이 배돌이 입에는 베돌이 술에는 감돌이 싸움에는 차돌이』

하고 놀리기까지 햇네 사람의꼴이 이떠케되엇겟나 아주망햇지 이러케 망한놈 노릇할때 어느날 읍네사는 김도사댁이란 양반의집에 불려가게 되엇네 내가 작죄한일이 잇더라도 양반이 무서울것업는데 작죄한 일이 업스니까 안갈까닭기잇나 가서 잘하면 술잔이라도 어더먹고 오려니하고 갓섯네 급기야가보니 서방님이라는 자는 집에업고 아씨라는이가 중문간으로 불러드려

서 안방문을열고 내다보며 말을뭇데

『자네가 성명이 배돌석인가』

『네 그럿소이다』

『자네가 지금 나이 몟살인가』

『설흔다섯살이올시다』

『처자가 업다니 참말인가』

『네 업습니다』

『그러면 자네 내집에와서 비부쟁이노릇을 하지안흘라나』

내가 그말을 듯고 속으로는 곳 이것이 웬떡이냐하고 생각햇지만 대답이 얼른 안나와서 주제주제하고 잇자니까 아씨란이가

『여기 섯는 이애를 좀 드려다보구 대답하게』

하고 마루우에섯는 기집종을 가르치는데 그기집이 이목구비가 분명하게 생겻데

『이애가 지금나이가 스물다섯인데 첫서방이죽은뒤 삼년이지낫네 내가 맛당한 사람을 하나 어더주려고 물색하는중에 누가 자네말을하데 다른 사람시켜서 자네의향을 물어보아도 조흘테지만 물어보랄사람도 만만치안코 나도 자네를 한번보고 친히 물어보려고 더퍼노코 불럿

네 그래 자네맘이 잇나업나」

「이런 황감한처분이 어듸 다시잇겟습니까」

「내집에와서 비부를 들겟단말이지」

「네」

「그러면 내일아침에 정화수상이라도 노코 초례를 지내고 곳 댁행랑에와서 잇도록하게」

「네 그러케하겟습니다」

「술한잔 내보내줄께니 먹고갓다 내일식전 다시오게」

「네 황송합니다」

나는 김도사집 비부장이노릇 하게되는것이 루석대 대정첩지를 바들때만큼이나 맘에조핫네 내가 비부노릇하게된것이 작년 느진봄일일세 우리게 느진봄에는 노인도 홋것을 입는데 그때 나는 짠지국가티된 겹옷을 입고잇섯고 갓은 파립이고 망건은 파망이니 아무리 남의집비부쟁이라도 장가명색을 들러가며 그꼴을 하고야 갈수잇든가 만만한데 한군대가서 홋것한벌을 위겨다짐으로 뺏고 또 다른데 한군대가서 성한관망을 억지로 빌엇네 홋것을입고 관망을쓰고 이튼날 식전에 김도사집에를 가는데 일즉이오란다고 너무일즉이가서 사랑ㅅ대문도 아즉 열어노키전이데 대문박게 초가 행랑 두채가잇는데 한채는 비엇고 한채는 사람이들엇데 사람든행랑아

폴 왓다갓다 하자니까 그 집사내가 내다보고

「당신이 배대정 아니요 이리 들어오시우」

하고 불르기에 대문열때까지 기다리고잇스려고 그행랑으로 들어갓섯네

「대단 일즉 오섯구려」

하고 그사내가 인사하는말이 너무 일즉온것을 웃는것가터서 나는

「어제 아씨께서 일직오라섯는데」

하고 우물쭈물 대답햇네

「이쁜 안해를 엇게되어서 맘에 조켓구려」

「홀아비가 기집이생기니 조치안흘까닭잇소」

「기집이라두 이만저만한 기집이요 이웁네일판에 둘두업는 일색인데 댁에와서 비부들려구 봅살하는사람이 얼만지 모루우 당신이 움안에 떡바덧소」

「글세 내가 꿈을 잘꾼 모양인가보오」

「그러나 비부노릇하자면 일이만소」

「일이 무엇무엇이요」

「날마다하는일이 압뒤마당쓸구 나귀거두구 푸성귀가꾸구 심부름다니구 이댁 안팍심부름이

여간만치안소』

이 자식이 제가 할소임까지 내게다가 쓸어맷길 생각이 잇서서 미리 이런말을 하나부다 짐작하고 나는

『양반임네 하라는대루 하면 고만아니겟소』

하고 대답하엿더니

『암 그러치요 그러치만 양반이시키는일을 고지식하게 다하자면 오뉴월긴긴해에두 낫잠한잠자지못하우 이댁 도사나리생전에는 일이 지금버더 멧배가 더 드세서 견듸다못해서 도망한사람까지 잇섯소』

돌아간 김도사가 사람이 어떠케 까다럽든지 인근읍에까지 소문이나도록 유명해서 서울사람이 경망한 사람을 애박(艾撲)이라고 하듯이 우리김해사람은 까다러운사람을 김도사라고 말햇네

『돌아간 이댁도사나리가티 유명짜한분미테선 하인노릇하기 어려웟슬께요』

『지금 서방님은 아버지와 팔팔결달러서 사람이 조흔편입늰다』

『서방님이 어제는 댁에 안기십듸다그려』

『함안 조참판댁에 가섯는데 내일모레나 오실께요』

『서방님두 안기신데 아씨맘대루 비부를 드리시요』

『아씨가 시집올때 다리구 온 몸종이니까 아씨맘대루 비부를 드리시지요』

『아무리 아씨가 친정에서 다리구온 종이라두 서방님이 오서서 딴말슴이 업겟소』

『딴말슴하면 소용잇소 그사람은 벌서 당신의안해가 된것을 도루뺏겟소 어떠케하겟소』

『나를 나가거라 마라할는지 누가아우』

『댁아씨란이가 사내불쥐어지르게 똑똑한양반이요 서방님이 꿈적못하우』

『그러키나하면 다행이요』

『아씨가 서방님 안기신틈을 타서 쌈잘하기로 소문난 배대정을 비부루골라드리실제 어련이 생각하섯겟소』

『서방님이 안기신틈을 타서 나를 비부루 골라드리신다니 무슨까딸기잇소』

『까딸근 나두 모루우』

『비부쟁이에 무슨까딸가 부튼것갓구려』

『까딸기 잇거나업거나 당신이 이쁜안해만 데리구살게되면 고만아니요』

이때 사랑ㅅ대문 열리는소리가 나서 그하인이 기집과 가치 안으로 들어가는데 나도 그뒤를 따러들어갓섯네

안중문에 들어가서 문안을하니 아씨란 이가 내다보며

「신랑이 너무 일직왓군」

하고 웃고

「서방님이 안기신때니 사랑마루에 올나가안젓게」

하고 말하야 나는사랑으로 나와서 덧문다친 큰사랑 압마루에올나안젓네 얼마뒤에 탈망에관을 쓴 양반한분이 큰사랑건너편에잇는 자근사랑에서 나와서 나를 흘금흘금 바라보더니 가까이와서

「무어하러온사람인데 주인양반안기신 사랑마루에 와서 안젓서」

반말로 말을뭇데 어떤양반인지는 모르나 나는 얼른 일어나서

「이댁에 비부들러온 사람이올시다」

하고 공손히 대답햇네

「언제 서방님이 말슴이 기셧든가」

「아니올시다 아씨께서 오라셧습니다」

「올치 아씨께서 오라셧서 그러려니」

그양반이 고개를 저처들고 코우숨을 치는모양이 말우슴 흡사하데 사내하인이 세수물을 가지고와서 마루끄테 노흐니 그양반이 곳 관을벗고 안저서 손을 물에잠그고 국수가른때를 밀면서 하인에게

「애기더러 나와서 식전 글 좀 읽그라게」

하고 말하데 알고보니 그양반은 선생양반이고 자근사랑은 글방사랑이데 팔구세된 주인애기가 안에서 나오고 고만고만한 동네아이네댓이 책들을끼고 온뒤에 하늘천따바지 소리와 맹공징공 소리에 글방사랑이 한동안 떠들석하데 식전글이 끗난뒤에도 한참잇다가 아침이되고 아침이지난뒤에도 얼마잇다가 초례를 지내게되엇는데 말이 초례지 명색뿐일세그려 정작 초례지내는동안은 잠ㅅ간이엇네 사랑마당에 명석깔고 명석가에 병풍치고 병풍아페 정화수상노코 남녀가 다입은옷 입은대로 정화수상아페 마주서서 절 한번씩 하고나니 초례가 끗이낫네 기집은 참말 얼골이 얌전하데

대문박게 비어잇는 행랑이 우리 새내외의 거처할곳이라 그행랑에서 첫날밤을 지내는데 내가 기집여페 가까이안저서 이말저말 물어보아야 기집은 얼골을 숙이고 대답한마듸 아니하데

「이사람 부끄럼이 숫색씨버덤 더만흔 모양일세그려」

우서도 대답이업고

「자네가 벙어린가 내말이 말갓지안흔가 엇재 대답이업나」

나물해도 대답이업기에 내가 그숙인 얼골을 치켜들고보니 두눈에 눈물이 글성글성하데 첫날밤에 눈물흘리는까딸글 대라고 내가 종주목을 대지안헛겟나 기집이 부대끼다 못해서 나종에

한다는말이

「남의속은 알어무얼할라오」

하고 톡 쏘데

「남의속이라니 백년해로할 내외가 엇재 남인가」

「백년해로는 다 무어야 이놈 내주면 이놈하고 살고 저놈 내주면 저놈하고 사는 신세에 백년해로 쥐똥가튼 소리마오」

기집이 봉한입이 떨어지더니 말이 제법 싸게나오데

「이사람 그게 무슨소린가」

「남의 집 종된게 분하단 말이야」

「종된게 분해서 지금 눈물이낫나」

「그럼 통곡을해도 속이 시원치안흔데」

「차차 봐가며 속량해나가세그려」

「나는 속량도실코 아무것도 실소」

「남의 종된게 분하다며 속량하는게 엇재실혀」

「나는 죽고시픈 맘뿐이요」

『그런맘은 내버리구 우리 잘살어보세』

하고 내가 빰을대고 부비려고햇더니 기집은 오만상을 찡그리며 떠다밀고 그외에도 기집이 하도 쌀쌀히 굴어서 치마아페 찬바람이 도는것갓데 주먹다짐까지는 안햇지만 멧번 기집의입에서 아야소리가나왓네 남의기집을 억지로 보듯이하고 하루ㅅ밤을 지내는중에 내가 기집의 첫눈에 들지못한줄을 속으로 짐작햇네 이튼날 식전에 문안하러 안에 들어갓더니 아씨가 나를불러드려서 아페씨우고 기집대접을 잘해라 기집버릇을 잘가르처라 중언부언 말을 일르는데 또려지게 해라를하데 나는 새삼스럽게

『인제 비부쟁이가 되엇구나』

생각하며 내몸을 돌아보앗네

내가 비부든지 사흘되든날 나제 주인서방님이란분이 함안서 돌아왓섯네 나종에 나귀 뒤에 따러갓든 상노아이놈에게 말을 들으니 일백이십리 길을 갈때도 이틀에가고 올때도 이틀에 왓다고하데 그때 나는 마침안뒤ㅅ간의 거름을 채마머리에잇는 두엄떱이로 퍼 내는중이엇는데 서방님 오섯단 소리를듯고 분주히 우물에 가서 손발을 씻고 내 방에 가서 의관을 차리고 서방님을 보이러 들어갓섯네 사랑에 들어가니 서방님이 안에 들어간 뒤요 또 안에 들어가니 서방님이 사당방에 들어간 뒤라 나는 안 중문간에서 얼마동안 서성거리엇네 서방님이 사당방에서

나와서 큰옷을 벗고 안ㅅ대청 북창아페 안저서 점심반찬 만드는 아씨를 바라보며 웃고 이야기하는중에 내가 안마당으로 걸어들어갓섯네 서방님이 그때까지 내말을 듯지 못하엿든지 내가 들어오는것을 보고

「저게 누구야」

하고 소리를 질르데 내가 댓돌아래 들어가 서서 내 입으로

「비부 배돌석이 현신드리오」

하고 하정배를햇네 서방님이

「비부」

하고 한마듸 뇌고서는 성낸눈으로 아씨를 바라보는데 아씨는

「어그제 새로 드린 비부쟁이요」

하고 천연스럽게 말하데 서방님은 얼골이 희고 곱고 아씨보담 훨신 점데 실상 나이는 서방님이 내동갑 설흔다섯이고 아씨가 다섯살 맛이라는데 보기에는 적어도 십년은 틀리는것갓데 나는 서방님과 아씨를 번갈러보고 섯는데 서방님은 아랫입살을 악물고서 아씨를 노려보고 아씨는 반찬을 만들면서 서방님의 눈치를 살펴보데

「여보 집안에 새사람을 드리는데 내말두 들어보지안쿠 맘대루 한단말이요」

『내가 무얼 맘대로 햇단말슴이요 비부는 나더러 골라 드리라고 허락해주지 안헛소』

『누가 허락을햇서』

『정신이 그러케 업스시요 날짜를 대리까』

『내가 그런말을 햇다기루서니 무엇이 그리급해서 나 업는동안에 사람을 드린단말이요』

『언제부터 별르는 일인데 급히 햇다고 걱정이시요』

『언제부터 별르는 일을 왜 내가 집에 잇슬때는 못햇소』

『왜 못해요 무서워서 못해요 내가 무슨 굽절일이 잇습듸까』

『내가 잠ㅅ간 집에 업는것을 다행으루 녀길제는 영영 집에업섯스면 조켓지』

『아무리 처자에게라도 억탁으론 말슴하지 마시요』

『무엇이 억탁이야 그래 내가 집에 업는걸 다행으루 녀기지 안헛서 안헛거든 안헛다구 말해』

『누가 다행으루 여기도록 맨들랍듸까』

아씨가 서방님에게서 외면하면서 나를 보고

『너는 고만 나가거라』

하고 말하야 나는 박그로 나오다가 내외간 말다툼하는 말이 궁금해서 안중문ㅅ간안에서 발을

멈추엇네

『비부를 드리드라두 사람이나 골라드려야지』

『그래서 내가 당신께 골라드리시랫지요 나가티 안방구석에 들어안젓는 사람더러 골르라고 해노시고 지금와서 무슨말슴이요』

『아무리 들어안젓드래두 배가가 양순치못하단말은 들엇겟지』

『석전질을 잘하구 대정이란 벼슬을 햇단말은 들엇소 비부쟁이로 과하지 안쏘』

『망난이니 개고기니 별명이 잇는자야 과하긴 무에 과해』

『사람은 부리기에 달렷슴넨다 아무리 고약한 사람이라도 내가 실수업고 저를 잘 대접하면 휘어 부립넨다』

『그 자가 조치못한 사람인줄까지 알구서 일부러 어더드렷단말이지』

『조치못한 사람인줄 알고서야 왜 내가 손매먹여 길르다시피 한 기집을 내주겟소 당치안흔 말슴마시요』

『거짓말 고만 두어』

서방님의 말소리가 끄치며 곳 사랑으로 나오는 신발 소리가 나서 나는 얼른 먼저 박그로 나와 버렷섯네 그뒤 얼마동안은 서방님이 나보고 말도 변변히 아니하더니 차차로 심부름을시키기 시작하야 달포지난 뒤부터 사랑 잔심부름외에 서방님심부름을 내가 도마터하다시피 되엇네 심부름을 잘 햇다고 칭찬은 별로 듯지 못하구 잘못햇다고 꾸지람은 날마다 바덧네 내가 성미를죽이면 부처님이지만 생사람으로 갑작이 부처님 되기가 어듸 쉬운가 당치안흔 꾸지람을 바들때는 잠자코 잇지 안코 좀 들어 섯섯네

『양반의 집에 잇스려면 버릇부터 배워야한다』

『재하자는 유구무언이라니 양반에게 말대답 못하는 법이다』

이런 말은 개떡갓지만

『네가 한번 양반 무서운줄을 알어야겟다』

『조금 잘못하면 귀양갈테니 그리 알이라』

속에 빼잇는 말도 한번 아니고 여러번 들엇섯네 김도사때부터 잇는 하인은 동자치의 서방인데 동자치서방이 내덕에 신역이 편해젓섯네 이자식이 편하거든 가만이나 잇지안코 밈에 팬듯시퍼서 이러케해라 저러케해라 나를 가르치니 내가 그걸 잘 밧겟나 내가 눈만 곱게안떠도 움찔하는 위인이니까 싸움까지는 한일이 업지만 사이는 조치 못햇섯네 이느날 식전에 내가 널븐 안팍마당을 다 쓸고 허리가 꿋꿋해서 방에 나와 잠ㅅ간 누어잇는데 동자치서방이 와서

「서방님이 화초 옴겨 심그신다구 들어오라시어」

하고 불르데 사람이 화가나서 견될수 잇든가

「이자식아 너는 손목쟁이가 불어젓늬 화초두 못 심그게」

「왜 내게다 골을내어 서방님이 부르신다는데」

「서방님만 내 세면 제일이냐 이자식아」

「그저 말하지 왜 이자식 저자식해」

「이자식이」

하고 내가 방에서 뛰어나가며 곳 이를 악물고 대어드니 동자치서방이

「아서 아서」

하고 손을 내저으며 뒤ㅅ거름질을 치데 내가 화ㅅ김에 한번 귀때기를 우려 주엇더니 대번에 울쌩을하고

「배대정 왜 이려우 내가 무얼 잘못햇소」

하고 두손을 얼골아페 내들고 흔드는데 그끝이 우수워서 나는 더 손대일 생각이 업서젓섯네

「서방님께가서 곳 들어 간다구 말슴해」

「그리하우 그리하우」

동자치서방이 간뒤에 다시 방에 들어와서 허리를 펴고 사랑으로 들어가니 서방님은 사랑방문을 활짝 열이저치고 사랑방에 안젓고 동자치서방과 동네하인 두엇은 사랑마당에 웅긋중긋 서서 잇데 서방님이 나를 보더니 곳 동자치서방과 동네하인들에게

『저놈 끌어다 댓돌아래 꿀려라』

하고 호령하데 내가 상투잡혀끌려가서 맨땅에 꿀어안즌뒤에 서방님이나려다 보며

『이놈 불르러 내보낸사람에게 엇재 손찌검햇느냐』

『또 양반이 불르면 즉시 들어올것이지 실컨 잣바저잇다가 들어온단 말이냐』

호령이 서리가트나 나는 발명할 생각이업서서 입을 꽉 다물고 잇섯네

『너가튼 놈은 매를 좀 마저야한다』

하고 하인들더러 멍석을말어드려라 매를 꺽거 오너라 야단을치데 내가 어렷슬때부터 매접조키로 남에게 둘째안갈사람이지만 멍석마리매맛기는 이때가 평생처음일세 안에서 기집들이 내다보고 글방에서 아이들이 내다보고 창피하기라니 이로 다말할수가 업섯지

『소인이 잘못햇습니다』

항복한뒤에

『이번은 용서하나 이다음에 또 다시 그런일이 잇스면 별난거조를 낼테니 그리알구 잇거라』

어름짱을 밟고 나왓네 나의 기집명색은 그동안 업는정도 날만큼 가치 살엇건만 내가 매 맞고 방에 나와 누은뒤에 안에잇고 나와보지도 안코 저녁뒤에 나와서도 가엽단말 한마듸업고 도리어 뽀르퉁하고잇데 당장에 곳 박살을 내고 시펏지만 나는 꿀꺽참고 고만두엇섯네

내외간에 탐탁하지는 못하나마 그력저력 살어가는중에 반년이 지나서 구시월 기픈가을이되엇섯네 김도사집 추수가 벼ㅅ백 조히되는까닭게 도조빠리가 날마다 들어오는데 마질은 내가 혼자하고 말목은 동자치서방과 둘이 반분햇섯네 나 혼자 차지하야 조흘것을 남에게 논하줄까닭기 업처만 전에도 그러케햇다기에 경위를 뭇치안코 그대로 햇섯네 도조를 홉사까지 영악하게 바더드리엇더니 밀린도조 채출은 고사하고 묵은 빗 추심까지 나를 시켜서 나는 아구다툼과 주먹다짐을 하루도 멧번식 할때가 만헛섯네 첫가을부터 안의 가을일이 바뿌다고 기집이 밤중까지 안에서 안나오는때가 종종잇더니 가을 일이 끗난 뒤에는 도리어 심하야서 초저녁에 나와잇다가도 나 잠든 틈에 다시 안에 들어가서 닭까지 울리고 나오는때가 더러 잇섯네 이런때는 기집의 입에서

『언제 깨섯소 느젓스니 어서 자고 내일 일직 일어납시다』

『일에 부대껴서 사람이 곤해 죽겟소』

이런 말이 나오는데 말소리에 정이 똑똑 떨엇네 어느날 나제 내가 빗추심하러 나가 돌아 다

너다가 술ㅅ잔을 어더먹고 들어와서 저녁밥을 먹는지 마는지하고 쓸어지며 곳 잠이 들엇다가 밤ㅅ중쯤 잠이 깨어서 여플 더듬어보니 기집이 업데그려 다른때 가트면 쓴 입맛이나 다시고 다시 잘것인데 그날 밤은 기집이 여페 업는까닭으로 잠이 잘 오지아니하야 몸은 이리뒤척 저리뒤척하며 가진 몹쓸 생각을 다 하는중에 방문이 부시시 열리더니 기집이 살그머니 자리에 와서 눕는데 부시럭소리도 별로업시 누을제는 옷 입은체 눕는모양이데

『또 안에 들어갓섯나』

『잠이 깨섯소』

『어듸가 잇섯나 안인가 사랑인가』

『사랑에를 내가 왜 가 잇단말이요』

『고만두게 나두 다 짐작하네 언제든지 내 눈에 들키는날은 조치못할께니 그리알게』

『무슨 소린지 난 모르겟소』

『나는 바지저구리만 다니는줄아나 내가 이집에 오든 첫날부터 눈치를 다 알엇네』

『글세 무어요』

『꼭 말을 들어야 속이 시원하겟나』

『공연이 사람을 의심하지마오』

『의심? 의심은 벌서 지나갓네』

『가치 살기가 실커든 그저 실타고하오』

『자네가 나를 실타니까 걱정이야』

『누가 실타구 말합듸까』

『말루하면 숫제 나께』

『전에업시 왜 공연히 트집이요』

『전에는 참엇지 참는것두 한이잇서』

『나를 잡어먹고 십거든 잡어먹우 맘대로하오』

『왜 내가 사람먹는 사람인가』

기집이 훌쩍훌쩍 울기 시작하야 나는 달래서 다리고 자고 이튿날 아침에 안에 들어가서 아씨를 보고

『요새 안에 일이 바쁩니까』

하고 물으니 아씨가

『왜』

하고 나의 뭇는것을 괴상히 여기데

『소인의 기집을 늘 밤일을 시키시니까 말슴이에요』

『언제 밤일을 시켯단 말이야』

『우선 어제밤에두 소인의 기집이 밤중이 지나서 나왓습니다』

아씨는 눈섭이 쌍크래지고 한동안 말을 못하다가

『잘 알엇다 이후에는 내가 밤에 일을 시키려면 너를 불러서 드려보내라고 일를테니 네 기집이 네만 안듯고 들어오는때는 다리를 분질러 노하도 조타 기집닥말하는데 그만일을 못하게하랴』

기집이 듯는데 이런말을 하데 나는

『네 알어 하겟습니다』

하고 기집을 한번 흘겨보고 나왓네 그날 나제 아씨가 기집을 방망이로 사다드미 해노코 그날 밤부터 아기를 아버지 사랑에 내보내 재우는데 서방님은 꿀꺽소리도 못한모양이데

기집이 그 뒤로는 초저녁에 나오고 밤에다시 들어가는일이 업섯네 겨울밤에 혹시 사랑에 손님이와서 안에서 밤참을 해낼때는 아씨 말슴이 잇슨뒤에 내가 드려보내고 손님이 가기전에 아씨가 내보내는까닭게 기집은 그전 행실을 하지못햇섯네 한겨울을 말업시 지내고 해가 바뀌어서 정초 놀때에 어느날 동자치서방이 저녁마슬을가치 가자고 와서 끄는데 나는 까닥도 업

시 모폐할 생각이 나서 선뜻 일어나지 아니하다가 술먹을떼가 잇단말을 듯고 어실렁어실렁따려갓섯네 한집에 가서보니 동네ㅅ사람 네댓이 모여안저서 쇠머리 도르리를하는데 정작 술이업데그려 우리가 덧부치기로 한축들어서 우리목으로 막걸리ㅅ동의를 어더다가 쇠머리안주로먹고난뒤에 투전을 하자는 공론이 나서 노름이 시작되엇는데 나는 노름을 질기지 안는까닭게군에 들지아니햇섯네 노름판 여페서 긴밤을 새울맛이 업서서 나는 먼저일어서려고 햇더니 동자치서방이 두어판더뽑아보고 가치 가자고 붓들어서 주저안저 구경햇섯네 두어판이라고 말하든것이 열 판이 넘어도 동자치서방이 투전짱을 노치안테 나는 먼저 간다고 붓드는것을 뿌리치고 나왓섯네 집에 거의 다 왓슬때 삽작아페 검은 그림자가튼것이 나서기에 발을 멈추고 자세히 살펴본즉 검은것이 사랑편으로 움직이더니 대문열리는 소리가 나는듯하며 곳 눈에 보이치 아니하데 내가 얼른 다름박질로 쪼처와보니 사랑ㅅ대문은 다더걸리고 사방은 괴괴한데 대문안에 아무긔척이 업데 내가 진작 얼른쪼처오지 못한것을 후회하고 또 조금 일즉이 돌아오지못것을 후회하면서 내방으로들어왓섯네 등잔불이 업서 방안이 캄캄한데 화로에 불씨조차업서서 할수업시 손으로 더듬더듬 더듬엇섯네

『인제 왓소 나는 깜짝 놀랏소』

『불을 왜꺼나』

『지금 끄지 안헛소』

『누가 껏단말이야』

「나는 끄지 안헛는데 잠든 동안에 절로 꺼젓구려」

『기름은 부어 놧나』

『기름 부어노핫소 아마 심지가 빠진게요』

『불씨까지 죽엿네그려』

『불씨는 숫이 업서서 못 무덧소』

나는 기집의 대답하는 말을 들어보려고

『지금 오면서 보니까 방에서 식검은것이하나 나가니 그게 무언가』

하고 물엇더니 기집은

『식검은것이 무어란 말이요』

하고 생청으로 잡아떼데

『그것이 우리방에서 나가서 사랑ㅅ대문안으로 들어가데』

『헛것을 본게구려』

『인독가비를 본 모양일세』

『인독가비가 무슨 독갑이요』

『관쓴 독가비야』

『그래 그것이 우리 방에서 나가드란 말이요 아이구 무서워라』

하고 기집이 내게 착 말러붓데 내가 속으로

『요년』

하면서 한번 혀허웃고 기집과 가치 누엇네 서방님이란자가 그동안 아씨단속에 꿈적을 못하다가 인제 나 업는틈을타서 행랑출입을 시작한 모양이라 내가 한번 제독을 단단히 줄려고 속으로 별럿섯네

그뒤 사오일 지나서 보름 대목장날 장 구경을 나갓다가 녯날 남역시 살때 이웃하야 살든사람을만나서 술ㅅ잔을 논호고 허여질제 그사람이 한번 놀러오라고 말하기예 내가 그리하마고 대답햇섯네 대답할때 그 사람에게 놀러가고 시프 생각외예 딴 생각이 잇섯네 그날밤예 기집더러 내일은 창원 가서 아는 사람좀 찻고 하루ㅅ밤 묵어서 모레 오겟다고 말하고 이튿날 식전에 사랑에 들어가서 서방님에게 하루말미를 맏하야 첫말에 허락을 엇고 또 안에 들어가서 아씨께말하고 아침먹은뒤에 창원 간다고 떠나서 남역으로 놀러 나갓섯네

남역에 나가서 술 먹고 종일 놀다가 저녁밥까지먹고 읍내로 돌아와서 달빗아래 성을꺼고 돌아

다니다가 찬바람에 얼은 몸을 녹이려고 성미테잇는 아는 술집을 차저들어갓섯네 이때쯤은 전과 말려서 다음날 곡식으로 갓다 갑는다고하면 술을 외상으로 어더먹을수잇섯네 집에를 아무쪼록 늣게 가려고 맘을먹은까딸게 술집뜨뜻한방에 밋질기게 안저잇다가 한밤ㅅ중이나 된때에 비로소 일어섯네 달빗은 박고 인적은 고요하나 아는사람을 혹시 만날는지 몰라서 될수잇는대로 고삿길을 걸어왓네 집에 가까이오며부터 발을 가만가만 떼어노코 아플 두루 살펴보앗네 행랑채에는 통히 불빗이 업는데 사랑ㅅ대문은 빠곰히 열리어 잇데 내가 열린 대문을보고 속으로

『올타 내 꾀에 빠젓다』

생각하고 바로 우리방을 드러치려다가 의봉으로라도 연장 하나를 차저 가지기 겸 사랑 동정을 한번 보고나오려고 대문아페와서 대문짝을 몸으로 밀어 조금 더 열고 들어서서 보니 자근사랑은 캄캄하고 큰사랑은 불이 잇데 마루끗과 댓돌 우에 서방님 신발이 업는것을 보고도 나는 잠ㅅ간 주저하다가 들키면 도젹놈루명쓸 작정하고 큰사랑 웃목의 지처노흔 덧문을열고 방안으로 들어갓섯네 아래ㅅ목에 잇는 서방님이란 자의자리는 비어잇고 벼루ㅅ집아페 아들아이만 누어자데 벼루ㅅ집이 내눈에 뜨일때 무슨생각 하나가 번개가티나서 나는 벼루ㅅ집에잇는 필묵을 집어서 굼에 지니고 사랑에서 나왓네 사랑광에 가서 도끼를 차저들고 또 무슨 줄이나

바가 업슬까하고 생각하다가 동자치서방에게 튼튼한 쇠바가잇는것을 생각하고 동자치행랑방으로 나와서 바를 차저가진뒤에 우리방으로 왓섯네 우리방이란것이 부억한간 방한간인데 방에는 뒤에 조그만 들창이잇고 아페 의쪽되창이 잇슬뿐이라 압되창으로 드리치면 방안에 잇는 사람은 독안에든쥐와 다름이업섯네 내가 가만이 봉당아페 들어와서 귀를 기우리고 방안에서 숨소리가 나는것을 엿듯다가 왼손에 들엇든 바싸래를 되창아페 탁 내 던지며 바른손에 도끼를 고나잡고 봉당 우로 뛰어올라와서 되창문을 왈칵 열어저첫네

『이년 어떤놈을 데려다가 끼구 잣바젓느냐』

『년놈의 목아지를 한도끼루 다 찍어 노을테다』

마당에 가득한 달빛이 열어노흔 창문으로 우려들어서 방안에 불이 업서도 히미하게 보이는데 머리까지 뒤어쓴 이불속에 두몸이 다 한줌만큼 뭉친것을 짐작하고 볼수잇데 내가 바를 집어서 팔에 걸치며 곳 방안에 들어섯네 이불을 벗기고 사내부터 잡아 이르키니 사내는 사지만 벌벌 떨고 꽥소리도 못하데

『이놈 네가 웬 놈인데 남의 기집을 가루차느냐』

도끼날로 바를 쓸마큼 끈흔 뒤에 도끼를 발미테노코 밧동강으로 사내를 뒷결박지우는데 기집이 그동안에 일어나서 살그머니 도끼를 집으려고하데 내가 이것을 보고 발ㅅ길로 기집을 차

버린 뒤에 다시 도끼를 집어서 바를 또 한동강 내가지고 기집마저 끌어다가 뒷결박을지웟네 기집종이 사내양반보담 맹낭해서 떨기는 떨면서도 가만이 잇지안코 결박지우는 손을 입으로 물어뗴려고 애를 쓰데 둘을 뒷결박지우고도 바가 만히 남아서 남은바로 남녀의 두몸을 한데 친친감어 노핫네 사내양반이 그동안 정신을 차린모양이라 떨리는 목소리나마 똑똑하게

『돌석이 내야』

하고 말하데 나는 번연히 알면서도 누구인지 모르는체하고

『내라니 누구냐』

하고 나직이 꾸지젓네

『나를 몰라 나야』

『아니 서방님이 아니요 서방님 이게 무슨짓이요』

『잘못 되엇네』

『가만 잇소 불 좀 켜 노코 끌러주리다』

『불 켤것업시 끌러주게 자네가 무슨 청을 하든지 내가 다 들어줄테니 얼른 끌러주게』

『불 켜 노코 이야기합시다』

내가 열어저친채잇는 뒤창문을 다친뒤에 화로에 가서 불씨를 파냇네

등잔불을 켜노코 보니 남녀가 다 감주먹은 괴상을 하고 고개를 들지 못하는데 기집은 그래도 빤빤스러워보이나 서방님이란자는 쥐구멍을 못차저 걱정인모양이데 내가 퍼더버리고 안저서 서방님을 보고

『긴말 할꺼업시 내가 청하는 일은 무엇이든지 다 들어주겟소』

『왜 대답을 안하우』

서방님이란 자가 고개를 끄떡 이는것을 보고

『그러케 한단말이요』

하고 다두처 물으니 그 자의 고개가 또다시 끄떡 끄떡하데

『그러면 첫재 기집을 속냥해주구 둘재 기집이 일평생 먹구 살만큼 천냥을 논하주우』

『그러케 하겟소 못하겟소』

『고개만 끄덕이지 말구 말루 대답하우』

그자 입에서 겨우

『그러케 하겟서』

한마듸 말이 떨어진 뒤에 나는 곳

『그러면 이자리에서 수표를 써내우』

하고 내몸에 지닌 필묵을 내노코 그 자의 바른 손 하나만 빼노하주엇네 내게 잇든 백지한장을 끄내서 그 자 아페 펴노코 사기그릇에 먹을 갈어서 붓에 무치어 주엇더니 그 자가 붓을 들고 대를 보고 또 촉을 보고 하다가 내 얼골을 바라보는 눈치가 사랑 벼루ㅅ집에서 가저 온 것인줄을 아는모양이데

『자 수표를 쓰우』

『사랑에 들어갓다 왓지』

『딴소리 말구 어서 쓸것이나 쓰우』

그 자가 한동안 망서리다가 쓰기 시작하야 두서너줄 죽 나려쓰고 붓을 노흐려고 하기에 내가

『다 썻소 다 썻거든 수장을 지르든지 수결을 두든지 하우』

하고 말하야 그 자가 수결까지 두엇섯네

『사연을 한번 색여 일거보오』

『배돌석이 처 금순이는 몸갑업시 속양하야 주고 논밧 이십두락을 허급할사 년월일 김도사댁』

『이십두락두 줏소』

『인제 고만 끌러주게』

『그러우』

나는 곳 동인것을 끌러 주려고 하다가 수표가 미심스러운 생각이 나서

『잠ㅅ간만 더 참구 기시우』

하고 빼주엇든 바른손까지 다시 동여노코 그자에게 바든 수표를 글아는사람에게 가서 보이고 오려고 행랑에서 나오는데 아무리 동여노키는 단단히 햇지만 사람의일을 혹시 몰라서 부억 뒤에 잇든 나무토막을 들어다가 방문에 버틔어노코

『이만하면 방안에서 몸뚱이루 떠다밀어서 열지 못할께다』

생각하고 나왓섯다 사랑 선생은 설쇠러 집에 가서 아즉 오지 안핫고 누가 조흘까 속으로 이 사람 저사람 골르다가 진서 잘보는 동네 일좌를 차저갓섯네 일좌가 자는것을 급한일이 잇다고 깨워가지고

『이것 좀 보아주』

하고 어둔 밤에 홍두깨로 수표를 펴서 눈아페 드려미니

『이게 무언가』

일좌가 눈을 부비면서 한동안 드려다 보고

『자네 큰일 낫네』

하고 혼동하데

『무슨 큰일이 낫소』

『자네 무슨짓을 햇나』

『당신더러 말슴이지 내 기집이란것이 안에서 밤중까지 안나오기에 불르러 들어가 본즉 그 년이 안에 잇는게아니라 사랑에서 서방님께수청을 듭듸다 내가 서방님보구 멧마듸 조치 안케말슴햇드니 서방님이 무안낌에 기집을 속냥해 준다구 수표를써줍듸다 속냥해준다는 말이 여기 쓰여 잇지안소』

『속냥?속냥이 다 무언가 자네가 사랑에 들어와 도독질햇다구 귀양보낸다구 쓰이어잇네』

『무어요 도독질햇다구 긔막힌 소리 다 듯겟소내가 까막눈이라구 속엿구려』

『여보게 이까지꺼 진작 찌저버리게』

『서방님께 도루 갓다 드릴테요』

『내가 보아주웟다구 말말게』

『념려마우』

『공연한일루 단잠을 깨워서 미안하우』

나는 일좌에게 인사하고 한다름에 행랑으로 돌아왓섯네 마당에 들어오며보니 남녀가 봉당아래

나와서 동그라젓는데 몸은 동인채 잇고 방문이 열어저친것가티 열리여 잇는데 나무토막은 퉁기어젓네 동그라진 남녀를 방으로 끌어드리고 열려잇는방문을 다시 다친뒤에 내가 남녀를 다 잡아먹을것가티 노려보앗네 나의 무식한것을 다행으로 여기고 거짓수표를써준 서방님이란자는 곳 잡아먹어도 시원치못하데 내가 멍석마리 매를 마질때 호령들은 말이 귀속에 박혀 잇서서 나는처음에 대뜸

『이놈 네가 네죄를 아느냐』

호령ㅅ긔잇게 말하고 그다음에

『내가 네사랑에가서 붓먹가저온것이 도독질이란 말이냐』

『논밧 이십두락 요놈 낫간지러운놈가트니』

수죄하야 말하는데 서방님이란자는 눈을감고 안듯는체하고 기집은 운명하는 사람가티 덕을까불르데

『너가튼놈은 좀 죽어봐라』

이말이 내입에서 떨어지자 기집이 먼저

『사람 죽인다』

하고 소리를질러서 내가 얼른 걸레를 졉어서 기집의 입을 틀어막는데 그자가 마저

『살인이야』

하고 고성을 치기에 방구석에 잇든 훈 보션짝으로 그자의 아가리까지 틀어막엇네 이때 내가 참말로 남녀를 다 죽여버리고시픈 생각도 잇섯지만 그까짓것들을 죽이고 내목숨을 내노키가 실혀서 잔상히 곤욕만 보이고 말려고 맘을 먹엇네

『소위를 생각하면 죽여두 싸지만 내가 손에 피를 무치기가 실혀서 죽이지는 안는다』

죽이지 안코 어떠케 곤욕을 보일까 생각하는중에 무뜩 자자해줄 생각이 낫섯네 자자를 할라니 바늘도업고 송곳도 업서서 자저하다가 그자가 옷고름에 장도찬것을보고 그 장도를 옷고름에 말린채 잡아 떼엇네 칼날을끗만 뾰조록이 남기고 옷고름으로 감어서 손에쥐고 먼저기 집더러

『네년의 눈이 사내를 홀리게 생겻스니 눈엣다 치창을 더 내주마』

말하고 곳 대들어서 한손으로 머리채를 잡아서 고개를 벌떡저친뒤에 한손만 가지고 일변칼끄트로 눈짜위를 돌려쑤시며 붓으로 먹을 칠해 너헛네 기집의 두눈에 왕방울을 쑤시어만들고나서 그다음에 그 자에게

『네놈은 기집을 조하하니 이마에 하나 부처줄것이 잇다』

말하고 한손으로 상투를 잡고 한손으로 이마우에 기집의 밋구녕모양을 쑤시어 만들엇네

『모양이 어떠냐 너의들끼리 서루봐라 자 나는 어듸루든지 갈테니 너의들 년놈이 맘노쿠 가

치 살어라』

그뒤에 나는 동여노흔 남녀를 그대로 두고 박그로 나왓네 딸은 아주 서쪽으로 기우러지고 달근 해를 자치는데 새벽바람이 차기가 살을 어이는데 나는 어듸로 갈 작정을 못한까딸게 한동안 찬바람을 무릅쓰고 박게서 서성거리다가 이왕 도적놈소리를 들은바에는 길량식이나 훔처가지고떠나려고 생각하고 사랑뒤로 들어가서 안뒷담을 넘어 안으로 들어갓섯네 개가짓고 내닷다가 난줄 알고는 짓지안코 꼬리를 치데 내가 안팡에 들어가서 자루를 차저가지고 독에 잇는 쌀을 자루에 퍼넛는데 안방 지게문 여는 소리가 나서 나는 깜짝 놀라 독뒤에 몸을 숨기고 잇섯네

『광문이 엇재 열렷슬까 그년들이 어제밤에 광문도 안다치고 나간게로군』

아씨란기집이 광아프로 오다가 말고 종종거름을 처서 부억 뒤로 가는것이 새벽 뒤보는 버릇이 잇다더니 뒷간가기가 급하든모양이데 나는 태평 맘을 노코 쌀을 한자루 너허서 억개에 언메고 안중문을 열고 나오다가 그기집은 보고 간다 말한마듸 하고 갈생각이 나서 다시 돌처서서 안뒷간 아프로 들어갓섯네 그 기집이 신발ㅅ소리를 듯고 먼저

『그게 누구냐』

하고 뭇는데 내가 쌀자루를 부억 뒤에 노코 나가서

『돌석입니다』

하고 대답햇더니 그기집은 무서운 생각이 낫든지 영소리를 질르고 말이 업다가 얼마만에야

『웬일이야』

하고 말하네

『잠ㅅ간 말슴할일이 잇습니다』

『무슨일인지 잇다 와선 말못해』

『급한일입니다』

『무슨 급한일이야』

그 기집이 곳 부시럭부시럭 하면서

『저리 좀 비켜라』

말하기에 뒷간에서 나오려는줄 알고 나는 곳 여프로 비켜섯스나 나오지는 안코 다시 또 말을 뭇네

『급한일이 무슨일이냐』

『서방님이 행낭에 나와 기십니다』

『그래 나더러 행낭으로 나가잔말이냐』

『아니요 둘이 부터 안것는 꼴을 나가 보시면 눈에서 불이 나실껩니다』

『그러키에 누가 그 꼴을 보고십다느냐 네가 지금 급하게 내게 와서 고자질하는 뜻이 무어냐』

『제가 삼씨오쟁이를 질머지구 하소연할데가 아씨박게 더 잇습니까』

『사내녀석이 기집하나를 잘 거느리지못하고 밤낫 딴짓을 하게 한단말이냐』

『아씨는 제가 못난줄루 아십니다그려』

『그러치 무어야』

『그럼 잘난 아씨는 왜 서방님을 밤낫 딴짓하게 하시요』

『내게다 오굼을 박는게냐』

『오굼 좀 백혀두 조치요 실상 내가 이놈의 더러운 꼴을 보는것이 아씨덕아니요』

『잘 알엇다 고만 나가거라』

『그러지 안허두 하직하구 가겟습니다』

『하직하구 가다니』

『비부쟁이 노릇 고만 할랍니다』

『서방님이 너 온것을 아섯느냐』

『아시다뿐인가요』

『그런데 그저 행낭에 게시단 말이 될말이냐』

『내가 행낭에 붓들어 두엇습니다』

『붓들어 두엇서 어떠케』

『궁금하거든 나가 보시요 내가 광에 잇는 쌀독에서 길냥식을 좀 퍼가지고가니 간뒤에 도독놈ㅅ소리나 마십시요』

『지금 곳 갈테냐 잠ㅅ간만 기다려라』

그 기집이 그제야 뒷간에서 나와서

『나하고 가치 행낭에 나가서 시비를 가리고 가든지 마든지 맘대로 해라 자 나가자』

하고 압서 가려고 나서다가

『나는 시비를 다 가렷스니까 행낭에 다시 갈것 업습니다』

내 말을 듯고는 내아프로 대어들며 떨리는 말소리로

『네가 사람 죽엿구나』

하고 말하데

『내가 서방님을 죽인줄 아십니까 아닙니다 념려마십시요』

『행낭까지 나하고 가치 가자』

『내가 행낭에를 못갈것두 업지만 아씨 혼자 가보시는게 죳습니다 내가 서방님을 죽이구 도망하는것 가트면 안중문박글 나서기전에 급살을 마저 죽겟습니다』

『그래도 나는 너하고 가치 갈테다』

『나하고 가치 가다니 내게 맘이 잇서 하는 말슴이요』

『무엇이 엇재』

『내가 지금 어듸루 갈지 모르는 사람이 가치 갈수 업소』

하고 기집의 손을 잡아말려서 입을 한번 마추엇더니

『애구머니』

하고 땅바닥에 펄적 주저안떼

『인제 나는 가우』

하고 말한 뒤 곳 쌀 자루를 집어 들고 나왓섯네 나는 그날 새벽 김해 고향을 하직하고 서울로 올라와서 이삼삭동안 백사지에서 죽을 고생다햇섯네 호구할 도리가 업는 판에 마침 아는 양반이 금교찰방으로 오게 되어서 나는 자원하고 하인 일채로 따려 왓섯네

배돌석이 (三)

백리방의 집안식구는 일어난지 발서 오래고 사랑을 빼앗기고 안방에서 잔 리방까지 일어난뒤 한참 되엇건만 사랑에서 자는 사위와 손은 한밤중만 여기고 자는지 코고는 소리가 박게까지 들리엇다 리방이 자긔안해를 보고

『이애가 늣잠을 굉장하게 자는군 아마 가서 깨워야 일어날 모양일세』

하고 사위를 깨우러 나가려고하니 그안해가

『내가 어제 밤에 닭운뒤에 누엇는데 그때까지도 사랑에서는 웃고 짓거리는 소리가 납듸다 밤을 발키지나 안헛는지 모르겟소 좀 더자게 깨우지 말고 내버려둡시다』

하고 리방을 나가지 못하게 말리엇다

『조사는 어떠케하구』

『하루 좀 비어먹으면 어떳소』

『늣잠자구 조사를 안보면 쓰나』

『잇다 들어가서 병탈을 해주시구려』

『절믄애들이 하루ㅅ밤쯤 재웟기루 조사에 병탈을 한단말인가 나는 전에 이틀밤씩 나려 새

우구두 조사때 남버덤 먼저 들어갓섯는데』

『고만 두시요 나는 다 보앗소』

『다 봣스니 내가 거짓말인가』

『잠ㅅ간 눈부치고 일어날테니 깨워달라고 말해노코 깨운다고 주먹다짐하든이는 누구요』

『에 이사람』

옥련이가 조반ㅅ상을 들고 리방이 안젓는 방안으로 들어 오다가 부모의 수작하는 말을 듯고 상을 얼른 아버지아페 갓다 노흐며 고개를 여프로 도리키고 우스니 리방은

『너의어머니 말은 거짓말이다 고지듯지 마라』

하고 웃고 리방의안해는

『황서방이 혹시 깨워달라고 네게 부탁하는때가 잇드래도 아예 가까이 가서 흔들어 깨우지 마라 잘못하다가 주먹다짐을 바들는지 누가 아늬』

하고 우섯다

『딸자식 둣는데 남편을 하자하는 법이 어듸잇담』

『내가 무슨 하자를 햇소』

리방내외가 말을 한마디씩 주고밧고한뒤 옥련이가 그어머니를 보고

『고만 깨우지요』

하고 남편를 깨우자고 말하니

『어제 하루에 황주를 도다녀오고 게다가 밤을 재웟스니 곤하지안켓니 늣잠좀 자게 가만두지 깨울꺼 무어잇늬』

그어머니가 말리엇다 리방이 조반 먹고 조사보러 들어간뒤에 리방의안해는 심부름하는 사람뜰을 사랑 가까이 가서 떠들지 못하게 할뿐아니라 압뒤 첨아에서 짹째굴거리는 참새들까지 쪼차주게하엿다

천왕동이가 식전ㅅ잠을 달게 자고 일어날때 돌석이도 잠이 깨어서 가치 일어낫다

『대단이 느졋지』

『글세 모르겟네』

천왕동이가 사랑 압문을 열고 박글 내다보니 날이 마침 몹시 흐려서 해가 떳는지 안떳는지 알수가업섯다

『해가 아직 안떳슬까』

『이때까지 해가 안떳슬리가 잇나』

『글세 조사때가 지난것 가터 나를 와서 깨웟슬텐데 깨우는것두 모르구 잣슬까』

『설마 깨웟스면 몰랏슬까 자네 깨우는 소리가 낫스면 내라두 잠이 깨겟지』

『잠ㅅ간 안에 들어가 보구 나옴세』

천왕동이가 안으로 난 되창을 열고 들어서보니 안이 쓸쓸한 품이 사람이 업는것과 가텃다

『이거 웬일인가』

천왕동이가 안마루 아페 들어올때 장모는 안방에서 내다보고 안해는 건너방에서 나왓다

『장인 혼자 조사보러 들어가셧나요』

『자네 깨우신다는것을 내가 못깨우시게 햇네』

『왜 그러셧세요』

『어제 밤을 통히 새웟지』

『까닥업시 조사에 빠지면 탈인데요』

『병탈해 주신댓스니 념려 말게』

천왕동이는 머리를 극죽극죽하는데 옥련이는 남편의 게면적어하는 모양을 보고 방그레 웃고 잇섯다

『무에 우스워 사람두』

천왕동이가 뿌르퉁하야지는것을 보고 옥련이는 부모의 이야기를 다시 생각하고

『저런사람이 단잠든걸 깨우면 참말 가만이 아니잇슬께야』

하고 말하며 허리를 잡고 깔깔우섯다

『간이 뒤지펏나 허파에 바람이 들엇나』

『못할소리 업구려』

『그럼 왜 그러케웃나 웃는 까닭을 대게』

『대라 마라하고 누구를 딱딱 얼러』

『어듸 보세』

『별르면 무섭겟네』

『사내가 늦잠잣다구 깔깔거리구 웃는법이 어듸잇담』

『자네가 늦잠잣다구 웃는것이 아닐세』

하고 내다보든 장모가 말하엿다

『장모두 두던마시구 걱정 좀 하십시요』

『내가 아까 실업슨 이야기를 햇드니 그애가 석전내 웃네』

『무슨 이야기를 하섯소』

『전에 자네 장인이 밤을 새우고 새벽에 누어서 막 잠이 드신것을 조사보러 가시라고 내가 깨우다 가 주먹다짐 바든것을 이야기햇섯네』

천왕동이가 안해를 돌아보며

『주먹다짐 바들가봐 오늘 안깨웟네그려 나는 그런때 업어줄테니 념려말구 깨우게』

하고 우섯다

『자네 세수 아니하나』

『왜 아니해요』

『세수물을 내보내줄까』

『그러세요』

『얼른 나가 세수하고 해정하게』

『식전술은 조금만 내보내주세요』

천왕동이가 장모와 이야기하고 곳 사랑으로 나와서 세수를 마치고 돌석이와가치 해정술을 먹는중에 리방이 조사보고 돌아와서 안으로 난되창을 열고 드려다보며 돌석이에게 밤사이인사를 말하니 돌석이는 일번 천왕동이와가치 일어서며 일변 리방의 인사를 대답하엿다

『어서 안저 먹게』

리방이 돌석이에게 말하는것을

『다 먹엇습니다』

천왕동이가 충간에서 대답하고 리방이 안으로 들어올때 뒤를따러 들어왓다

『어제 밤에 그손하구 무슨 이야기를 그러케 오래햇늬』

『그사람의 소경녀 이야기를 들엇습니다』

『무슨 소경녀이 그러케 만든가』

『괴막힌 이야기를 다 들엇습니다』

『호랭이 잡은 이야기냐』

『아니요』

『그럼 무슨이야기야』

리방이 안방에 들어와서 안즌뒤에 천왕동이는 양반과 기집을 자자시킨 이야기와 양반녀편네 욕보인이야기를 대강대강 옴기어 들리엇다

『간통한 남녀를 동시포착해서 죽이지안쿠 자자햇단말은 금시 초문이다』

리밤의 말끄테

『기집년이 눈짜위에 자자를하고 얼골을 어떠케들겟소 죽는 신세만 못하지』

리방의안허가 뒤를 달엇다

『눈에 왕방울은 의려두낫지 그량반의 꼴을 생각해보게 그야말루 죽는이만 못하지』
『자자한전 생전 가시지 안소』
『가죽이나 벗겨내면 업서질까 제절루는 가실리업지』
『자긔남편을 그꼴을 만들고 그녀편네 맘이 어떨까』
『그녀편네두 봉변이지만 그봉변은 표나업지』
『양반의 녀편네가 그런 일을 당햇스면 자처해 죽을께요』
『자처해 죽을 녀편네두 잇겟지만 아닌보살하구 살 녀편네가 더 만흘껄』
장인 장모의 수작하는 말이 끗난뒤에 천왕동이가 마루로 나오는데 옥련이가
『사랑에 온 손이 흉악한 사람이요 그런 사람하구는 상종하는것이 조치 안소』
하고 말하니 천왕동이는
『념려 말게』
건성대답하고 웃고 바로 사랑으로 나왓다
이날 아침뒤에 돌석이가 경천으로 돌아가는데 천왕동이는 작별할때
『나두 종종갈테지만 자네 틈잇는 대루 자주 놀러오게』
하고 당부하엿다 천왕동이의 당부가 업더라도 조흔친구를 만나고 조흔술을 먹는것이 실흘

까닭기 업는 일이라 돌석이가 그 뒤 한말에 한두번씩 봉산으로 놀러왓다 돌석이가 올때에 리방의안해는 사위의 낫을 보아 술밥을 대접하나 딸이 불긴하게 여기는 손이라 대접이 자연소홀하엿다 밥상의 반찬까지도 맘드려해놋는것이 적고 술ㅅ상의 술이 부족하야도 업다고 핑게하고 더 내보내지 안는때가 만헛다 천왕동이가 이눈치를 안뒤에는 돌석이가 오면 흔이 술집으로끌고 다니엇다 어느때 돌석이가 놀러와서 천왕동이가 절믄 기집잇는 술집에가서 술짜리를 벌리고 대접하는데 절믄 기집이 천왕동이를 보고 처시하사람이니 판관사령이니 실업시 조롱하야 천왕동이가 술찜과 골찜에 기집의 뺨을 한번 호되게처서 기집이 부어올르는 뺨을 손으로덥고 방성통곡까지 하게되니 술짜리가 깨어지지 안흘수업섯다 천왕동이는 다른 술집을 차지려고하는데 돌석이가 술을 고만먹자고 욱여서 리방의집으로 돌아오는 길에 두사람이 서로짓거렷다

『사내가 처가사리는 안할꺼야』

『자네가튼 처가사리면 나는 내집 열내노쿠 바꾸겟네』

『처가사리 못해본 사람의 말일세 아무리 조흔 처가래두 내집만 할수잇나』

『자네 안해가 봉산일색이라데그려』

『일색인지 절색인지 그건 모르지만 추물은 아닐세』

『나를 한번 상면시켜 주지 안흘라나』

『그것두 내집만 가트면 벌써 상면시켯지 자네말을 기다리겟나』

『자네 처가에서 친구들 상면하는걸 조하안는가』

『양반의집 딸자식가티 내외를 시킨다네』

『나는 이날 이때까지 일색을 구경못한 사람이라 자네안해를 한번 구경햇스면 눈이 넘버지겟네만 자네 처가에서 상면 안시키는거야 할수잇나』

『내가 우기면 할수야 잇지』

『자네 좀 우겨볼라나』

『글세 가보세』

천왕동이가 처가에와서 돌석이를 사랑에 드려안치고 곳 안으로 들어왓다 옥련이가 건넌방문아패서 바느질을 하다가 신발ㅅ소리를 듯고 방문을 열고 내다보앗다

『그 손을 보냇소』

『장인은 관가에 들어가섯나』

『손을 보냇느냐니까 내말은 대답안코 딴 소리야』

『손은 사랑에 잇네』

『또 끌고 왓구려』

『여보게 사랑으루 나가서 상면 좀 하세』

『누가 상면하고 십답듸까』

『하구십지 안트래두 내가 하라면 하는게지』

『술이 취햇구려』

『잔소리 말구 이리나오게』

천왕동이가 안해의 손을 잡앗다 천왕동이는 안해를 끌어내랴거니 옥련이는 남편의 손을 뿌리치랴거니 실랑이 하는중에 리방의안해가 안방에서 마루로 나와서

『무얼 그러나』

하고 물으니 천왕동이가 안해의 손을 노코 장모아프로 가까이갓다

『사랑에 좀 나가자구 햇드니 안나가려구 뻑쓰는구먼요』

『왜 사랑에는 나가자나』

『손하구 상면좀 시킬라구요』

『상면하기 실타는거 억지로 시킬것 무어잇나』

『안해를 상면 시켜주마구 말햇는결이요』

『아무리 작난이라도 너무 상업신하지말게』

『상업시 할리가 잇나요』

옥련이가 건넌방에서

『상업시 안는건 무어야 나는 지금 손목이아퍼 죽겟는데』

하고 소리를 질너서 천왕동이는 쓴입맛만 다시고 섯는데 이때마침 리방이 박그로서 들어와서 말을물어보고 나서 제잡담하고

『나하구 가치 사랑으루 나가자』

하고 천왕동이를 끌고 나왓다 돌석이가 일어나서 인사를 마친뒤에 리방이 천왕동이를 가르치며 돌석이에게

『저애가 제 안해를 자네하구 상면시킨다구 햇다지』

하고 뭇더니

『우리네 집에서는 녀편네가 내외를 해서 아무리 남편하구 친하게 지내는 사람이라두 보지 안네 우리네 집안범절이 사대부나 다름이 업는까말게 홍살문안 사대부란 소리를 듯네그려』

아니꼬운 소리를 만히하고 나서

『기왕 상면시킨다구 한바에는 상면 시킬것이지만 딸이 지금 몸이 성치안흐니 이다음 상면 하게』

뒤를 조금풀어서 말하엿다 돌석이가 하루ㅅ밤 묵어가려고 작정하고 왓섯는데 리방의 아니꼬운 소리를 들은뒤에 묵을 생각이 업서저서 내일식전 볼일이잇는까닭게 밤도아서라도 가야할다고 총총히 일어섯다 천왕동이는 돌석이를 붓들어 재우고 시픈마음이 업는게 아니지만 게면적은 생각에 구지붓들지 못하고 섭섭하게 작별하엿다 저녁밥을 먹을때 리방의안해가 천왕동이보고

『그손이 섭섭하게 알고 가지나 안헛나』

하고 물어서

『내가 우선 섭섭하니까 그사람은 말할것두 업겟지요』

하고 천왕동이가 대답하자 옥련이가 곳

『섭섭할것도 만혜』

하고 뒤바덧다

『가깝지도 안흔데 사는사람이 다 저녁때 가게되니 섭섭지안허 지금 새남두 다못잣슬개야』

『그면 조흔 친구를 붓들어 재우지안코 누가 보내라든가』

『내가 보내구시퍼 보낸줄 아나』

『역졸 나부랭이를 친구로 사괴면 행세가 깍긴다고 그러케 말해도 내말은 말갓지안케 여기니까』

『역졸은 저의어머니 배ㅅ속에서 나올때부터 역졸인가 너나 할것업시 할수업스면 역졸이라두 다니지 별수잇나』

『부자가 대대로 역졸을 다닌다니 근본이 역놈이지 무어요』

『근본가지구는 사람을 말하지 못하네 내가 사람을 만히 보진못헷지만 당대에 영웅호걸이라구 할만한 인물은 거지반다 근본이 하치안흔 모양이데 다른 사람은 고만두구 우선보게 우리매부만한 인물이 지금 양반에 잇슬듯한가 지금 양반은커녕 그전양반에두 업슬것일세 전에 조재상이란 양반이 잘낫섯다지만 그양반두 우리 매부의 선생님께 배웟다데 우리 매부의 선생님두 근본으루 말하면 고리백정이구 갓바치야 갓밧치에서 생불이 나구 쇠백정에서 영웅이 나는걸보게 근본을 가지구 사람을 말할껀가 아무리 소견업는 녀편네라구 하드래두 황천왕동이의 안해노릇을 하려면 이만일은 짐작해야 하네』

옥련이는 할말이 업든지

『긴사설 고만두어요』

하고 고개를 박그로 돌리니 리방이 딸의뒤를바뎌서 사위를 다리고 말하엿다

『네 말대루하면 사람을 사괴는데 근본을 보지안트래두 인물은 보아야 하지안느냐』

『인물은 물론 보아야지요』

『인물은 어떠케 보느냐』

『어떠케 보다니요 눈으로 보구 인물을 알지요』

『인물을 보는데 신수두 보구 기상도 보구 행동두보구 재주두보구 여러가지 보는것이잇지만 이것 저것 다 고만두구라두 상하나는 보구 사괴야 낭패가 업다 그러키에 옛날 유명한 사람은 대개 다 상보는법을 짐작해서 지인지감이 잇단칭찬들을 들엇다 내가 아는것은 업지만 배돌석이 상이 잘죽을 사람의 상이 아니더라 얼골은 반상이구 눈은 사목인데 사목이란 뱀의 눈이야 그런사람은 친하게 사괴는게 불긴하니라』

『그러타구 하드래두 이왕 사귄사람을 까닥업시 끈는수야 잇습니까』

『내가 지금 절교하란말이 아니라 그걸 짐작해두란 말이다』

『네 알엇습니다』

그뒤에 한동안 돌석이가 놀러오지 안코 천왕동이도 차저가지 안허서 서로 적조해 지내는중에 청석골 박유복이가 천왕동이를 보러왓다가 돌석이의 이야기를 듯고 이봉학이와 교분잇는 사

람이니 한번 차저본다고 말하야 천왕동이가 가치 가기로하는데 리방이 관가의 말미를 어더주고 리방의안해가 길에서 요기할 힌무리를 쩌서주엇다 천왕동이와 유복이가 식전에 조반을먹고 떠나서 오다가 힌무리로 점심요기하고 해가 한나절이 훨신기운뒤에 경천역말을 들어왓다 돌석이 집에 와서보니 삽작이 다치고 집안이 괴괴하엿다 천왕동이가 삽작을 흔들면서

「배대정」

「배서방」

「돌석이」

각가지로 불러보앗스나 안에서 대답이 업섯다

「이사람이 집에 업는가보오」

「역졸들 모여노는데가 잇겟지 그리 가보세」

「그 사람의 수양어머니와 안해는 잇슬텐데 도무지 기척이 업스니 웬일일까」

천왕동이가 다시

「할머니」

하고 불러보고 또

「아주머니」

하고 불러보앗다 닥한마리가 어듸서 꼬댁꼬댁할뿐이요 사람의 소리는 조금도 나지안터니 건너방 엽문이 부시시 열리면서 사내하나가 봉당으로나왓다 그 사내가 키는 후리후리하고 얼골은 끼끗하엿다 유복이는 돌석이의 앙가바틈한 키와 가므잡잡한 얼골을 본일이업는까딸게 그 사내를 돌석인줄 여기고 천왕동이더러

『주인이 집에 잇네그려 낫잠을 자다가 일어난 모양일세』

하고 말하니 천왕동이가 아니라고 고개를 외첫다 천왕동이는 그사내가 낫이 익으나 전에 어서 본것이 잘 생각나지 안허서 유심이 바라보면서 말을 물엇다

『배대정이 집에 업소』

『녜』

『어듸를 갓소』

『사신행차를 뫼시구 평안도 갓소』

천왕동이는 어고제 봉산서 중화하고 간 북경가는 사신행차를 생각하고 고개를 끄덕이엇다

『아주먼네두 집에 업소』

『녜』

『댁은 누구요』

『나는 동네ㅅ사람인데 이집 할머니가 읍네 들어간다구 집좀 보아달라구 해서 와서잇소』

『배대정의 안악네두 읍네갓소』

『네』

그 사내가 건넌방편을 흘낏 돌아보앗다

『배대정이 언제쯤 오겟소』

『나두 모르겟소』

『오늘 내일간 오겟소』

『글세요』

천왕동이가 그 사내에게 뭇는말을 끈치고 돌아서서 유복이와 의논하엿다

『어케떠 할라우』

『글세 어떠케 햇스면 조흘까』

『지금 해가 너무 기울엇는데 돌아갈수 잇겟소』

『이사람아 자네는 갈테지만 나는 못가겟네』

『갈수두업구 묵을수두업구 난당한일이구려』

『그럴것업시 황주읍네 들어가서 하루ㅅ밤 과객질하세』

『황주읍네 들어가면 과객질안하구두 잘데가 잇소』

『그러면 더 말할것업시 황주읍네루 들어가세』

『그리합시다 내일한번 다시 들려서 안왓거든 봉산으루 오라구 말이나 일러두구 갑시다』

천왕동이가 유복이를 다리고 경천역말서 황주읍내로 들어와서 아는 사람의 집에서 하루ㅅ밤 숙식하고 이튼날 아침뒤에 다시 경천역말로 나오는데 황주성문 박글 나서서 얼마오지 아니하야 늘근녀편네 하나가 머리에 곡식자루를 이고가는것을 만낫다 천왕동이와 유복이가 서로 이야기하며 늘근녀편네의 여플 지나오는중에 그늘근녀편네가

『이게 누구시요 어듸 갓다오시요』

천왕동이를 보고 알은체 하엿다

천왕동이에게 말을부친 늘근녀편네가 곳 돌석이의 수양어머니엿다

『어제 읍에와서 지금 나가는 길이요』

하고 천왕동이가 물으니

『어제 읍에서 나를 보섯구려 보고도 모른체 하섯단 말이요 지금도 내가 먼저 인사를 아니햇드면 그대로 지나가섯겟지』

하고 돌석이 수양모는 당치안흔 사설을하엿다

『읍에서 보앗스면 왜 인사를 아니햇게소 공연한 책망하지마우』

『그럼 내가 어제 읍에들어온것을 어떠케 아셧소』

『어제 집보는 사람이 말합듸다』

『집보는 사람이라니 누구말이요』

『어제 이손님을 뫼시구 집에가니까 아무두 업구 절믄 사내하나가 집을봅듸다그려』

『우리집에를 갓섯소』

『배서방을 전위해서 차저 온걸이요』

『그럼 우리집에서 주무시고 기다리시지요』

『주인업는 집에서 어떠케 잔단 말이요』

『주인이 업드라도 내나 집에 잇섯드면 붓들어 주무시게 할껄』

돌석이수양모는 괴탄하고나서 유복이를 가르치며 말하엿다

『저 손님은 어듸서 오셧소』

『송도서 오신 손님이요』

『송도서 전위해서 배서방을 보러오셧소』

『내게 왓다가 배서방말을 듯구 한번만나보러 오셧소』

『사신행차를 뫼시고들 갓는데 다른 사람들은 중화서 돌아오고 배서방은 대동까지 가게되엿답듸다 대동을 갓드라도 오늘은 올듯하오』

『오늘은 일직이 올까요』

『그동안 왓는지도 모르지요 얼핏 나가봅시다』

돌석이수양모가 유복이와 천왕동이의 뒤를따러 오는데 너무 떨어지는것을 유복이가 딱하게생각하야

『머리에 인자루가 무거워 보이는구려 우리가 가지구갈께 이리 주시우』

하고 곡식 자루를 말라고 말하니 돌석이수양모가 입으로는

『미안해서 어떠케 하라구요』

하고 말하면서도 자루를 머리우에서 나리니까 유복이가 밧기전에 천왕동이가

『나를 주우』

하고 얼른바더 여페 끼엿다

『좁쌀이요』

『전에 읍네살제 남에게 꾸여주엇든것을 인제가서 바덧소 나는 내버려둔것인데 머느리가 가서바뎌오라고 성가시게 굴어서 어제 부대끼다못해 나왓섯소』

『며느리는 엇재 읍에두구 혼자나오시우』

『며누리를 읍에두다니 뉘 며느리말이요 우리며느리는 집에 잇지요 어제 집에서 못보셧소』

『글세 아무두 업구 절믄사내가 집을 보드라니까』

『그애가 마슬갓든가 엇재 집에 업섯슬까』

늘근녀편네의 말을듯고 천왕동이는 유복이를 돌아보며 머리를 살래살래 흔들엇다

『절믄 사내가 어떠케 생겻습듸까』

『얼굴은 희여멀거쿠 키는 큰 킵듸다.』

『아래ㅅ말 김서방이로군』

『나두 어듸서 본사람갓습듸다.』

『호랭이 산양갓슬매 보섯겟지 그사람이 산양ㅅ군이요』

『올치 올치 새남서 한번 보앗군』

『김서방이 우리집에 자주 놀라 오지요』

『이야기 고만하구 길이나 빨리 걸읍시다』

천왕동이와 유복이가 돌석이수양모와 동행하야 돌석이집에 와서보니 돌석이는 아직 돌아오

지안코 돌석이안해만 혼자 집에잇섯다 돌석이안해가 인사할때 얼골이 불거지는것을보고 천왕동이는 유복이를 돌아보며 입을 비쭉 내밀엇다

천왕동이와 유복이가 돌석이집 안방에 들어안저서 술대접까지밧고 한나절이 지나도록 기다리다가 돌석이가 오지안는것을보고 봉산으로 돌아가자고 공론하엿다

『더 느지면 우리 가기만 고생될 모양이니 고만 일어서세』

『그럽시다 말이나 일러두구 갑시다』

돌석이 오거든 만나고 가라고 돌석이 수양모는 한사하고 붓드는데 말미어든 날짜가 잇서서 불가불 가야 한다고 천왕동이가 떼치고 일어서며 말하엿다

『박서방이 우리게서 수일 더 묵을테니 그동안에 한번 놀러오라구 내말루 전하시우』

『박서방이라고하면 누군지 알겟소』

『총두 박서방이라면 알테니 염려마우』

『그러케 말하리다』

돌석이수양모가 건넌방쪽을 향하고

『이애 손님들 가신단다』

하고 소리친뒤에 잠시 대답을 기다리다가

『그동안에 또 어듸를 갓군』

하고 혀를 찻다

돌석이수양모가 혼자 삽작 박게까지 나와서 천왕동이와 유복이의 가는것을보고 도루 집으로 들어가려고할때 아래ㅅ말 김가의 안해가 허둥지둥 쪼차왓다

『웬일이요』

『그애 아버지 여기 와잇지요』

『아니요』

『아니가 다 무어요 내가 알구 왓는데』

『안왓스니까 안왓다지 온걸 내가 기일까닭기 잇소』

『요새 밤낫 이집에 와서 산답듸다그려』

『요새 자주 오지만 오늘은 안왓소』

『안오다니 말이되나 어듸 들어가 봅시다』

『들어와 보구려』

김가의 안해가 집에 들어와서 안방과 건넌방이 모다 빈것을 보고는

『당신 며누리 어듸 갓소』

하고 물어서 돌석이수양모가

『나도 모르우』

하고 대답하니 김가의 안해는 곳 눈이 샐쭉해지며

『년놈 다 어듸 숨겨노코 날 속여』

하고 돌석이수양모의 텩쌀을 치바치려고 하엿다

『이년의 녀편네가 미쳣나』

돌석이수양모는 뒤로 물러서고

『미친것이 됩다 날더러 미쳣대 나가서 행길을 막고 물어봐 누가 미쳣나』

김가의 안해는 아프로 대어들엇다

『이년아 대들지 마라』

돌석이수양모가 김가의 안해를 떠다미니

『늘근것이 뉘게다 손을 대』

김가의 안해는 돌석이수양모의 머리를 움켜 쥐엇다

『화냥년아 노아라 안노을테냐』

『누가 화냥년이야 며누리 화냥질 시켜먹는것이 화냥년이지 누가 화냥년이야』

『누가 며누리를 화냥질 시켜먹드냐』

돌석이수양모와 김가의 안해가 서로 시악을 써가며 머리채를 마주 잡고 끄둘럿다 싸움이 어울어저서 서로 안고 자반 뒤집기를 해가며 손톱으로들 할퀴고 입으로들 물어뜨덧다 이웃사람들이 하나씩 둘씩 모여들어서 싸움을 뜨더 말리고 싸움하는 까닭을 물엇다

『까닭도 업시 저년이 내집에 와서 안방 건넌방 수탐을 해보고 내게다 선손을 거니까 내가 가만히 잇서 내가 늘거서 저년을 병신을 못맨들엇지 아이구 분해 죽겟네』

돌석이수양모는 헐헐하고

『며느리를 화냥질 시키는 늘근잡것이 됩다 날더러 화냥년이라고 욕을하니 사람이 분해서살수잇소』

김가의 안해는 식근식근하엿다 이웃 사람들이 한데 모여서서 수군수군 짓거릴때

『이게 다 웬 사람들이야』

하는 말소리가 들려서 여러 사람이 돌아보니 집 주인 배돌석이가 삽작안에 들어섯다

『웬일들이요』

하고 뭇는 돌석이 말에 이웃사람 하나가

『싸움을 말리러 왓소』

하고 대답하니 돌석이는 수양모와 김가 안해의 꼴을 번갈러 바라보고 나서

『싸움을 말려 노앗거든 고만들 가시우』

하고 이웃 사람들을 돌아 보앗다

『이리 와서 내말 듯게』

『어서 이리 와』

수양모가 불르는것을 돌석이는 역증난 소리로

『가만이 좀 잇수』

하고 대답한 뒤에 이웃 사람들이 삽작 박그로 나가는것을 보고 섯는데 쪼구리고 안젓든 김가의 안해가 일어나서 여러사람 뒤를 따러나가려고하니 돌석이가 쪼차와서

『게좀 잇다 나종 가우』

하고 아플 가로막앗다 이웃 사람들이 또 무슨 구경꺼리나 잇슬까 생각하고 삽작 박게 나가서 허터저가지 아니하니 돌석이가 삽작께로 나와서

『왜들 안가구 여기 잇소 어서들 가우』

하고 눈까지 부라려서 모다 쪼차버리고 삽작문을 다더걸고 들어왓다

『우리 방으루 들어가서 이야기합시다』

하고 돌석이는 수양모와 김가의 안해를 끌고 안방에 들어와서 방문까지 닷고 안젓다 돌석이가 먼저 수양모를 보고

『엇재 싸움이 낫소』

하고 물어서 수양모가 까닥업는 일에 죽을 욕을 보앗다고 중언부언 하소연하는데 김가의 안해가 자기 잘못이 업는것을 발명하려고 말ㅅ가리를 드니

『임자 말은 나중 들을테니 잠ㅅ간 가만이 잇수』

하고 돌석이가 눌럿다 수양모의 하소연이 되썹는말이 만흔것을 참고 듯다 못하야

『인제 다 알엇스니 고만두우』

하고 끄틀 무질뜨리고

『자 임자만을 들읍시다』

하고 돌석이가 김가의 안해를 향하고 안젓다 며누리 간곳을 일러주지안코 모른다고 속이니까 자긔가 골이 낫다 자긔를 떠다박질르니까 머리채를 잡은것이지 자긔가 선손 건것이 아니다 김가의 안해가 발명을 부산하게하니 돌석이가

『그까지 말은 듯지 안어두 좃소』

하고 가로막고

「내가 말을 물을테니 뭇는대루 대답만 해주우」
하고 말하엿다
「임자 남편이 우리집에 놀러 오는데 의심나는 일이 잇소」
「처음에는 친구 집에 놀러 오는줄만 알엇스니까 의심낼까말기 업지요」
「그러면 엇재 의심이 나기 시작햇소」
「지금은 의심할것두 업소」
「의심할것두 업시 안 일이 무어요」
「친구 집에 놀러 다니는것이 아닌줄을 알엇소」
「어떠케 알엇소」
김가의 안해가 말을 할까 말까 망서리는 모양이 잇는것을 보고 돌석이가 아프로 나안즈며
「왜 말 안하우」
「말 못하겟소」
하고 표독스럽게 말하다가
「아는것을 바른대루 말하면 내가 옹용 조처를 할테니까 염려말구 말하우」
하고 슬그머니 달래엿다

「그애 아버지가 어제나제 집에서 나가서 밤새도록 들어오지 안헛소」

「그래서」

「밤에 내가 온 동네를 다 차저 다녓소」

「그래 우리집에 와서 차젓소」

「내가 이집 울박게 와서 밤중까지 부터 섯섯소」

「엇재 들어와 보지는 안헛소」

「삽작이 다더 걸려서 못 들어왓소」

「치운데 고생햇구려」

「치운줄두 몰럿구요」

「방에서 짓거리는 소리가 잘 들립듸까」

「말은 들리지 안치만 목소리야 몰으겟소」

「삽작을 떼어 저치구 들어 올 생각 안하구 그대루 갓단 만이요」

「울미테 개구멍 뚤코 시픈 생각은 만헛지만 이를 악물고 참엇소」

「무던하우」

돌석이는 비앙스럽게 만하고 곳 수양모를 돌아보며

『김서방이 어제 밤에 우리 집에서 잣소』
하고 물엇다
『나는 읍네 가서 자구 왓서』
『읍네는 엇재』
『전에 꾸여주엇든 곡식을 바드러 갓섯서 가서 바더오라구 어지간이 성가시게 굴어야지』
돌석이는 고개를 끄덕이며 서구픈우슴을 우섯다
돌석이가 한동안 미간을 찌프리고 안저서 간특한 기집을 어떠케 처치하면 조흘까 생각하엿다
죽이자니 분푸리가 안되고 그러타고 자자가튼것으로 망신줄 기집도 못되엿다 돌석이가 말업
시 안젓는것을보고 김가의 안해가
『인제 나는 갈테요』
하고 일어서니 돌석이는
『좀 가만이 잇수』
하고 손을 잡아 주저안치고 나서 수양모를 돌아보며
『대체 이년의 기집이 간데가 어듸요』
하고 물엇다

『나도 몰라 내가 정말로 몰라서 모른다고햇는데 저년의 녀편네는 숨기느니 속이느니하고 내 머리채를 들엇다니까』

『한 집안에서 어듸 가는것두 모르구 잇섯단말이요』

『나는 방안에서 손님대접하느라고 몰랏서』

『손님은 누구요』

『봉산 황서방이 송두 박서방이란이하고 가치왓다갓서』

『언제 왓다 언제 갓단말이요』

『그사람들이 어제 왓드래 어제 왓다가 집에 사람이 업스니까 읍으로 들어갓섯드래 내가 오늘 식전에 읍에서 나오다가 길에서 만나서 가치 와서 술대접하고 만나보고 가라고 한사하고 붓들어도 황서방이 말미 어든 날짜가 잇서서 가야 한다고 고집을 세우니 어떠케 더 붓들수가 잇서야지』

『그래 그사람들 술대접하는 동안에 살그머니 어듸루 갓단말이요』

『술ㅅ상 낼때까지는 집에 잇섯서』

김가의 안해가 말끄를 말어서

『그게 어느때쯤 되오』

하고 물으니 늘근 녀편네는 아직 골이 덜 풀렷든지 말을 대답하지아니하엿다 김가의 안해가 무류하야 혼자 말하듯이

『둘이 어듸로 가치 간게요』

하고 말하니 돌석이가

『그전 어떠케 아우』

하고 물엇다

『이 울박게 와 섯는것을보고 온 사람이 잇소』

『둘이 가치 울박게 나선것을 본 사람이 잇단 말이요』

『아니요 그애 아버지가 이 울박게 와서 기웃거리드라오 그말을 듯고 내가 불이나케 쪼차왓소』

『놈팽이하구 싸우러 왓다가 애꾸진 늘근이하구 싸왓구려』

『그러지 안허도 대판으로 싸움을 햇소 새벽에 들어왓슬때 대번 싸움을 거니까 잇다가 이야기한다고 말하고 이불을 푹 뒤집어쓰고 눕드니 코가 비뚤어지도록 자고 일어납듸다 일어나는 길로 싸움을 시작해서 여간 싸우지안헛소 나종에 내가 조목조목 드리댓드니 그제는 잘못햇다고 개개 빌고 다시는 이집에 발그림자를 안한다고 맹세까지 합듸다 그말을 고지듯고

그만 저만 두엇드니 그러케 말한 입쌀의 침이 말르기도 전에 이집에 와서 울바게서 기웃거리드라니 사람이 분통 터지지 안켓소』

김가의 안해가 한참 짓거리고 나서 입에 침을 돌리는데 돌석이수양모가 물끄럼이 바라보다가

『절므신네 맘에 분하긴 하겟소 그러치만 사내란건 대개 홀레숫캐거니 생각하고 분한 맘을 석이시오 그러고 그런 사내는 아모쪼록 내노치 말고 집에 붓들어 두는것이 미덥고 좃습늬다』

하고 말하니 김가의 안해는

『사내를 무슨 수로 집에 붓들어 두오 말기색기니 발목장이를 붓잡어 매오 어떠케하오』

늘근이의 교훈을 뒤밧고 돌석이는

『나는 분을 석이자면 어떠케 생각해야 좃소 기집이라구 생긴것은 모두가 홀레암케거니 생각하리까』

녀편네를 훌절어 욕하엿다

『분만 석일수 잇스면 그러케 생각해도 조치』

하고 수양모가 선우슴 치는것을 돌석이는 손을 내저어 제지하고 귀를 기우렷다 이때 박게서 삽작문을 삐걱삐걱 흔드는 소리가 낫다

돌석이가 박게 나와 보니 기집이 와서 삽작문에 부터섯섯다 돌석이가 말소리 거출지안케 예사로

『어디 갓다 인제 오나』

하고 말하며 삽작문을 열어 주엇다 기집이 고개를 숙이고 할낏할낏 눈치를 살피는데 돌석이 눈에 살기가 보여서 겁이나든지 선뜻 들어오지 못하엿다

『어서 들어오게』

하고 돌석이가 재촉하야 기집이 지수굿하고 잇든 얼골을 빤빤스럽게 치어들고 되반들거리며 들어오더니 돌석이가 삽작문을 다더 거는동안에 쪼루루 건넌방으로 들어갓다 돌석이가 건넌방에 들어와 서서 기집을 내려다 보면서

『안방으로 건너 가세』

하고 말하니 기집이 녜 대답하고서도 좀처럼 일어나지 아니하야

『어서 일어나』

하고 돌석이가 큰 소리를 내엇다 기집이 마지못하는모양으로 일어나려고 할즈음에 돌석 이의 수양모가 안방에서 건너 왓다

『어듸를 갓다 왓늬』

「오쟁이네 집에 가서 떡방아 찌어주고 왓소」

돌석이가 기집의 말을 듯고

「올타 올아 한놈에게는 오쟁이 지우구 한놈하구는 찰떡가치 부터 다녓구나」

마치 남의 일을 빈정거리듯이 말하는것을 기집은 들은체아니하고 시어미를 바라보며

「어미니 낙상하셧소 얼굴에 생채기가 만히 낫스니 웬일이요」

하고 딴전하엿다

「그것두 네년때문이다」

돌석이가 소리를 꽥 질르고 연달어 무슨 말을 하려다가 안방문 여닷는 소리가 나는것을 귀ㅅ결에 듯고 지게문을 열치고 내다 보더니

「내말두 안듯구 어듸를 가려구」

하고 분분히 박그로 쪼차나갓다

「누군가요」

「아래ㅅ말 김서방네다 어제밤에 김서방이 집에 와서 잣다지」

「그년의 녀편네가 그런 소리를합듸까 그년의 녀편네 미첫구먼요」

「오늘 나제도 김서방이 집에 와서 너하구 가치 나갓다며」

『그년의 녀편네가 거짓말이 난당일세』

『너는 거짓말이라고하지만 네 남편이야 거짓말로 알것이냐 너보고 야단을 치거든 발명도 고만두고 그저 잘못햇다고 빌어라 비는게 제일 조흔 수다』

『빌고 말고 할건 무어잇서요 귀밋머리 풀어준 남편인가 오다가다 만난 터수에 살기 실타면 갈라서지 걱정이요』

『이애 지각업는 소리 작작해라』

돌석이가 김가의 안해를 끌고 건넌방으로 들어와서 한여페 주저안친 뒤에 기집에게로 가까히 오며 곳 머리채를 잡아 치켜 세웟다

『이년아 누구를 속이려구 가짓말이냐 네가 바른대루 말아니하면 몸에 매박게 돌아갈게업다 바른대루 말을 할테냐』

『노하요 노하요』

『잘못한일 잘못햇다구 말하구 빈다구 그랫서』

『어머니는 나가서 저녁밥 좀 지으시우』

『손찌검 안켓다는 말을 들어야 내가 나갈테야』

『이년이 바른대루 말한다면 손찌검할리업소 내가 창피해서 왁짜하게 안할테요』

『그래 그래 왁짜하면 창피하지』

수양모가 돌석이보고 말하고 또

『이애 바른대루 말하면 용서한다니 바른대루 말하렴』

며느리보고 말하였다 수양모는 돌석이가 머리채노코 안는것을 본 뒤에야 저녁밥을 지으러 나갓다

『김가가 어제 밤에 여기서 잣다지』

기집의 고개가 수그러젓다

『상관된지가 오래겟구나』

기집의 고개가 조금 가루 흔들리엇다

『오래지는 안트래두 어제가 처음은 아니겟지』

기집이 홀쩨 고개를 들고

『잘못햇스니 용서하시요』

하고 목구멍에서 끌어달리는 소리로 말하였다

『에끼순 더러운년』

하고 돌석이가 기집의 얼골에 침을 배트니 기집이 치마자락으로 얼골을 가리고 돌아안저서 훌

짝훌쩍 울기시작하엿다 돌석이가 김가의 안해를 보고

「저년이 임자의 남편하구 서루 눈마진제가 오래요 우리하구 가치 처음 저년을 만낫슬제 그때 벌서 년놈의 눈치가 다 수상햇섯소」

하고 말한다음에

「지금 나는 저년을 아주 속시원하게 임자의 남편에게 내줄 생각이잇는데 어떠켓소 임자의 말부터 좀 들어봅시다」

하고 말하니 김가의 안해가

「나는 어떠케 하라구요」

하고 질색을 하엿다

「한사내 두 기집이 가치 잘살면 고만 아니요」

「어떠케 가치 잘 살수가 잇소」

「잘 못살어두 할수 업지」

「그러케 말고 다시 잘 생각하시우」

「그럼 어떠케 햇스면 조켓소」

「그런 짓들만 다시 못하게 해주시우」

「그런 짓들을 다시 못하게 하자면 년놈을 다 죽여버려야겟소구려」

「그러면 이게고 저게고 말할것도 업께요」

「죽이지 안쿠야 그런짓들을 다시 못하게 할수가 잇소」

「아주 단단이 다짐을 바드면 되지요」

「다시 안는다구 맹세까지하구 돌아서는 길루 곳 쪼차왓다며 그런데 다짐바더 무슨 소용잇겟소」

「배서방이 다짐을 바드면 그리 못하겟지요」

「올아 배서방은 무서우니까 그리 못할법하거니 그러치만 좀 덜 생각햇소 년놈이 배서방이 무서운줄알앗스면 애당초에 그런짓 할 생의를 햇슬리가잇소」

「그래도 안그래요」

「그러나 저러나 나종에 다가치 모여안저서 이야기해 봅시다」

「그러면 내가 지금 가서 다리고 오리다」

「가서 데리구 올것업시 여기서 오두룩 기다리우」

「올는지도 모르는데 기다리고 잇세요」

「올테니 념려말구 기다리우」

『언제 올까요』

『언제 오던지 오두록 기다리구려』

『그러케 기다리고 잇는이 얼른 가서 다리고 오지요』

『임자는 볼모니까 가지 못하우』

『볼모라니요』

『아무소리 말구 잇서보우』

김가의 안해는 눈이 둥그래지며 다시 말을 못하엿다 돌석이와 김가의 안해가 여러 말수작하는동안에 기집은 건성으로 코만 드려마시다가 수작이 끈친뒤부터 연해 억개를 들먹거리며 흑흑 느끼는 소리까지 내엇다 돌석이가 코ㅅ방귀를 뀌면서

『어듸 우는 낫바댁이를 좀 보자』

하고 기집의 억개를 집아 돌려 안첫다 기집이 몸은 돌려안치는채 돌아안젓스나 낫은 치마 자락으로 폭 싸다시피 가리엇다 돌석이가 이것을 보고

『낫바댁이 좀 들구 안저라』

말하고 한동안 잇다가

『인제 부끄러운줄을 알구 낫을 들지못하느냐』

하고 말하엿다 나종 말이 제법 부드럽게 들리어서 기집은 차차 용서ㅅ길로 들어가는줄 알고 치마자락으로 눈물을 이리 씻고 저리 씻고 하다가 슬몃이 낯을 내노핫다

어느듯 해가 다저서 지게문틈으로 들어오는 해ㅅ발이 업서지고 바로방안이 어둠침침하야젓다 돌석이가 방문을 열고 박글 내다 보며

『저녁밥이 어떠케 되엿소』

하고 물으니 수양모 늘근이가 부억에서 마주 내다보며

『다 되엿네 어듸서 먹으려나 건넌방으로 드려갈까』

하고 물엇다

『아무데서나 먹읍시다 어서 가저오시우』

『불을 켜야겟지』

『봉당에 화루불을 노쿠려』

수양모 늘근이는 돌석이 말대로 화로불을 노흔 다음에 저녁 밥을가지고 건넌방으로 들어왓다 저녁 밥을 두루거리로 가치들 먹는데 돌석이는 김가의 안해를 권하고 늘근이는 며느리를 권하엿다 며느리와 김가의 안해가 모다 멧술 뜨지안코 나안는 통에 늘근이 역시 운이떨어저서 전의 반만큼도 먹지 못하고 술을 노핫는데 돌석이만은 자긔 밥 다먹고 남의 밥까지더 먹엇다

저녁 밥이 끗난 뒤에 늘근이가 돌석이를보고 가장 의논ㅅ성잇시

「저댁은 고만 보내세」

하고 김가의 안해를 보내자고 말하다가

「갓지안케 참견할 생각 마우」

돌석이에게 몰품스럽게 핀잔을 바덧다 늘근이가 무류하야 한동안 말업시 안젓다가 생각해보니 분하든지

「내가 무얼 잘못햇나 내게까지 골낼께 무어야 먼길 갓다와서 곤할테니까 일직 자게 할라고 말햇지 참견인가 또 참견이라도 그만 말에 갓지안타고 핀잔하는건 너무 과해 밤새두룩이라도 붓들고 안젓지 누가 말리어」

하고 중얼거리엇다

「내가 어머니한테 골낼까말기 잇소 노여워 마시우」

「그러키에 말이지」

「김가놈이 오거든 두 기집을 한께 내줄 작정이요」

「두기집이라니」

「저까지 더러운년을 누가 다시 데리구 살겟소」

「인심조쿤 기집을 훌훌 남 내주게」

「내가 안데리구 살바엔 내주지 무어하우」

「나는 사내가트면 미워도 안내주겟네」

「나는 미워서 내줄라구 하우」

「내준다는건 말뿐이지 다려갈 놈은 어듸잇고 따러갈년은 어듸 잇서」

「사람갓지 안흔것들이 조하할는지 누가 아우」

「만일 참말 다려가면 어떠케 할테야」

「어떠케 할꺼 무어잇소 고만이지」

「사내가 남의 기집을 뺏을망정 제기집을 남에게 뺏긴단말이 될말이야」

「쓸데업는 훈수말구 고만 안방으루 건너 가시우」

「그러지 안허두 설거지하러 나갈테야」

수양모가 나가서 저녁 설거지를 하는동안에 두 기집이 다 입한번 빵긋 아니한건 다시말할 것도업고 돌석이까지 입을 봉한 사람가티 말한마듸 안코 안저잇섯다 돌석이가 나종에 조름이와서 기지개를켜고 눈을 부비면서

「이놈이 아니오나」

하고 혼자 말하니 박게 잇는 수양모가 귀발게 듯고
『내가 가서 불러가지고 오까』
하고 나섯다
『고만 두시우』
『왜 고만두어』
『설거지 다햇거든 안방에 들어가서 가만히 기시우』
돌석이가 곳 기집을 향하고 안저서
『김가가 오면 너를 주어 보낼라구 햇드니 아니오니 네가 김가에게루 가거라』
하고 말하니 기집은 말댓구 안하고 김가의 안해가
『갈사람이나 고만 보내주시요』
하고 말하엿다
『임자는 못가우 여기서 나하구 가치 잡시다』
『별 망칙한 소리를 다 듯겟네』
『무에 망칙하우 기집 바꿈박게 더되우』
김가의 안해가 이 말을 듯고 벌덕 일어나 지게문을 박차고 뛰어나가려고하니 돌석이가 얼른

와서 뒤로끼어안어다가 방구석에 동당이 치듯하야 주저안친 뒤에 실정에 언친 이불은 나려서 아래ㅅ목에 펴노호며 곳 김가의안해를 우격다짐으로 끌어다가 누이려고 하엿다 한동안 아이구지구 소리와 우당퉁탕 소리가 가치 낫다 돌석이가 김가의 안해를 잔뜩 끼고 누어서 머리마테 안즌 기집더러

「너는 너 조하하는 놈 한테루 가거라」

하고 말하니 기집은 분하기보다 우숩기가 더하고 부끄러운 마음보다 해괴스러운 생각이 더만하서

「어듸가 자지 못해서 발채 잠자고 잇스까」

하고 말대답하엿다

「이년아 아가리 찌저노키 전에 어서 나가거라」

돌석이가 소리를 질르자 기집은 후닥닥 뛰어 일어나서 박그로 나가며 지게문을 메어 박듯이 다치엇다

김가가 저의 기집이 돌석이 집에 잡혀잇는줄을 알고 삽작박게와서 동정을 살펴보앗다 봉당의 화로불은 거의다 꺼저가고 건넌방은 캄캄하고 안방에만 등잔불이 키어잇는데 화로불을 끼고 두녀편네 마주안젓는 그림자가 방문에 비처 보이엇다 김가가 삽작문을 멧번 흔들어보다가

집ㅅ뒤로 돌아와서 울미테 개구멍을 뚤럿다 수숫대울타리가 해가묵어 다삭어서 구멍뚤키는 힘이 들지안헛스나 버석버석 소리는 나지안흘수업섯다 김가가 울안에 들어와서 안방으로 가까이 가려고 할즈음에 방문여다치는 소리가 나서 안방굴둑뒤에 가만이 부터서 잇섯다 돌석이의 수양모가 광솔불을 손에들고 나와 돌아다니다가 김가섯는 굴둑뒤로 돌아오니 김가가 들켜나기전에 미리 아프로 나서서 나직이

『할머니』

하고 불럿다

『아이구머니 이게 누구야』

『나요』

『김서방 아니라구』

『네 그럿소』

『어듸로 들어왓서 울넘어 들어왓군 삽작을 열어달라지 그게 무슨 짓이야』

늘근이가 김가를 사살할때 안방에잇는 돌석이의 안해가 굴둑뒤에서나는 말소리를 듯고 불이나케 쪼차나왓다

『이게 누구야』

「내지 누구야」

「어듸로 들어왓소」

「어듸로 들어왓든지 그건 나중알구 이리와서 내말좀 들으우」

기집이 늘근이를 보고

「어머니 팡솔을 날주고 먼저 들어 가시우」

「김서방하구 가치 안방으로 들어가 이야기하잣구나」

「떠들지말고 먼저 들어가세요」

「무슨 일이든지 일을 크게 맨들면 뒤탈이 만흔법이야 공연히 글거 부스럼 맨들지마라」

「내가 무슨 일을 맨들어요 아무쪼록 일업도록 할테니 념려말고 들어가세요」

「내가 먼저 들어갈테니 너도 곳 들어오너라 어듸로 가지말어」

늘근이가 돌아서 간뒤에 기집은 김가에게와서 바짝 보터서서 얼골을 치어다보며

「알고 왓소」

하고 명토업시 물엇다

「무얼 알구와」

「둘이 끼고 자는걸알고 왓느냐 말이요」

「둘이끼고 자다니」

「몰르고 왓구면 어듸 잠ㅅ간안저서 이야기합시다」

기집이 둘레둘레 돌아보다가

「부억으로 들어갑시다」

하고 김가를 끌고 부억안으로 들어와서 광솔불은 부뚜막우에 노코 입나무를 깔고 둘이나란이 부터 안젓다

「아까 나제 안해자랑을 너무하드니 자랑끄테 불이부텃소」

「나제 여기와서 야료를햇다지 지금까지 여기잇지」

「여기잇지 어듸가 둘이끼고 잔다니까」

「참말이야」

「내가 언제 거짓말합듸까 년놈이 펄처노코 끼고 뒹구는 꼴은 사람이 눈으로 차마 볼수가업습듸다」

「건넌방에서 자겟지」

하고 김가가 벌떡 일어서는데 기집이 치어다보며

「지금 막 드리칠테요 아까 나제는 돌풀매 마저죽을가봐 겁을 내드니 지금은 겁이 안나오」

하고 조롱하듯이 말하엿다

김가가 잠ㅅ간ㅅ동안 입살을 깨물고 섯다가 다시안저서

『나혼자 맨손으로는 어려우니까 내가 얼른갓다 올테야 그동안에 떠들지말구 내버려두어 등시포착으루 년놈을 다죽이면 우리둘이 거침새업시 가치살겟네』

하고 기집의 귀에 속삭이니 기집이 서슴지안코

『그럼 얼른가서 단단이 차리고 오시우』

하고 당부하엿다

『늘근이에게두 눈치 보이지 말어』

김가가 말하고 곳 일어서 나간뒤에 기집은 안방에 들어와서 김가를 잘말하야 보냇다고 늘근이를 속이엇다 한동안 다른 이야기를 하다가 늘근이가 고만자자고 말하야 이불하나를 고부가치덥고 누엇슬때 별안간 삽작부서지는 소리가나며 곳 여러신발 소리가 들리엇다

안방의 고부가 일시에 이불을 저치고 뛰어일어낫다 문틈으로 박글 내다보니 삽작을부시고 마당으로 들어오는 사람이 수효가 근십명인데 손에무엇을든 사람도 한둘이 아닌상 불럿다 영문모르는 늘근이가 벌벌떠는것은 말할것도 업거니와 김가가 사람몰고 온것을 짐작하고 김가가년놈을 죽이고 거침업시 가치 살겟다고할때 단단이 차리고 오라고 당부까지 한 기집이 역시

사시나무떨듯 떨엇다

건넌방문이 펄떡 열리며

『너의놈들이 다 누구냐』

돌석이의 야무진 말소리가 들리고 마당에서 발을 굴르며

『이놈아 내기집 내놔라』

김가의 불메인말소리가 들리엇더

『오 김가놈이냐 네기집은 고사하구 내기집까지 다 내주마』

『남의 기집을 펼처노쿠 데리구자두 아무일이 업슬줄 아느냐』

『남의 기집을 몰래와서 데리구자면 아무일이 업겟구나』

『네놈하구 말다툼하러 온줄아느냐 이놈아』

『네가 여러놈을 끌고 왓나부다만 내손에 돌주머니 들엇다 열놈 스무놈 가지고는 내게 범접을 못할테니 슷제 다른 놈들을 다 보내구 너만 남아서 나하구이야기하자 내가 창피해서 일을와짜하게하구 십지안타』

『이놈아 돌주머니 가젓다면 어떤 개아들놈이 겁낼줄 아느냐』

『참말루 하루ㅅ강아지 범무서운줄 모르는구나 여기서 보이는 너의놈들의 대가리 여섯을 삽시간에 모주리 깨어노흘테니 구경좀하려느냐』

김가가 저의결지와 동무를 여섯사람 끌고온까달게 김가까지 치면 사람수효가 일곱이건만 한사람은 뒤에가려서 돌석이눈에 보이지 안헛든것이다 한사람에게서『자』소리가 나자 여러사람에게서『으악』소리들이 낫다 별빗아래 시커먼 그림자들이 좌우쪽으로 쫙갈려지며 한패는 바로 건넌방압문을 드리치고 한패는 봉당으로 올라와서 건넌방지게문을 드리첫다 압문을 드리치는 패중에서 하나가 아이쿠하고 나가잣바질때 건넌방안에서

『이년봐라 이년아 인내라 안낼테냐 이년아』

돌석이의 급한 말소리가 나더니 쿵쿵 벽이 울리는중에

『나를 죽여도 돌주머니는 안줄테다』

김가안해의 악쓰는 소리가낫다 돌석이가 돌주머니를 김가의 안해에게 빼앗긴모양이다

『올타 드리처라』

건너방의 압문과 지게문이 모다 와직근와직근 부서젓다

『저벽에 부터섯다』

『아니다 저구석에 섯다』

『마구치지마라 우리 손으루 죽여선 못쓴다』

『죽이구 살리는건 김서방에게 맛기세』

여러사람이 뒤떠드는고테

『이놈봐라』

『내뺀다』

급한 소리들이 연거펴낫다 돌석이가 붓드는 사람을 뿌리치며 곳 압문께섯는 사람을 발길로내차고 박그로 뛰어나갓든것이다 여러사람이 우루루 마당으로 몰려 나려 오는데 그중에 한사람은 안방으로 뛰어들어왓다 늘근이와 며누리가 서로끼고 안저서 떠는것은 본체도 아니하고 그사람이 곳 광솔에 불을 달려가지고 나가서 화토바탕에 불을노핫다 마당안이 환하야젓다 여러사람이 이리저리 찻는중에 돌석이가 장독대 여페서 나섯다

『저기 잇다』

여러사람이 몽치를 휘둘르며 쪼차가다가 아이쿠 지쿠소리들을 질르며 뒤로 나가 잣바지는데 김가는 어느틈에 살그머니 장독대뒤로 돌아가서 돌석이의 정수리를 뒤에서 나리치려고 몽치를 둘러메엇다

돌석이가 방에서 뛰어나오며 바로장독대로 달어온것은 장독대여페 돌이만흔까닭이엇다 땅에박힌 돌을 더듬어 뽑느라고 한참 업드려잇다가 여남은개 조히 손모하노코 일어낫섯다 여러사

람이보고 쪼차올때 아프로 들어오는 사람의 면상을 노려보느라고 김가가 뒤로도는것은 미처눈살피지못하엿다가 뒤에서나는 인기척에 놀라서 얼핏 한여프로 비켜설때 왼편 억개가 지끈하엿다 정수리를 노리고 나려친 김가의 몽치가 억개에 떨어진것이엇다 돌석이가 엉겁결에 장독대우로 뛰어올랏다 한참동안 독하나를 끼고 돌면서 김가의 몽치를 피하다가 장독대에서 뛰어나오는 길에 조그만 항아리하나를 번쩍들어서 김가에게 내던젓다 던지는 솜씨가 남유달은사람이라 항아리가 김가의 머리에 마저깨어지며 그속에 들엇든 장물이 쏘다젓다 김가가 장독아페 펄썩주저안는것을 보고 돌석이는 다시 장독대우로 올라와서 발ㅅ길로 복장을 찻다 김가가 잣바진뒤에 김가의 몽치로 김가의 대가리를 나리첫다 한번치고 두번칠때까지 김가의입에서 아이쿠 소리가 나오더니 세번째 칠때는 소리조차 업서젓다 소리업서진것이 죽은 표이거니 짐작하면서도 돌석이는 한번더치고 두번더치고 세번까지 더처서 김가의 대가리를 여지업시마어노코야 손을 끄치엇다 돌석이가 죽은 김가를 내버리고 돌맛고잣바진 사람에게와서 몽치하나를 갈어쥐고 안방으로 들어갓다

돌석이의 모양이 독살난 삭과가텃다 기집은 고사하고 수양모까지 돌석이의 모양을 보고 진저리를 첫다

「이년 너두 김가따러 저승으루 가거라」

하고 돌석이가 곳 몽치로 기집을 패기시작하엿다 말리려고 붓드는 수양모는 헛가비가티 떠다박질르고 살려달라고 비는 기집은 김가와가티 해골을 바시어 죽이엇다 돌석이가 건넌방으로 건너와서 방구석에 쓸어저 잇는 김가의 안해를보고

『돌주머니를 빼서간까달게 내가 죽을 욕을보앗다 너두 죽여버릴테니 그리알어라』

하고 얼러메엇다 그러나 김가의 안해는 머리를 여러번 몹시 벽에 부드트리고 정신을 일흔채 쓸어저잇는 사람이라 겁낼까달기업섯다

『데리구 잔갑스로 살려줄까』

돌석이가 김가의 안해에게 와서 품에지닌 돌주머니를 뒤저가지고 박그로 나가려다가 말고 흔의복을 차저내서 피무든 옷과 바꾸어 입는데 왼편팔이 쓰기 거북하야 그제야비로소 만저보니 억개가 상하고 저구리 안에 피까지 배엿섯다

이웃사람들이 돌석이집에 야단난것을 기집까달그로 싸움이 벌어젓나 생각하고 구경삼아 모여들엇다가 사람이 늘빈하게 잣바진것을 볼뿐아니라 사람죽는 소리가 나는것을 듯고 각기 허터저 가서 소문을 내노키도 하엿거니와 눈퉁이 코뚱이에 돌을맛고 잣바젓든 사람들이 정신을차린뒤에 뿔뿔히 도망해가서 뒤설레를 떨엇다

『살인 낫다』

『배돌석이가 살인햇다』

소문이 삽시간에 돌아서 경천역말이 아닌밤중에 발끈 뒤지펏다 동임들이 나서서 동네사람을 지휘하엿다 동네사람들이 돌석이집에 몰려와서 전후좌우로 둘러싼뒤에 장정역졸 오륙명이 삽작안으로 들어왓다 돌석이가 박갓긔척이 수상한것을 듯고 돌주머니를 한손에들고 건넌방에서 내다보며

『너놈들은 또 누구냐』

하고 소리질르니 압선역졸하나가

『배서방 자네가 큰 일을 저질럿네 그려 그러치만 등시포착한 셈인데 별일잇겟나 이리나오게 우리하구 가치가세』

하고 온언순사로 말하엿다

『너의들이 날잡으러 온 모양이구나 그러치만 내가 잡혀가구시퍼야 잡혀가지』

『공연히 거센체 말구 순순이 가치가세』

『잔소리말구 돌하나 바더라』

돌석이의 손이 번뜻하며 그역졸의 압니마가 돌에터저서 아이쿠하고 주저안젓다 역졸들은 이것을 보고 고만 뺑손이들을처서 박그로 나갓다

전후좌우에서 일어나는 아우성을 들으면서 돌석이는 도망질할차림을 차리엇다 머리를 수건으로 동인다음에 거먹초립을 쓰려다가 쓰지안코 발로 짓발바 망가질르고 허리띄를 졸라매고도 녀편네의 허리끈으로 저구리를 눌러덧매고 바지가랑이의 오굼미를 바짝동이고 집신감발을 가든하게 하엿다 돌주머니를 허리에차고 돌댓개는 손에들고 건넌방에서 나서며

「한개 바더라」

마당으로 나려오며

「한개 또 바더라」

삽작께로 나오며

「한개 더 바더라」

돌풀매 세번에 삽작박게 나와도 아플막는 사람이 업섯다 돌석이가 뛰기시작한뒤에 뒤에서

「내뺏다」

「쪼처라」

고함치는 소리는 굉장하엿다 그러나 부모죽인 원수가 아닌데 돌풀매에 대가리깨어질것을 헤지안코 돌석이를 뒤쪼칠 사람은 업섯다 여러사람들이 한데모혀서서 호랑이 쫏듯이 아우성들만 질럿다 돌석이가 뒤쫏는 사람이 업는것을 보고는 찬찬이 큰길로 걸어서 봉산을 향하고갓

다 밤ㅅ길이 더될뿐아니라 경천서 나설때 밤이 이미 기펏든까닭게 동이환하게 틀때 돌석이는 새남을지낫다 돌석이가 전날 저녁밥을 든든이 먹엇건만 새남 지날때부터 시장끼가 몹시들더니 동선령나려올때쯤은 허리가 착 꼬부라저서 거름을 걸을수가업섯다 그대로 봉산읍내까지대어갈 가망이업서서 돌석이는 가까운 촌가를 차저 들어갓다 촌사람의 안타까운 아침밥을 논하먹고 요긔는 되엇스나 몸이 갑작이 천근가티 무거워지며 안저잇기도 가뻐서 돌석이는 한숨자고 일어나려고 마음을먹고 염치불고하고 밥먹은 자리에 쓸어젓다 돌석이가 한번 쓸어진채 인해정신을노코 알는소리하엿다 그집주인이 민망하기는 짝이업스나 정신모르고 알른 사람을 어떠케 할수업서서 그대로 내버려둘까말게 돌석이가 하루ㅅ낫 하루ㅅ밤을 정신업시 죽도록 알코 이튼날식전 돌만에야 간신이 정신을 차리고 일어안젓다 돌석이 욕심에는 하루쯤 더누어잇고시펏스나 가기를 조이는 주인이 시각이 민망하야 하는것을보고 밥물 한두모금으로 곡긔한뒤에 주인에게 치사하고 촌가에서 나서는데 아래ㅅ도리가 허전허전하야 작대기하나를 어더서 지팽이삼아 지펏다 중병칠은 사람가티 쉬엄쉬엄 걸어서 봉산읍내 삼십리못되는 길을 한나절이 지나도록 걸어왓다 돌석이가 봉산으로 오기는 황천왕동이에게 와서 피신하려는것이 아니고 박유복이를만나서 따러가려는것이라 천왕동이야 장청에 출사하야 만나든 못만나든 백리방의 집에가면 유복이의 행지를 알려니 생각하고 바로 쇠전꺼리로 올라오는데 거리에서 장교 두사람과 마주첫다 장교두사람중에 한사람은 천왕동이의 반편으로 한두번 만나서 인사까지한 사람인데 돌석이를보고 인사도 아니하고 여페동무에게 한두마듸 귀ㅅ속말을 하더니 주왕사를 손에든 낫모르는 장교가 돌석이 아페와서

「배대정이 아니요」

하고 물엇다

「누구시오」

「나는 살인 죄인을 잡으려나온 장교요」

돌석이가 살인죄인이란 말을듯고 얼골빗이 변하야지자

「앗다 이놈아 줄바더라」

하고 그장교가 주왕사로 돌석이를 묵는데 돌석이아는장교도 얼른와서 거들엇다 돌석이는 항거할 사이도 업고 항거할 긔운도 업서서 곱게 묵기엇다

「나를 왜 묵소」

「어제 황주서 공문이와서 다 알엇다 이놈아」

돌석이는 고개를 숙이고 다시 말을 뭇지못하엿다 봉산군수가 경천살인범인 배돌석이잡혓단말을 듯고 즉시 형장을 가추고 잡아드려서 대강 문초한뒤에

「오늘은 느젓스니 내일 새벽에 황주로 압송하도록하고 옥에 나려가두어라」

하고 분부하야 돌석이는 큰 칼을 쓰고 옥에 가치게되엇다

황주서 공문이온것은 전날저녁때요 봉산서 장채가 풀린것은 이날식전이다 천황동이가 여러장교들틈에 서서

「경천살인범인 배돌석이가 봉산으로 도망한 형적이잇스니 긔찰하야 잡어말라」

는 황주공문의 사연을 들을때 속으로

「이 사람이 간통한 남녀를 죽엿구나 봉산으로 온다면 내게로 오겟지」

생각하고 마중삼아 기찰하러나갈까 고만둘까 자저하다가 마침내 모피하고 장청에 남아잇섯다 해가 점심때 다된뒤에 손님이잇서 나가겟다고 수교에게 사정하고 처가에 나와서 유복이와 가치 술먹고 잇는중에 장교한사람이 일부러와서 돌석이가 잡힌것을 통기하야 주엇다

「어듸서 잡혓서」

「장터에서 잡혓다네」

「지금 어듸로 갓나」

「관가루 들어갓네」

천왕동이가 장교에게 말뭇든것을 끈치고 유복이를 돌아보며

「내가 잠ㅅ간가보구 오리다」
하고 그장교와 가치 나서서 판가로 들어갓다 돌석이를 문초 밧는동안 천왕동이는 삼문안에서 서성거리다가 돌석이가 옥으로 끌려갈때 옥까지 따러가며
「간통한 기집사내를 죽인것이 큰 죄 될리업스니 안심하게」
「여기 잇는동안 옥바라지는 내가 마터해줄테니 염려말게」
이런말로 위로를 해주엇다 천왕동이가 처가에와서 옥바라지를 시키려다가 처가식구가 다 돌석이를 조하하지 안는까달게 하느니 못하느니 말이만흘것가터서 아는객주집에 부탁하고 처가로 돌아오니 장인 백리방이 사랑에서 유복이를 다리고 돌석이의 일을 이야기하는 중이엇다
「내가 판가에서 나올때 네가 어듸 잇나 물어보니까 먼저갓다구 하기에 집에와 잇슬줄 알엇드니 옥에까지 따러갓다 오느냐」
장인이 뭇는말에 천왕동이는 간단히
「네」
대답하고 곳
「옥사가 어떠케되까오」
장인에게 물엇다

「지금도 이야기하다 말엇다만 돌석이는 죽는 사람이다」

「죽다니요 그사람이 살인을 햇드래두 대살당할 살인이 아닌데요」

「돌석이의 초사루보면 간부간부(姦婦姦夫)를 죽엿다구 하지만 아무리 간부간부라두 등시포착(登時捕捉)이 아니면 살인죄를 면치못하는 법인데 더구나 김가의 기집을 간통하는 중에 김가가 온것을 죽엿다구하니 이것이 간부가 본부를 죽인것으루 볼것이지 어듸 본부가 간부를 죽인것으루 볼것이냐 돌석이가 대살을 아니당할수 업지」

「꼭 죽을까요」

「꼭 죽지」

「귀양두 될수업슬까요」

「귀양안된다」

「돌석이가 죽는다면 억울한 죽엄아닌가요」

「살인자 사가 대경대법이니까 억울할것 업지」

「어떠케 죽지안루룩 해주실주 업습니까」

「살옥이란 법문(法文)대루하지 별수가업는게다 검시관(檢屍官)의 발미(跋尾)나 감사의 제사(題詞)는 고사하구 상감께서 나리는 판부(判付)두 법문에 업는일은 못하신다」

『법문으루 봐서 돌석이가 꼭 죽는단 말슴이지요』

『의심이 부를데가 업다』

『그럼 저걸 어떠케 하나요』

하고 천왕동이가 상을 찌프리고 유복이를 돌아보앗다 한동안 지나서 리방이 안으로 들어간뒤에 천왕동이가 유복이에게로 가까이 닥어안즈며

『내가 오늘밤에 옥에가서 돌석이를 끄내서 도망을 시킬가보우』

하고 가만이 말하니 유복이가 고개를 가루흔들엇다

『친구가 억울하게 죽는것을 그대루 내버려두면 그게 사람이요』

『여보게 가만이 잇게 내가 자네 대신가서 돌석이를 빼가지구 청석골루 데리구가겟네』

『그럼 우리둘이 가치 갑시다』

『자네는 가치 가서 안되네 탈옥시킨죄를 나혼자 뒤집어써야 대신가는 보람이 잇지안흔가』

천왕동이가 무슨 말을하려고 할즈음에 심부름ㅅ군이 저녁상을 가지고 나와서 나오든말을 삼켜버리고 말엇다

저녁이 끗난뒤에 천왕동이와 유복이는 다시 돌석이 탈옥시킬일을 쑥덕공론하는데 천왕동이는 가치가자거니 유복이는 혼자 간다거니 서로 고집을 세우느라고 다른공론까지 잘되지아니하엿

다 나종에 천왕동이가

『옥문열쇠두 내가 훔쳐와야 할테구 옥사장이두 내가 붓들어노하야 할테니까 가치가야 일이 되우』

하고 말하니 유복이는 한참 생각하다가

『그러면 도무지 일을 달리꾸미세 내일새벽에 황주로압송한다니 압송하는 길에서 뺏어 가지구가겟네』

하고 말하엿다

『압녕해가지구 가는사람이 만흐면 어떠케 할라우』

『만히 가기루 열이가겟나 스물이 가겟나 비록 열스물이 간대두 염려업네』

『글세 그러케하는게 조흐까』

『그러케 하는것이 이리저리 다 조흐니 고만 그러케 작정하세』

이튿날 새벽에 봉산장교 세사람이 돌석이를 압령하야가지고 황주로떠나가는데 유복이는 장교들보다 한거름 압서떠나갓다 천황동이가 돌석이 가는것을 보러나갓슬때 돌석이에게 귀ㅅ틈을 해주고 시펏스나 이목에 거리끼어서 그저 안심하라고만 말하야주엇다 천황동이가 장청에 들어와서나 처가에 나와서나 남의 눈에 수상하야 보이도록 한곳에 안절부절을 못하엿다 해가한나절이 다 되도록 아무소식이 업서서 천왕동이는 속으로 조바심을 하다가 동선령까지 잠ㅅ간 나가보고오려고 아무더러 말도아니하고 나섯다 읍에서 십리쯤 나왓슬때 장교세사람이 서로붓들고 읍으로 돌아오는것을보고 천왕동이가 속으로

『올타 잘 되엇구나』

하고 다행히 여기면서 장교들 아페가서는 거트로

『이게 웬일인가』

하고 놀래는체하엿다 장교들말이 동선령못미처서 어떤놈이 길에 나서서 압송죄인을 두고 가라고하야 그놈을 잡으려고 하다가 셋이다 미간에 댓고창이를 맛고 쓸어 젓는데 그동안에 그놈이와서 죄인을 끌고 산으로 도망하엿다하고 미간의 상처도 가르치고 댓고창이도 내보이엿다

『큰일낫네 얼른 읍에들어가서 관가에 사연을 아뢰게』

봉산군수가 장교들의 낭패본 사연을 듯고 그장교들을 중장으로 치죄하고 일변 다른 장교들을 불러서 그두놈을 해전에 잡아바치라고 엄령하엿다 그날해전은 고사하고 이틀사흘이지나도 잡지못하야 장교들만 죽어낫다 멧칠동안 장교들이 애매히 매를맛는중에 천왕동이가 살옥죄인돌석이와 친붙이잇슬뿐 아니라 천왕동이가 까닭업시 중간까지가서 낭패보고오는 장교들과 가치

왓단말이 군수귀에 들어가서 군수가 천왕동이에게 치의하고 엄형으로 심문하게 되엇다 천왕동이가 전후사실을 직토(直吐)하야 중죄인 도주시킨죄로 옥사를 격게되엇는데 백리방이 백방으로 주선하엿스나 마츰내 죄를 면치못하고 제주도로 귀양을 가게되엇다 천왕동이가 옥에 가치는 날부터 리방의 집이 란가된것은 다시 말할것도 업고 양주꺽정이 집에서도 봉산긔별을들은뒤로 집안에 수색이 가득하엿다 꺽정이는 봉산와서 묵어가며 옥사의결말을 기다리다가 제주로 귀양가게 되는줄을 리방의 탐지로 미리 안뒤는 자긔도 리봉학이를 만나보기겸 가치간다고 집에 말하려고 양주로 오는길에 청석골을 잠ㅅ간 들리엇더니 돌석이는 자긔까닭게 천왕동이가 화 당하는것을 미안하다 말하고 유복이는 봉학이를 만나러 제주까지 가치가지못하는것을 섭섭하다고 말하고 오가는군이와 곽오주와 길막봉이는 천왕동이를 가서위로하지 못하니 말이나 해말나고 부탁들 하엿다 꺽정이가 양주가서 행장을 차려가지고 다시 봉산간뒤 수일후에 천왕동이는 귀양ㅅ길을떠나게 되엇는데 혼인한지 칠팔삭동안에 이삼일간을 서로 떨어저본적이업는 안해와 이별할때 내외가 다가치 간장이 녹앗다

林巨正

義兄弟編 二

臨時定價 七〇〇圓

一九四八年四月一日 發行

著者 洪命憙

發行所 乙酉文化社

서울市鍾路二街永保빌딩

振替 京城 三三五四三番

電話光化門 三四九二番 三九七〇番 〇一八七番

서울신문社 印刷局 印刷

(一九四七年九月三〇日 登錄二四八番)

(1947年9月30日 登錄・第248番)

林巨正 全帙 目錄

第一回配本 義兄弟編 一 (再版七〇〇圓)
朴遺腹
郭五柱

第二回配本 義兄弟編 二 (既刊七〇〇圓)
吉莫奉
黃天王童
裵乭石

第三回配本 義兄弟編 三 (既刊七五〇圓)
李鳳學
徐霖
結義

第四回配本 火賊編 一 (既刊七〇〇圓)
靑石洞

第五回配本 火賊編 二 (既刊六五〇圓)
巢窟
松岳山

第六回配本 火賊編 三 (既刊六五〇圓)
피리
平山쌈

第七回配本 火賊編 四
九月山城

第八回配本 鳳丹編
李校理
反正

第九回配本 皮匠編
交遊
分散

第十回配本 兩班編
國喪
士禍
倭變

임꺽정 의형제편 2

퍼 낸 날/ 초판1쇄 2020년 3월 27일
지 은 이/ 편집부 편

펴 낸 곳/ 온누리
펴 낸 이/ 김용항
출판등록/ 1982년 12월 6일(제아-20호)
주 소/ 충북 청주시 상당구 수동 90-4
문 의/ (대표전화)02-324-4790, (전송)0505-115-62879

정가 20,000원

ISBN 978-89-8367-313-8 03810

잘못된 책은 구입하신 곳에서 교환해드립니다.

ISBN 978-89-8367-313-8
03810>
9 788983 673138